고양이 이야기

Nekomonogatari Shiro

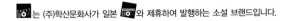 는 (주)학산문화사가 일본 와 제휴하여 발행하는 소설 브랜드입니다.

고양이 이야기 猫物語 白

니시오 이신
西尾維新

FAUST BOX

제간(懇)화　츠바사 타이거　　7

제간(懇)화 츠바사 타이거

HANEKAWA TSUBASA

001

하네카와 츠바사라고 하는 나의 이야기를 나는 이야기할 수 없다. 이렇게 말하는 것도 무엇보다 나란 어디까지가 나인가를 내가 정의할 수 없기 때문이다. 쭉 뻗은 발끝까지가 자신이라고는 도저히 생각할 수 없다고 쓴 문호가 있었을 텐데, 나라면 발을 뻗을 필요도 없다. 마음 그 자체부터 자신의 것인지 의심스럽다.

나는 나인가?

나란 무엇인가?

나란 누구인가?

누가… 나이며.

무엇이… 나인가.

예를 들어, 이런 식으로 쓸데없는 것을 유심히 생각하는 사고思考는 정말 나라고 말할 수 있을까? 말할 수 있을지도 모른다, 그저 말하는 것뿐이라면. 그렇지만 이것은 단순한 생각이고 사고이며 어쩌면 기억일지도 모르지만, 말하자면 지식의 축적에 지나지 않는다. 경험 자체가 나 자신이라고 한다면, 그렇다면 나와 완전히 같은 경험을 한 인간은 혹시 나라고 해도 괜찮은 것일까?

나 이외에 내가 있더라도 그것은 나이고.

그렇다면 나답지 않은 나는 내가 아니게 되어 버리는 걸까. 어떻게 사고하고, 어떻게 생각하지?

무엇보다 하네카와 츠바사라는 이름부터 불안정하다.

나는 몇 번인가 성씨가 바뀌었다.

그러니까 이름에서 아이덴티티를 찾을 수 없는 것이다. 조금도, 전혀 찾을 수 없다. 이름 같은 건 단순한 기호에 불과하다는 발상을 나는 상당히 뿌리 깊은 의미로 이해하고 있다. 거의 체감하는 수준으로.

괴이와 마주하려면 대상의 명칭을 파악하는 것이 무엇보다 중요하다고, 적어도 그것의 첫걸음이라고 들었는데, 그렇다면 이제까지 내가 나와 마주해 올 수 없었던 큰 이유는 내가 자신의 이름을 자신의 것으로 인식하지 않았기 때문일지도 모른다.

그렇다면 나는 우선 자신의 이름을 알아야만 한다.

하네카와와 츠바사를 자기 자신으로서 알아야만 한다.

그래야 비로소 나는 나를 정의할 수 있을 것이다.

다만 아라라기 군은 이런 것으로 일일이 고민하거나 멈춰 서지는 않을 거라고 생각하니, 나는 자신이 하고 있을 이런 우스꽝스러운 제자리걸음이 우스워지고 만다. 흡혈귀가 되건 인간이 아니게 되어 버리건 다양한 괴이에 의해 저쪽 세계로 끌려갈 뻔하게 되건, 그래도 계속 아라라기 코요미로 있을 수 있는 그의 확고한 자아, 확고한 자신을 생각하면 나는 부끄럽다.

그에게 자각은 없을지도 모른다.

주위에서 보면 명백한, 그건 정말 불을 보듯이 명백한 점인데, 어느 때 어느 장소에서도 그는 계속 그로서 존재한다. 하지만 의외로 자각은 없을지도 모른다.

자각할 것도 없이.

자신감을 가지고, 아라라기 코요미는 아라라기 코요미로.

그는 항상 자신의 이야기를 할 수 있는 거겠지.

그러니까 나는 그를 좋아하는 것이다.

하네카와 츠바사는 아라라기 코요미를 좋아하는 것이다.

결국 내가 이야기할 수 있는 '나'라는 것은 그 부근에서 시작할 수밖에 없을 것 같다. 우습게도 내 안에서 확실한 부분은 그곳밖에 없다. 예를 들면 도서관 책상에서 혼자 공부를 하고 있을 때 문득 생각이 나서 노트 한 구석에 '아라라기 츠바사'라는 이름을 적고 히죽거릴 때처럼.

나의 이야기는 그것으로 충분하다.

아서 코난 도일 경이 탄생시킨 명탐정 셜록 홈스의 모험담 60편 중에 조수인 왓슨 박사가 아니라 셜록 홈스 본인이 화자인 단편소설이 단 두 편 존재한다. 셜로키언 사이에서는 위서僞書 취급을 받기도 하는 문제작이지만, 그중 한 편인 『탈색된 병사*』의 서두에서 홈스 씨는 이런 말을 하고 있다.

The ideas of my friend Watson, though limited, are exceedingly pertinacious. For a long time he has worried me to write an experience of my own. Perhaps I have rather invited this persecution, since I have often had occasion to point out to him how superficial are his own

---

※탈색된 병사 : The Adventure of the Blanched Soldier. 창백한 군인, 피부가 하얘진 병사 등으로 번역되기도 한다.

accounts and to accuse him of pandering to popular taste instead of confining himself rigidly to fact and figures. 'Try it yourself, Holmes!' he has retorted, and I am compelled to admit that, having taken my pen in my hand, I do begin to realize that the matter must be presented in such a way as may interest the reader.

나 또한 다른 사람들과 마찬가지로 셜록 홈스의 초인 같은 모습에 매료되어 가슴 졸이며 그의 활약을 읽었으므로, 갑자기 듣게 된 그의 '본심'에 당황하고 말았다.

사실대로 말하자면 실망했다.

신나게 초인다운 모습을 보여 오던 그가 왜 이제 와서 그런 인간다운 소리를 하는 걸까, 하고 배신당한 기분이 들었던 것이다.

하지만 지금이라면 이해할 수 있다. 왓슨 박사가 이야기하는 '초인'으로서의 자기 자신과 본인으로서의 자기 자신, 그 갭에 견뎌 낼 수 없었던 그의 인간다움을.

핑계를 대고 싶어진 그의 기분을.

결국 명탐정은 조수에게 '그렇다면 직접 써 보게'라는 말을 듣게 되었고, 그런 이유로 발표된 것이 그 두 편이라는 이야기인데… 나에게 이 이야기는 그런 이야기라는 것을 처음에 적어 두도록 하자.

아라라기 군이 과장스럽게, 마치 역사에 남을 성인이나 성모라도 되는 듯 이야기하는 내가 그냥 한 사람의 인간이라는 것을 이해받기 위한 이야기다.

내가 고양이이며, 호랑이라는 것을.

그리고 인간이라는 것을 이해받기 위한, 모두를 실망하게 만들기 위한 배신의 이야기.

아라라기 군처럼 능숙하게 이야기할 수 있을 거란 생각은 하지 않지만, 우선은 되는 대로 노력해 보고자 한다. 분명 누구나 그런 식으로 자기 인생을 이야기하고 있을 테니까.

자.

악몽에서 깨어날 때가 찾아왔다.

002

소문으로 듣기론, 아라라기 군의 여동생인 카렌과 츠키히는 매일 아침 아라라기 군을 바지런히 깨워 준다는 모양이다. 평일이든 휴일이든 공휴일이든 상관없이 쉬지 않고 깨워 준다고 한다. 아라라기 군은 그것이 귀찮아서 못 견디겠다는 듯한 눈치였지만, 내가 보기에 그 모습은 '사이좋은 남매'라고 느껴질 뿐이다.

그렇다기보다 그냥 부럽기 짝이 없다.

정말로, 말로 다할 수 없을 정도로.

대체 이 세상에 매일 매일 깨워 줄 정도로 동생에게 사랑받는 오빠가 얼마나 있단 말인가. 다만 이 경우에 내가 부러워하는 것은 아라라기 군 본인이 아니라 아라라기 군의 자는 얼굴을 매일 볼 수 있는 카렌과 츠키히 쪽일지도 모른다.

아니. 정말 부럽기 짝이 없다.

정말로, 말로 다할 수 없을 정도로.

그건 그렇고, 이런 이야기를 하는 나 하네카와 츠바사는 어떤 식으로 잠에서 깨어나는가 하면, 매일 아침 여동생들이 아라라기 군을 깨워 주는 것처럼 나는 매일 아침 룸바가 깨워 준다.

룸바란 물론 하네카와 가에서 기르는 고양이의 이름이나 '하네카와 룸바' 같은 기발한 이름의 여동생이 아니라 특이할 것 없는 평범한 로봇 청소기, 즉 모델 넘버로 말하면 룸바 577이다.

매일 아침 6시에 자동으로 작동하도록 타이머로 세팅되어 있는 고성능 청소기, 그것이 머리에 와서 탁! 하고 부딪치는 것과 함께 나는 눈을 뜨는 것이다.

상쾌하게.

그렇다고 해도 룸바는 다른 청소기들이 그렇듯이 상당히 큰 소리를 내면서 청소를 하기 때문에, 사실 복도를 기어서 나에게 다가오는 시점에 이미 나는 잠에서 깨어 있다. 그런데도 머리를 부딪칠 때까지 일어나지 않고 눈을 감은 채로 '탁!'을 기다리는 것은 어쩌면 '누군가에게 깨워지는 감각'을, '누군가가 깨워 주는 감각'을 내가 동경하고 있기 때문일지도 모른다.

시적인 표현으로 말하자면 잠자는 공주처럼.

아니, 상대가 청소기라면 어떻게 말해 봤자 시적인 표현이 되지는 않겠지만.

잠자는 공주라니, 나도 참.

룸바 입장에서 보면 복도를 청소하고 있는데 중간에 자는 녀석이 있는 것이니 민폐도 이만한 게 없겠지.

그렇다, 나는 복도에서 자고 있다.

어느 단독주택의 2층 복도에 이불을 깔고 자고 있다. 나는 그것을 평범, 지극히 당연하다고 생각했었는데 아무래도 그렇지는 않은 모양이다. 그래서 그렇다는 걸 모르고 그 이야기를 했다가 친구를 한 명 잃은 이래, 나는 이 사실을 공공연히 말하지 않도록 주의하고 있다.

그렇다고 이제 와서 내가 잘 방이 있었으면 좋겠다는 생각은 하지 않지만.

당연하게 받아들이게 되었다.

당연함을 변화시키고 싶지 않다.

내 방을 가지고 싶다는 어린애 같은 생각은 한 번도 한 적 없고… 아, 맞다. 이 아이라면 괜찮을 거라고 생각해서 같은 반인 센조가하라에게는 친해지고 나서 이 일을 이야기했다. 그러자 센조가하라는,

"뭐야, 그런 걸 가지고."

라고 말했다.

"우리 집에는 아예 복도도 없어."

아버지와 둘이 연립주택의 단칸방에서 사는 센조가하라가 보기에는 사치스러운 고민일지도 모른다. 아니, 애초에 고민하지도 않지만.

아니.

그게 아니려나?

추측하기로 나는 이 집을 '자신이 있을 곳'으로 삼고 싶지 않은 것일지도 모른다. 동물이 하는 마킹의 반대 같은 개념으로, 집에서 거리를 두고 싶은 것일지도 모른다.

조금이라도 자신의 흔적을.

이 집에 남기고 싶지 않다.

그런 것일지도 모른다.

…어째서 자신의 마음속을 추측해야만 하는가, '무엇무엇일지도 모른다'라고밖에 말할 수 없는가는 일단 놔두고.

"뭐, 내가 무슨 생각이더라도 앞으로 몇 달 뒤에는 다 상관없어질 테니까 너무 깊게 생각하지 말도록 해야지."

혼잣말을 하면서 나는 이불을 갠다.

잠에서는 빨리 깨는 편이다.

그렇다기보다 나는 '잠에서 덜 깼다'라는 감각을 잘 모른다.

아마도 의식의 ON, OFF가 필요 이상으로 딱딱 떨어지는 거겠지.

졸리면 그냥 자면 될 텐데.

그런 생각을 해 버린다.

"나는 분명 이런 쪽의 감각이 보통 사람과 어긋나 있는 거겠지. 아라라기 군에게 자주 들으니까. '네가 당연히 할 수 있다고 생각하는 일은, 나에게는 그냥 기적이야'라고. 하지만 기적이라는 표현은 너무 지나치지."

나는 혼잣말을 계속한다.

밖에서는 이러지 않지만 집 안에서는 어쩔 수 없이 혼잣말이 많아진다. 안 그러면 말을 잊어버릴 것 같기 때문이다.

좀 이상하다고 생각은 한다.

그런 혼잣말 중에 아라라기 군을 떠올리고서 자연스레 히죽 웃고 마는 나 자신도, 마찬가지로 좀 이상하다고 생각은 한다.

벽장에 이불을 집어넣고 세면실로 가서 세수를 한다.

그런 뒤에 콘택트렌즈를 끼었다.

안경을 끼고 있던 무렵에는 안구에 직접 렌즈를 붙인다는 것이 너무너무 무서워서 생각하고 싶지도 않았지만, 그리고 역시 처음에는 너무너무 무서워서 눈을 꼭 감고 렌즈를 집어넣었을 정도였지만(이건 비유입니다) 이렇게 익숙해지고 나니 아무렇지도 않았다.

뭐든 익숙해지면 잘 할 수 있게 된다.

오히려 코나 귀에 부담이 가지 않는 만큼 안경보다 편하다.

다만 내년 이후를 생각하면 콘택트렌즈든 안경이든 어느 정도의 불편함이 동반될 것 같으므로, 요즘에는 차라리 학교에 다니는 동안 용기를 내서 라식 수술을 받아 볼까 하는 생각을 하기도 한다.

옷차림을 정돈하고 거실로 향하는 나.

그곳에는 나의 아버지라고 불려야 할 사람과 나의 어머니라고 불려야 할 사람이 평소처럼 같은 테이블에서 따로따로 아침식사를 하고 있었다.

그들은 거실에 들어온 나를 보지도 않는다.

나 역시 그들을 보지도 않는다.

시야에 들어온 것만으로는 보인 것이 되지 않는다. 마음의 눈은 얼마든지 돌릴 수 있다. 마음의 눈으로 보는 것은 어렵지만 마음의 눈으로 보지 않는 것은 쉽다.

텔레비전에서 뉴스 캐스터가 오늘의 주요 뉴스를 이야기하는 목소리만이 거실에 울려 퍼지고 있었다.

어째서일까.

같은 공간에 있는 두 사람보다 멀리 떨어진 텔레비전 방송국에 있을 뉴스 캐스터 쪽이 가깝게 느껴지는 것은.

정말로 어째서일까?

뭐하다면 그녀에게 "안녕히 주무셨어요?"라고 인사를 하고 싶어질 정도다.

그러고 보니 내가 이 집에서 '안녕히 주무셨어요'라는 말을 입밖에 내지 않은 지는 몇 년이 되었을까. 시험 삼아 기억을 더듬어 보았지만 전혀 짐작되지 않았다. 룸바에게 잘 잤냐고 인사한 기억은 다섯 번 정도 있지만(앞서 이야기한 대로 잠이 덜 깨서 말한 게 아니라 맑은 정신으로 말했다. 그 자동 청소기의 움직임에는 묘하게 생물 같은 느낌이 있다) 나의 아버지라고 불려야 할 사람과 나의 어머니라고 불려야 할 사람에게 말한 기억은 정말로 한 번도 없다.

단 한 번도다.

흐음.

이건 놀랄 일이다.

이전에 아라라기 군에게 '내 쪽에서는 부모님에게 다가서려 하고 있었다'란 이야기를 했는데, 아무래도 그건 진실과는 다른 말이었던 것 같다. 뭐, 내가 하는 말이 거짓말뿐이란 건 어제오늘 시작된 일이 아니다.

나는 거짓말로 이루어져 있다.

진실로부터 먼 존재. 그것이 나, 하네카와 츠바사다.

성씨부터 가짜고 말이야.

소리가 나지 않게 문을 닫고 나는 테이블이 아니라 우선 부엌으로 향한다. 아침 식사를 만들기 위해서지만, 저 사람들이 앉은 테이블에 가까이 가는 시간을 조금이라도 늦추려는 마음이 없는 것은 아니다.

쓸데없는 저항… 아니, 덧없는 저항이지만.

그 정도의 항거는 허락될 것이다.

쿠데타 정도는 아니다.

'우리 집'이라고 별로 말하고 싶지 않은 하네카와 가의 부엌에는 조리도구가 많다. 도마가 세 장 있고 부엌칼도 세 자루 있다. 밀크 팬도 프라이팬도 세 개씩. 하여간 전부 세 개씩 있다. 그것이 무엇을 의미하는가 하면… 그렇다. 이 집에 사는 세 사람이 각기 다른 조리도구를 사용하고 있다는 뜻이다.

이것도 이야기했다가 친구를 잃었던 에피소드다.

욕조의 물은 한 사람이 들어갈 때마다 비우고 새로 받는다든가, 빨래도 개별적으로 한다든가 하는 그런 에피소드는 열거하자면 끝이 없다. 하지만 참 신기한 일이다.

나는 그것을 전혀 부자연스럽다고 생각하지 않고, 그 일로 몇 명의 친구를 잃어버렸지만 하네카와 가도 다른 집처럼 해야 한다는 생각이 조금도 들지 않으니까.

집을 나서는 시간이 거의 같기 때문에 아침 식사를 하는 시간이 '우연히' 겹쳐 버리지만, 그것은 식당에서 합석하게 되는 것과 비슷한 일이다. 대화도 없고, 누군가가 만드는 김에 다른 두 사람 몫의 아침 식사를 만드는 일도 없다.

자신의 조리도구를 골라서 요리 개시.

그렇게 말할 정도로 공들여 아침 식사를 만들 생각도 없다.

1인분의 밥을 만들어 밥그릇에 담고 된장국과 달걀프라이에 생선, 그리고 샐러드를 준비해서(너무 많이 먹는다는 말을 들은 적도 있는데, 나는 아침은 든든하게 먹는 타입이다) 세 번에 걸쳐 테이블로 옮긴다. 마지막에 다시 한 번 차를 끓여서 왕복한다. 누군가가 거들어 주면 네 번이나 왔다 갔다 하지 않아도 되겠지만, 물론 거들어 줄 만한 인간은 이 집에 없다. 룸바도 거기까지 거들어 주지는 않는다.

아라라기 군이 거들어 주면 좋을 텐데, 하는 생각을 하면서 나는 테이블에 앉는다.

"잘 먹겠습니다."

손을 마주하며 그렇게 말하고 나는 젓가락을 집는다.

다른 두 사람이 그렇게 말하는 것은 들은 적이 없지만, '안녕히 주무셨어요'와 '안녕히 주무세요'를 말한 적은 없어도 나는 '잘 먹겠습니다'와 '잘 먹었습니다'는 빠뜨린 적이 없다.

특히 봄방학 이후로는 한 번도 빠뜨린 적이 없다.

왜냐하면 그것은 내 피와 살이 되어 줄, 음식이 되기 전에는 생물이었던 동물과 식물에게 하는 말이니까.

이런 나를 위해서 죽은 생명.

감사히 먹겠습니다.

003

나는 밥을 다 먹고 나서 잠옷에서 교복으로 갈아입고, 그런 뒤에 곧바로 집을 나왔다. 아라라기 군은 집을 나올 때까지 100페이지 정도 걸리는 모양이지만 나는 이 정도다. 이것은 좀처럼 방에서 내보내 주지 않는 가족이 있는가, 없는가의 명확한 차이일 것이다.

그리하여 오늘부터 새 학기다.

그 사실에 안도한다.

정말로 구원받은 기분이 든다.

새 학기는 언제나 내 생명의 은인이다.

쉬는 날은 산책하는 날…이라고는 해도 빈둥빈둥 돌아다니는 것에도 한계가 있다. 비행소녀도 이만한 게 없다. 여름방학부터 시작된 아라라기 군의 대학 합격을 위한 가정교사 일은 아라라기 군의 학력 향상을 위해서이긴 했지만, 다른 측면에서 보면 내가 집에 돌아가지 않아도 괜찮은 구실이기도 했을 것이다.

그러니까 학교라는 것은… 안심이 된다.

가슴을 쓸어내린다.

뭐, 산책이 됐든 가정교사가 됐든.

학교가 됐든.

어떻든 마지막에는 집으로 되돌아가야만 한다. 그 정도로 우울한 일은 없지만… 그렇다.

나에게 그것은 어디까지나 '그 장소로 되돌아간다'이지 결코 '있어야 할 곳으로 돌아간다'가 아니다.

틸틸과 미틸은 마지막에 행복의 파랑새가 자기 집에 있었다는 것을 깨닫게 되는데, 그렇다면 자기 집을 갖지 못한 사람은 어디에서 행복의 파랑새를 찾으면 좋을까.

아니면 찾아야 할 것이 잘못된 걸까.

찾아야 할 것은 파랑새가 아니라.

하얀 고양이…라든가.

다소 네거티브한 이야기를 하자면, 설령 행복의 파랑새가 자기 집에 있다고 해도 그와 마찬가지로 불행의 맹수가 숨어 있지 않다고 단언할 수는 없다.

그런 생각을 하면서 걸어가고 있는데… 어라라, 내 앞길에 트윈테일의 소녀가 나타난 것이 아닌가.

"아이고, 이게 무슨 일인가요. 하네카와 씨 아니신가요?"

소녀, 하치쿠지 마요이는 그런 식으로 돌아보며 탁탁탁 하고 내 쪽으로 사랑스럽게 달려왔다. 그 행동 하나하나가 너무 귀엽다. 그 귀여움이 아라라기 군을 미치게 만들고 마는 것을 그녀는 얼마나 자각하고 있을까.

"오늘부터 학교에 가시나 보군요, 하네카와 씨."

"응. 그래."

"학업에 정진하는 것도 상당한 중노동이죠. 이렇게 말하는 저도 초등학생의 몸이긴 하지만 수많은 간난신고를 겪게 되는 하루하루에 번민하고 있어요. 여름 방학도 수많은 숙제에 몸이 짓눌려 찌부러질 것 같은 싸움의 기록이었다고 말해도 괜찮겠죠."

"오호….."

역시 이 아이는 아라라기 군 이외의 사람과 이야기할 때는 전혀 혀가 꼬이지 않는구나, 하는 생각을 하면서 나는 응대했다.

"마요이는 뭐 하고 있어?"

"아라라기 씨를 찾고 있어요."

그렇게 말했다.

아이고, 이게 무슨 일이람.

이쪽이 아이고, 이게 무슨 일이람, 하고 놀라게 된다.

아라라기 군이 마요이를 찾아서 배회한다면 이해가 되지만 마요이가 아라라기 군을 찾고 있다니, 이건 정말로 별일이다.

아니, 그러고 보니 전에도 비슷한 일이 있었던가? 그때는 시노부가 행방불명되었던가. 그렇다면 또다시 그런 일이 일어난 걸까?

표정에서 그런 나의 염려를 간파했는지 마요이는 "아뇨, 아뇨." 하고 말했다.

"뭔가 큰일이 있었던 것은 아니에요. 단지 아라라기 씨의 집에 물건을 놓고 와 버려서, 그걸 돌려받을까 하고요."

"물건을 놓고 와?"

"이거 보세요."

그렇게 말하며 마요이는 나에게 등을 보였다.

그냥 아무것도 없는 귀여운 등일 뿐이라고 생각했는데, 가만히 생각해 보니 아무것도 없다는 것이 이상하다. 마요이는 언제 어디서나 커다란 배낭을 메고 있는 것이 매력 포인트다.

그 배낭이 없다.

이건 어떻게 된 일일까?

"그보다, 뭐? 마요이, 지금 뭐라고 했어? 아라라기 군의 집에 물건을 놓고 와?"

"네. 어제 그 사람에게 연행되어서요."

마요이는 나에게 등을 보인 채로 난처하다는 듯이 말했다.

"그때 저는 어리석게도 배낭을 잊어버렸어요."

"연행…?"

"억지로 연행되었어요."

"…아니, 그렇게 말하면 범죄성이 증가하는데."

앞으로 다시 한 번 더 물어봤다간 연행이 폭행으로 바뀔지도 몰라서 나는 일부러 추궁하지 않았다. 어쨌든 마요이는 아라라기 군의 집에 배낭을 두고 온 것 같다.

그거 참 대담한 분실이다.

"하지만, 그렇다면 아라라기 군의 집에 가면 되잖아."

좌표가 전혀 다르다.

어째서 이런 곳에?

"물론 그분의 집에는 처음에 갔어요. 하지만 이미 외출하신 뒤인지 자전거가 없었어요."

"어…? 하지만 아라라기 군이 이렇게 일찍 학교에 갈까?"

나는 1분 1초라도 빨리 집에서 나오고 싶어 될 수 있는 대로 일찍 학교에 가려고 하지만, 아라라기 군의 경우에는 설령 그러고 싶더라도 여동생들이 좀처럼 밖에 내보내 주지 않는, 말하자면 평소부터 연금 상태에 가까울 테니까. 만약 아침 일찍 집을 나섰다면 학교에 가기 전에 뭔가를 해야 한다는, 상당히 중요한 이유가 있기 때문일까….

　"혹은 중요한 이유는 이미 **다 끝났고,** 아라라기 군은 어젯밤부터 계속 집에 돌아오지 않는지도 모르겠네."

　일찌감치 나간 게 아니라.

　아직 돌아오지 않은 건가.

　"아아, 그 발상은 하지 못했어요. 과연 하네카와 씨다운 명추리네요. 확실히 그럴 가능성은 있어요. 제가 아라라기 씨의 집에서 어떻게든 간신히 도망쳐 나온 뒤에, 어쩌면 뭔가 어쩔 도리 없는 사건이 있었는지도 몰라요."

　"그러네."

　이미 어쩔 도리가 없이 위험한 '어떻게든 간신히 도망쳐 나왔다' 라는 구절은 그냥 넘기도록 하자. 추궁하면 어쩐지 여러 가지로 유감스러운 사실이 겉으로 드러나 버릴 것 같은 기분이 든다.

　"뭐 어쨌든, 이런 시간에 바로 학교에 갔다고도 생각할 수 없어서, 저는 이렇게 적당히 아라라기 씨를 씩씩하게 찾고 있다는 이야기예요."

　"마요이는 사람을 찾는 것에는 적성이 없구나."

　너무 어림짐작이다.

그런 방법으로 어떻게 아라라기 군을 찾아낼 생각일까. 암중모색은 고사하고 아무런 수색단서도 없이.

"아뇨, 아뇨. 그렇게 해서 이렇게 하네카와 씨하고 만날 수 있었으니 저의 탐색능력도 못 써먹을 정도는 아니에요."

"긍정적이구나…."

"뭐, 저하고 만나 버린 것이 하네카와 씨에게 행운인지 어떤지는 알 수 없지만요."

"응? 어째서? 이 일대에서 마요이는 만나면 그날 반드시 좋은 일이 생긴다는 러키 아이템으로 전해지고 있어."

"이상한 전승을 만들지 마세요…."

물론 출전은 아라라기 군이다.

그는 이런 쪽의 헛소문을 만드는 데에 둘째가라면 서러울 정도다.

괴담의 화자로서 상당한 소질이 있다.

"그럼 학교에서 아라라기 군하고 만나게 되면 마요이가 찾고 있었다고 전해 줄게."

"잘 부탁드려요."

마요이는 그렇게 말하며 정중하게 꾸벅 고개를 숙이고, 사랑스러운 걸음걸이로 탁탁탁 가던 방향으로 돌아갔다.

당연하지만 마요이는 나하고는 아라라기 군과 만났을 때처럼 오래 대화해주지 않는다. 마요이처럼 귀여운 아이하고 같은 시점에서 이야기를 할 수 있는 아라라기 군이 부럽고, 아라라기 군하고 언제까지라도 이야기할 수 있는 마요이도 역시 부럽다.

아라라기 군은 그것을 당연한 일이라고 생각하는 면이 있지만.

내 입장에서 말하자면 그쪽이 훨씬 더 기적 같다.

부럽다.

"그러면! 조만간 또 뵈어요, 하네카와 씨!"

조금 떨어진 곳에서 다시 한 번 몸을 돌리더니 마요이는 그렇게 말하며 손을 흔들었다.

나도 똑같이 손을 흔들었다.

"응! 또 봐!"

"앞으로 일어날 저와 아라라기 씨와의 에피소드는 다음 작품에서!"

"노골적으로 복선을 깔지 마."

복선이 아니라 이 정도면 선전이다.

나는 아라라기 군이 마요이에게 하는 것처럼, 마지막 정도는 딴죽을 거는 것이었다.

004

괴이와 만나면 괴이에 이끌린다고 한다.

그렇다는 모양이다.

그것은 이끌리는 건지 잡아끌리는 건지 끌려가는 건지 혹은 깔리는 건지, 깊이 생각하면 할수록 각각이 밀접하게 서로 관련되고 섞여 알 수 없게 되어 가지만… 오시노 씨 왈, 한 번이라도 괴이와

'조우' 해 버린 자는 그 뒤의 인생에서 괴이와 만나기 쉬워져 버린다고 한다.

거기에 이론은 없다고 그 사람은 이야기했지만, 나는 그것에 이론을 붙일 수 있다고 생각한다. 그것도, 불가사의도 뭣도 아닌 실질적인 이론을.

무엇에든 이론을 붙이고 마는 내 나쁜 버릇, 악랄한 버릇일지도 모르지만.

요컨대 그것은 기억과 인식의 문제다.

누구라도 '어떤 단어'를 새롭게 알게 되자마자 그 단어를 보게 되는 기회가 비약적으로 늘어나는 경험을 한 적이 있을 것이다.

예를 들면 '니코고리*'라는 단어를 기억하고 나면 신문이나 소설을 읽을 때, 혹은 텔레비전이나 영화를 볼 때 '니코고리'가 아주 귀에 잘 들리게 된다든가.

단어가 아니라 음악이나 이름이라도 같은 현상이 일어난다.

알면 안다.

알수록 안다.

지식은 곧 인식이며 기억이고.

알고 있는 것뿐이다.

즉 '그것'을 인식하는 회로가 머릿속에서 생겨 버렸으므로 매일매일 흘러 들어오는 막대한 정보 속에서 지금까지 그냥 흘려보내고 있던 '그것'을 건져낼 수 있게 되었다는 뜻이다.

※니코고리 : 생선을 조린 국물을 차게 식혀서 묵처럼 응고시킨 음식. 술안주 등으로 먹는다.

괴이는 어디에나 있다.

괴이는 그곳밖에 없다.

그것을 깨닫는가, 깨닫지 못하는가의 차이일 뿐이다.

그렇기에 **첫 번째**가 중요하다.

처음 한 번이 가장 중요하다.

아라라기 군이라면 귀신.

센조가하라라면 게.

마요이라면 달팽이.

센고쿠라면 뱀.

칸바루 양이라면 원숭이.

카렌이라면 벌.

그리고 나라면… 고양이.

…그런데 어째서 갑자기 이런 이야기를 하고 있는가 하면, 그것이 지금 내 눈앞에 있기 때문이다.

무엇이냐면.

…괴이가.

"우와…."

보통 괴이와 마주친 사람은 생각할 것이다.

이 세상에 괴물 같은 것이 있을 리 없다, 이 세상에 요괴 같은 것이 있을 리 없다, 지금 내가 보고 있는 것은 괴이 같은 게 아니다, 라고.

그렇게 생각할 것이 틀림없다.

그러나 지금, 나는 전혀 정반대의 생각을 열심히 하고 있었다.

눈앞의 '그것'이 괴이이기를 진심으로 바라고 있었다.

왜냐하면⋯ 호랑이.

호랑이다.

내 바로 눈앞을 호랑이가 천천히 걷고 있었던 것이다.

황색과 흑색의 줄무늬.

그림으로 그린 듯한 호랑이.

마요이를 배웅한 직후였다. 골목을 돌았더니 그 앞에 호랑이가 있었던 것이다. 아니, 이렇게 문장으로 적어 봐도 리얼리티 제로, 전혀 현실감이 느껴지지 않는다.

느껴지지 않으니 현실이 아니겠지.

괴이겠지.

그렇다기보다, 뭐가 어떻게 되든 괴이가 아니면 곤란하다. 그 호랑이와 나와의 거리는 5미터도 되지 않는다. 손을 뻗으면 그 줄무늬를 건드릴 수 있을 듯한 정도다. 만약 이 호랑이가 괴이가 아니라 현실의 호랑이⋯ 그렇다, 가령 동물원에서 도망 나온 호랑이이기라도 했다가는 틀림없이 나는 죽은 목숨이다.

도망칠 수도 없는 거리다.

잡아먹힌다.

잘 먹겠습니다의 대상이 된다.

목숨의 배턴을 넘겨 버리게 된다.

그건 그렇고 고도로 발달된 과학은 마법과 구별이 되지 않는다고 하는데, 괴이도 지나치면 현실과 구분이 되지 않는다.

이 독특한 짐승의 체취와 중후할 정도의 존재감은 어느 쪽이나 전부 무시무시해서 현실감은 없어도 현실적이기는 했지만, 리얼리티는 없어도 리얼함의 덩어리 같기도 했지만… 괜찮다. 저 친애하는 뉴스캐스터는 동물원에서 탈주한 호랑이 이야기 같은 것은 한 마디도 하지 않았을 터.

『…■ ■.』

호랑이가… 으르렁거렸다.

만화에서 나오는 맹수처럼 일부러 '어흥!' 하고 울지는 않았다.

그리고 발을 멈추고 호랑이는 나를 노려보았다.

아차.

눈이 맞고 말았다.

이 호랑이가 현실이든 괴이든, 눈이 맞는 것은 곤란하다.

현실의 호랑이라면 물론 그것만으로 충분히 습격당할 이유가 되고, 괴이의 호랑이라면 내가 저쪽을 인식한 것과 마찬가지로… 아니, 그 이상으로 저쪽이 나를 인식하는 것은 위험하다.

나는 곧바로 눈길을 돌렸다.

호랑이를 시야 바깥으로 내보냈다.

호랑이가 그것을 계기로 움직이는 일은 없었지만, 나 역시 그 자리에서 움직일 수는 없었다. 결과적으로 상대가 동물이든 괴이든 어중간한 대응을 취하고 말았던 것이다.

도망칠 거라면 도망치는 것이 나았을 텐데, 어째서 나는 여기서 도망치지 않는가.

도망치면 살아났을 텐데.

왜 도망치지 않는가.

나는.

"……."

얼마나 그러고 있었을까.

이럴 때에 몇 시간이나 그러고 있었던 것 같다든가 혹은 반대로 눈 깜짝할 사이 같았다는 표현이 사용되는 경우가 있는데, 솔직히 그런 생각을 할 여유도 없었다.

내 마음은 생각 외로 비좁아서.

이곳에 있는 것도 이곳에 없는 것도 할 수 없었다. 이래서는 마치 나 자신이 괴이 같다… 그리고 끝내.

『흠. 하얀군.』

그렇게.

호랑이가 말했다.

괴이 확정.

『희디흰… 결백이려 하는군.』

그렇게 말하고서(당연히 어미에 '어흥!' 하고 붙이지도 않았다) 호랑이는 멈추고 있던 네 개의 다리를 천천히, 느긋하게 움직이며 내 옆을 지나갔다.

호랑이라는 생물을 가까이에서 본 적이 없는 나로서는 조금 전까지 5미터 앞에 있던 대상과의 원근감을 전혀 파악할 수 없었지만, 바로 옆을 지나갈 때에 그 몸통이 내 머리보다도 높은 위치에 있음을 보고 새삼 그것이 현실에서는 있을 수 없을 정도로 거대하다는 것을 깨달았다.

돌아봐서는 안 되었겠지.

그냥 지나가 주었다면 그대로 지나보내야 했다. 저쪽이 못 본 척 넘어가 주었으니 이제 와서 이쪽에서 눈으로 쫓아서는 안 된다.

그렇지만 나는.

하얗다.

희디흰… 결백이려 한다.

나는 그 호랑이가 나에게 한 말에 사로잡혀서 아무 생각도 하지 못하고 경계심조차 없이.

돌아보고 말았다.

어찌 이렇게나 어리석을까.

골든위크를 포함한 1학기의 교훈을 거의 활용하지 못하고 있다. 이래서는 아라라기 군에게 뭐라 할 수 없다.

아니, 내 경우에는.

아라라기 군보다 상황이 훨씬 심각하다.

"…아."

하지만 다행히.

다행이라고 해야 할까, 어떨까.

아니, 물론 분명 그렇게 말해서는 안 되겠지만.

돌아본 곳에는 아무것도 없었다. 호랑이는 고사하고 고양이 한 마리 없었다.

그냥 길이다.

평소와 다를 바 없는 통학로다.

"…큰일 났네."

그렇게 말한 것은 호랑이가 사라졌기 때문이 아니라 왼쪽 손목의 시계를 봤기 때문이다.

8시 반.

나는 아무래도 태어나서 처음으로 지각이란 것을 하게 될 듯하다.

005

"센조가하라, 내 얘기 좀 들어 봐. 나, 오늘 학교 오는 길에 호랑이하고 만났지 뭐야."

"어머, 그래? 그런데 하네카와. 나에게 그 이야기를 자세히 들을 의무가 있는 거야? 얘기 좀 들어 보라는 말은 그냥 서두가 아니라 진지한 부탁?"

개학식이 끝나고 삼삼오오 모두가 교실로 돌아가는 도중, 나는 같은 반의 센조가하라가 있는 곳으로 뛰어갔다.

그리고 오늘 아침의 일을 이야기했다.

그러자 센조가하라는 조금 싫다는 얼굴을 하며 노골적으로 싫어하는 반응을 보여 주었다. 다만 막무가내로 거절하는 것이 아니라,

"뭔데?"

라고, 다음을 재촉해 준다.

그녀는 여름방학 동안에 허리까지 기르던 머리카락을 싹둑 자르고 그 직후에 아버지의 본가로 돌아가 버렸기 때문에, 아라라기 군에게는 어떨지 몰라도 나에게는 짧은 머리의 센조가하라가 아주

신선했다.

원래부터 단정한 얼굴이기 때문에 길든 짧든 어떤 헤어스타일이라도 맞춘 것처럼 잘 어울리지만, 1학기의 그녀에게 있었던 '양갓집 아가씨' 라는 분위기는 그 트리밍에 의해 완전히 사라져 버렸다.

그것은 반 친구들 사이에서 조용히 물의를 빚고 있었지만(그것은 내가 머리를 잘랐을 때보다 심했을지도 모른다), 내가 보기에 여고생에게 '양갓집 아가씨' 란 말은 험담에 한없이 가까운 것이므로 좋은 일이라고 생각한다.

"호랑이라고 했어, 하네카와? 고양이가 아니라?"

"응. 고양이가 아니라 호랑이."

"검은 줄무늬의 노란 고양이가 아니라?"

"응, 검은 줄무늬의 호랑이."

"검은 줄무늬의 얼룩말이 아니라?"

"그건 그냥 얼룩말이라고 생각하는데. 응, 아니야."

"네리마練馬 구를 얼룩말이란 뜻의 시마우마縞馬 구로 개칭하면 주민등록을 옮길 사람이 늘어날 거라고 생각하지 않아?"

"생각하지 않아."

그렇게 대답하자 흠, 하고 센조가하라는 고개를 끄덕이더니 "이쪽으로."라고 말하며 손을 잡아끌었다.

건물 뒤편으로 끌려갔다.

조회까지 잠깐 시간이 있으니 대열에서 빠져나가자는 이야기 같다. 확실히 교실에서 사람들의 눈을 상관하지 않고 할 만한 이야기는 아니다.

체육관 뒤편.

이렇게 표현하면 어쩐지 조금 무서운 분위기지만, 작년 여자 농구부의 활약 이후로 체육관 부근의 관리가 아주 잘 이루어지고 있어서 오히려 활기찬 느낌이 드는 장소가 되어 있다.

날씨도 좋으니 여자아이가 연애 이야기로 꽃을 피우기에 어울리는 환경이지만, 우리들은 그곳에서 괴담으로 꽃을 피우는 것이다.

이쯤 되면 꽃을 말려 죽인다고 해야 할지도 모른다.

"호랑이를 봤다니…. 하네카와, 그건 아주 심각한 사실 아니야?"

"그런 것 같아. 아, 하지만 그건 아니야. 현실의 호랑이가 아니라 아마도 괴이였을 거야. 말을 했으니까."

"그래 봤자 똑같아. 아무것도 달라지지 않아. 현실의 호랑이도 일본인이 보기에는 괴이 같은 존재니까."

"아."

그건 그렇다.

여전히 센조가하라는 사물에 대한 견해가 대담하다.

리얼리스틱한 대범함이다.

"난 판다가 요괴라는 말을 들으면 믿을 거야."

"으음, 그건 좀 그런데."

"기린 같은 건 완전히 로쿠로쿠비*잖아."

※로쿠로쿠비(轆轤首) : 목이 아주 길게 늘어나는 일본 요괴.

"너에게 동물원은 귀신의 집이구나."

그럴지도 몰라, 라고 고개를 끄덕이는 센조가하라.

솔직하네.

"그렇지만 하네카와. 예상 밖의 존재와 만났구나, 너. 아니, 역시나라고 말해야겠어. 호랑이라니. 호랑이라니. 호랑이라니! 너무 스타일리시하잖아. 게. 달팽이. 원숭이. 카렌은 벌이었던가? 그렇게 나열되어 왔는데 호랑이라니. 다들 각자 너무 돌출되지 않도록 신경 쓰면서 다 같이 나란히 골인하는 달리기 시합처럼 사이좋고 플랫하게 이제까지 잘 해 왔는데, 분위기를 못 읽는 것도 정도가 있어. 어떻게 보면 아라라기 군의 귀신보다도 멋지잖아."

"그런 견해도 센조가하라 독자적인 거지…."

"무슨 일이라도 당했어?"

"아니, 아무 일도 당하지 않았다…고 생각은 하는데. 다만 이런 건 본인은 알기 힘든 법이니까. 그래서 물어보고 싶었어. 지금의 나, 어딘가 이상한 곳 없어?"

"흐음. 결석이라면 어떨지 몰라도, 지각이란 건 확실히 하네카와답지 않았지. 하지만 그런 걸 말하는 건 아니지?"

"응."

"잠깐 실례."

그렇게 말하더니 센조가하라는 나에게 얼굴을 가까이 붙이고서 빤히 내 피부를 보았다. 아주 샅샅이 훑어본다. 피부라기보다는 안구라든가 코라든가, 눈썹이라든가 입술이라든가, 그런 부위들을 검사하듯이.

얼굴이 끝나자 다시 내 손을 잡더니 손톱이나 혹은 손등에 비치는 혈관 같은 것을 자세히 살펴본다.

"…뭐 하는 거야, 센조가하라?"

"이상이 없는지 확인해 보는 거야."

"정말로?"

"적어도 처음에는 그랬어."

"그러면 지금은 뭘 하고 있어?"

"눈 보신을 하고 있어."

뿌리쳤다.

온 힘을 다해서.

센조가하라는 "앗…!"하며, 아주 아쉽다는 얼굴로 나를 바라보는 것이었다. 아니 뭐, 장난으로 말했을 거라고 생각하지만.

의외로 장난을 좋아하는 센조가하라다.

…장난이었으면 좋겠다.

최근에 아라라기 군이 끝내 알려 준 칸바루 양의 기호 같은 것을 떠올려 보면 한층 더.

"그래서, 어때?"

"괜찮아. 앞으로 10년은 싸울 수 있는 피부야."

"그런 거 말고."

"겉보기로는 뭔가 이상은 없었어. 호랑이 귀가 돋아나 있는 것도 아니고."

"호랑이 귀라니."

고양이 귀가 났던 경험이 있는 나에게는 농담으로 들리지 않았

지만, 그만큼 리얼리티가 있는 예시였으므로 나는 일부러 과장스
럽게 웃으면서 은근슬쩍 티 나지 않게 머리를 확인했다.

괜찮다.

나지 않았다.

"다만, 괴이와 조우한다고 곧바로 이상이 일어난다고 정해진 건
아니니까, 시간차를 생각하면 아직 안심할 수 없겠네."

"그렇겠네."

"내일 아침에 일어났는데 하네카와가 벌레가 되어 있을 가능성
도 결코 없는 건 아니야."

"그건 비약이 심하다고 생각하는데."

하다못해 호랑이와 관련된 일로 하자고.

카프카*를 좋아하는 건 알겠으니까.

"하지만 그런 것이라면 나보다도 아라라기 군과 상의하는 편이
좋을 거야. 확실히 나는 게의 괴이와 만난 적이 있고 그 일로 아주
고생했지만, 그래도 그것에 대응하는 방법이나 그것에 관한 지식
을 남보다 많이 가지고 있지는 않으니까."

"음. 으음. 그렇지만."

그 말대로다.

괴이와 만났다고 해도, 그것이 경험을 쌓은 것은 되지 않는다.

오히려 쌓으면 쌓을수록 논 커리어다.

이런 일을 센조가하라에게 상담해 봤자 센조가하라는 곤란할 뿐

※카프카 : 프란츠 카프카의 소설 「변신」에서 주인공인 그레고르는 아침에 일어나 보니 거대한 벌레
가 되어 있다.

이다. 어쩌면 상처를 도려내는 결과밖에 되지 않을지도 모른다.

"하지만 아라라기 군은 오늘 학교에 안 온 것 같으니까."

"어?"

멀뚱하게 고개를 갸웃거리는 센조가하라.

"개학식 때 줄 안에 없었던가, 아라라기 군? 없는 것을 깨닫지 못하다니, 있는 것을 깨닫지 못한 것 이상으로 존재감이 없네."

우후후, 하고 웃는 센조가하라.

오싹하다.

가끔씩 배어나는, 아라라기 군이 이야기하는 그녀의 '독설시대'의 잔재다.

다만 여름방학 동안에 그 부분의 독기는 완전히 빠져서, 지금의 말투에서도 명백히 농담이라고 알 수 있을 정도지만.

인간은 변할 수 있다.

그녀는 그런 실제 사례라고 말해도 좋았다.

"뭐, 출석일수 쪽은 이제 별 신경 쓰지 않아도 괜찮게 되었다고 했지만, 내 사랑스러운 달링은 어떻게 된 걸까."

"달링이라고 하지 마."

너무 변했다.

역시나 캐릭터가 이어지지 않는다.

"그러고 보니 오늘 아침에 호랑이하고 만나기 전에 마요이하고도 만났는데, 그 애의 이야기로 추측하면 역시 **뭔가 하고 있다**는 모양이야."

"뭔가, 를 말이지."

에고고, 하고 탄식하듯이 고개를 젓는 센조가하라.

조금 오버 액션이지만, 그래도 기가 막힘을 나타내기에 그럭저럭 적절한 표현이다.

"늘 그렇듯이 여느 때처럼… 일까?"

"그럴지도 몰라. 눈앞의 일밖에 보지 못하는 남자니까."

"전화해 봤어? 아니면 메시지라든가."

"으음, 좀 꺼려져서."

활동 중인 그를 귀찮게 하고 싶지 않다는 마음이 강했다. 학교에 왔는데 아라라기 군이 있었다면야 가장 먼저 상의했겠지만, 전화를 걸거나 메일을 보내면서까지 연락하는 것은 좀 그렇다는 생각이 든다.

배려한다기보다 이것은 오히려 그의 신변을 염려한다는 느낌이다.

"그렇구나."

그렇게 말하며 고개를 끄덕이는 센조가하라.

"하네카와. 너는 조금 더 뻔뻔해져도 괜찮다고 생각하는데."

"뻔뻔해져?"

"유들유들하게, 일까. 그 남자는 너에게 부탁받는 것을 어떤 상황에서도 민폐라고 생각하지 않아. 그 정도는 알고 있지?"

"으음, 글쎄?"

센조가하라의 말에 나는 당황하고 만다.

"잘 알지 못할지도 모르겠네."

"아니면 나에 대한 배려야?"

"설마. 그건 아냐."

"그렇다면 다행이지만."

후우, 하고 센조가하라는 이번에는 한숨을 쉬었다.

깊은 한숨을.

"뭐, 아직 뭔가가 일어난 게 확실해진 건 아니니 너무 예민해지는 것도 좋지 않겠지. 그걸로 끙끙 앓아 봤자 본전도 못 건지고. 앓다가 얀데레가 되어 봤자 본전도 못 건지긴 매한가지고. 하지만 하네카와가 아니라 다른 누군가가 그 호랑이에게 습격당했을 가능성도 없지 않은 이상, 역시 아라라기 군과 상의하는 편이 좋지 않을까? 나뿐만 아니라 너도, 호랑이가 됐든 사자가 됐든 괴이 본체와 싸울 수 있는 힘이 있는 건 아니니까. 너 역시 나와 마찬가지로 들은 지식만 많을 뿐, 실제 경험은 없는 요조숙녀잖아?"

"그렇지만…."

그렇게 표현하면 어쩐지 다른 의미를 띠게 되는 것 같은데.

일부러 그러는 건지 아닌지, 미묘한 라인이다.

아라라기 군이라면 그 부분을 간파하고 멋지게 딴죽을 걸어 보이겠지만.

나에게 그런 스킬은 없다.

"괴이와 싸울 수 있는 건 흡혈귀를 그림자 속에 기르고 있는 아라라기 군 정도니까. 뭐, 칸바루는 마음만 먹으면 할 수 있겠지만, 그 아이에게 무리한 일을 시켜서는 안 되겠고."

"응."

그 부분은 어렴풋이 들었다.

왼팔의 붕대에 관한 것이겠지.

그 점에 대해서는 배려하는 것이 아니라, 더욱 실질적인 문제로서 위험하다. 괴이에 대한 문제는 해결했다고 해도 칸바루 양은 항상 폭탄을 안고 살고 있는 것이나 마찬가지니까.

혹은 그녀 자신이 폭탄이라고 말해야 할까.

…뭐, 그 이야기를 꺼내자면 아라라기 군도 마찬가지일까. 그래서 나는 그에게 전화를 걸 수 없는 것일까.

그렇다고도 생각하지만.

그런 이유가 아니란 것은… 알고 있다.

결국 센조가하라가 말한 대로.

나는 아라라기 군을 대할 때 뻔뻔스러워질 수 없는 것이다.

그 이유는 분명 아주 기가 막힐 정도로 명확하다….

"하네카와, 아라라기 군에게 '구해 줘' 라고 말한 적 있어?"

"어?"

갑작스러운 질문에 정신을 차리는 나.

깜짝 놀라 버렸다.

"뭐? '구해 줘'? …글쎄. 일상적인 대화 중에 나올 것 같은 말은 아닌데…. 아마도 없지 않을까?"

"그렇구나. 나도 없어."

센조가하라는 그렇게 말하고 하늘을 올려다보았다.

"왜냐하면 아라라기 군은 그렇게 말하기 전에 우리를 구해 주니까. 사람은 혼자 알아서 살아날 뿐이라는 소릴 어디서 들은 이야기란 듯이 읊으면서."

들은 이야기란 듯이, 가 아니라 그것은 정말로 들은 이야기다.

오시노 씨가 신물 나게 반복했던 대사.

"게에 대한 것만이 아니라… 그렇지. 칸바루와의 일이나 카이키와의 일이나, 다른 여러 가지 일에서도 아라라기 군은 나를 음으로 양으로 구해 주었어. 하지만 아무 말도 하지 않아도 구해 준다고 해서 아무 말도 하지 않아도 되는 건 아니라고 생각해."

"응? 무슨 얘기야?"

"아니, 그러니까 어쩌면 하네카와는 자기가 아무 말도 하지 않고 있는 동안에 아라라기 군이 구해 주는 것을 기대하고 있는 것은 아닐까 해서."

"…아아."

으음.

그런 식으로 보이는 걸까.

하지만 그런 말을 듣게 되면 전면적으로 부정할 수 없다는 것도 슬픈 사실이었다.

자기 쪽에서는 다가가지 않고.

상대 쪽에서 다가와 주기를 기다리고 있다?

그런 나 자신이… 없다, 고는 말할 수 없다.

내 안에는 검은 내가 있고.

그것은 안에 있는 만큼, 누구보다도 나에 가깝다.

"솔직하게 저쪽을 의지해 주는 것도 좋다고 생각해. 그 남자는 언제나 그것을 바라고 있어. 옛날 골든위크 때에 네가 그럴 수 있었더라면."

그렇게.

센조가하라는 말하는 도중에 말을 멈췄다.

도중이라도 말이 지나쳤다고 느꼈는지도 모른다.

그렇지만 사과하지도 않고 그녀는 겸연쩍어할 뿐이었다. 하긴 사과를 받아도 입장이 난처하다.

"슬슬 교실로 돌아갈까?"

나는 말했다.

딱히 겸연쩍어 보이던 그녀를 향한 도움의 손길도 아니다. 시계 바늘을 보니 정말로 이제 그만 돌아가야 할 시간이었던 것이다. 계단을 뛰어 올라가야만 할 정도다.

"그러네."

고개를 끄덕이는 센조가하라.

"억지로 강요하지는 않겠지만 무슨 일이 있을 때에 혼자서 어떻게든 하려고 생각하면 안 돼. 너는 아직 그런 경향이 강하니까. 아라라기 군에게 폐를 끼치는 게 싫다면, 뭐든지 할 수 있는 건 아니지만 나를 말려들게 해 줘. 그렇지, 같이 죽어 주는 정도는 할 수 있어."

말도 안 되는 소리를 가볍게 하고서 센조가하라는 학교 건물 쪽으로 걷기 시작했다. 갱생했다고 해도 그런 부분의… 뭐랄까, 강렬한 강함은 건재하다는 느낌이었다.

뭐.

사실 그대로 말하자면, 센조가하라는 갱생했다기보다는 귀여워진 것뿐이지만 말이야.

아라라기 군 앞에서는, 특히.

아라라기 군은 자기 앞에 있는 센조가하라밖에 모르니까 그것을 깨닫는 것에 조금 더 시간이 걸릴지도 모르지만.

알려 줄 줄 알고?

뭐, 그렇게.

그리고 우리들은 같이 교실로 돌아왔다. 어쩌면 벌써 조회가 시작되어 있을지 모른다고 걱정했지만 그렇지는 않았다.

아니.

담임인 호시나 선생님은 이미 교실에 계셨다.

그러니까 원래 조회가 시작되었어야 했다. 그렇지만 호시나 선생님을 포함한 반의 모두가 운동장 쪽 창가에 달라붙어 있고 아무도 앉아 있지 않았기 때문에, 이래서는 조회고 뭐고 불가능했다.

어떻게 된 일일까.

뭔가 보이는 걸까?

"아."

그렇게 내 옆에서 센조가하라가 중얼거렸다.

그녀는 나보다도 상당히 키가 커서 먼저 '그것'을 깨달았던 것이다. 엄밀히 말하면, 모두가 뭔가를 보고 있다는 걸 알게 된 시점에서 그녀는 신발을 벗고 그 근처의 의자 위에 올라 서 있었다.

그런 부분에서는 겉모습과는 반대로 의외로 활발하다.

나는 그런 배짱이 없었으므로 평범하게 창가로 다가가서 다른 학생들의 틈을 비집듯이 하며 창문 밖을 바라보았다.

모두가 무엇을 보고 있는지 금방 알았다.

"…불이 났네."

나는 자기도 모르게 멍하니.

집 밖에서는 거의 하지 않는 혼잣말을 하고 말았다.

여기서는 콩알만하게 보이는 멀리 떨어진 위치에서, 그러나 여기까지 소리가 들릴 듯이 세차게 활활 타오르는 불길을 보고.

말하고 말았다.

"우리 집에 불이 났어."

저 집을… 우리 집이라고 말하고 말았다.

006

몰랐던 것이 두 가지 있다.

우선, 나는 매일매일 열심히 공부하던 교실 창문에서 내가 사는 그 집이 보인다는 것을 몰랐다. 지금까지 창가에 서서 바깥을 바라볼 기회는 있었는데도.

어째서 깨닫지 못했을까.

어째서 보이지 않았을까.

물론 보이고는 있었을 것이다. 그렇지만 의식에 인식되지 않았다. 요컨대 '괴이와 만나면 괴이에 이끌린다'와는 반대되는 이유로.

나는 의식에서 그 집을 밀어내고 있었던 거라고 생각한다.

그리고 또 한 가지 몰랐던 것은, 그 집에 불이 났다는 것이 생각외로 쇼크였다는 점이다. 나는 아연실색하고 말았다.

머릿속이 새하얘 질 정도로.

심한 충격을 받았다.

아라라기 군은 그 부분을 오해하고 있는 것 같지만, 나는 그렇게 완성된 인간이 아니다. 남들만큼의 파괴충동은 가지고 있다. 골든 위크의 악몽을 경험하고서도 그는 내 인간성을 지나칠 정도로 신뢰해 주고 있지만—아니, 그것은 어쩌면 못 본 체해 주고 있는 것 뿐일지도 모르지만—나는 또렷하게 '저런 집은 없어져 버리면 좋을 텐데' 라고 바란 적이 몇 번인가 있다.

하지만 설마 진짜로 없어지리라고는 생각하지 않았다.

없어졌을 때에 이 정도의 상실감을 느끼리라고는 생각하지 않았다.

애착이 있던 것은 아니다.

게다가 자기 집이라고 생각하고 있던 것도 아니다. 깜빡 그렇게 말해 버렸지만, 그건 당황해서 그런 말이 튀어나온 것이라고 생각한다.

다만 당황할 정도는 마음을 주고 있었다는 것도 흔들림 없는 사실이겠지.

그것이 좋은 일일까?

당황스러움은 있었다.

그렇다. 그것은 사실이다.

아니면 나쁜 일일까?

어느 쪽으로도 볼 수 있을 것 같지만, 어느 쪽이라도 이제 와서는 늦은 일이다.

없어져 버렸으니까.

내가 15년간 지냈던 그 집은.

영원히 사라져 버렸으니까.

지각한 입장인 것도 상관하지 않고 호시나 선생님에게 조퇴를 신청했다. 당연하지만 곧바로 허락이 떨어졌고, 칸바루 양 정도는 아니어도 달려서 집으로 돌아와 보니, 현장은 소방차와 구경꾼들로 둘러싸여 있긴 했지만 이미 진화된 뒤였다.

진화되고.

아무것도 남아 있지 않았다.

이웃에 불이 번지지는 않았지만 기둥 하나 남기지 않고 전소되었다.

이것은 화재보험금을 받는 데에 아주 유리하기 때문에 이 일에 대한 위안 중 하나라고 말할 수 있을지도 모른다.

천박한 이야기이긴 하지만 가장 중요한 것이다.

아아, 아니지. 아니야.

가장 중요한 것은 물론 사람의 목숨이다. 그렇지만 이 점에 대해서는 아무런 걱정도 필요 없었다. 나는 학교에 있었고 나의 부모라고 불려야 할 '나머지 두 사람'이 오전 중에 집에 돌아올 가능성도 거의 없다.

세 사람이, 세 사람 다.

이곳을 집이라고는 생각하지 않으니까.

장소이지, 집이 아니다.

하지만 룸바는 불에 타 버렸겠네… 라고, 나는 매일 바지런히 나를 깨워 주었던 그 자동 청소기를 애도했다.

집보다도 애도했다.

그건 그렇고. 룸바 말고도 많은 것들이 불타 버렸지만… 아니, 전부 불타 버렸지만 어쨌든 나는 그저 일개 고교생이라 원래부터 대단한 물건은 가지고 있지 않아서 그 일로 곤란하지는 않다.

굳이 말하자면 옷들이 전부 불타 버린 것이 곤란할까.

아니, 그건 나의 아버지라고 불려야 할 사람과 나의 어머니라고 불려야 할 사람도 마찬가지일지도 모른다. 그 두 사람도 집에는 소중한 물건을 두지 않았던 것은 아닐까.

소중한 물건은 직장에 두고 있었던 것은 아닐까.

그렇게 생각한다.

저 집은.

소중한 물건을 두고 싶은 장소가 아니었다.

더러워지는 기분이 들어서.

뭐, 어쨌든 나는 모르는 것투성이라는 이야기다. 집이 불타고 나서 비로소 깨달은 것도 많이 있다.

나는 그 사람과 직접 만난 적은 없지만, 요컨대 이런 것이 그 사기꾼 카이키 데이슈 씨가 말하는 '얻어야 할 교훈' 이란 것일까?

알 수 없지만.

모르지만.

어쨌든 알고 모르고 하는 문제는 접어 두고, 이리하여 내가 길바닥에 나앉게 되어 버린 것은 확실했다.

좋아하고 뭐고 없었던, 휴일에는 용무가 없어도 집 안에 있기 싫어서 외출하던 장소였지만 그래도 생활할 수 있는 장소가 있다는 것은 얼마나 감사한 일이었을까. 그리하여 이 일로 하네카와 가家는 오랜만에 가족의 대화를 갖게 되었다.

대화?

아니, 평범한 가정에서는 이런 것을 대화라고 부르지 않을 것이라는 점은 역시 나라도 상상이 간다.

이런 건 가족회의도 뭣도 아니다.

의견의 교환일 뿐.

교류는 아니다.

집이 불타 버리면 당연한 흐름으로 여러 가지 번잡한 수속이 생겨나게 되는데—아직까지 화재의 원인조차 전혀 알 수 없다. 방화가 의심된다는 의견까지 있다고 하니 소름이 끼친다—그것은 장기적인 문제고 또한 아직 어린 내가 할 수 있는 일은 없다. 이날 서로 대화하게 된 것은 당면한 문제, 즉 '오늘 밤은 어디에서 잘 것인가' 때문이었다.

하네카와 가에는 근처에 의지할 수 있는 친척이 없다. 그래서 물론 의논할 여지도 없이 가장 가까운 호텔을 잡게 되었는데, 하네카와 가에게는 그 부분이 문제였다.

가장 큰 문제다. 유일하다고 말해도 좋다.

우리들은 상당히 오랫동안 같은 방에서 자지 않았다.

복도에서 자는 나는 물론이고, 부부인 그들도 침실을 따로 쓰고 있다. 호텔이라면 비용이 꽤 나가므로 방을 두세 개씩 잡을 수도 없다.

"저는 괜찮아요. 한동안 친구네 집에 재워 달라고 할 거니까요."

이야기가 깊어지기 전에 나는 말했다.

그렇게 선언했다.

"아버지하고 어머니는 모처럼의 기회니까 부부끼리 단란하게 지내요."

이것이 빈말이 아니라 본심이라는 점이 나의 무서운, 인간답지 않은 부분이란 것은 이미 알고 있다. 이런 부분이 나의 좋지 않은 점이라고, 골든위크 이후로 뼈저리게 깨닫고 있다.

이 두 사람과 같은 방에서 생활하고 싶지 않다.

그런 마음도 분명히 있을 텐데도, 그것이 아득히 뒷전으로 밀려나 있는 나. 그것이 얼마나 부자연스러운지.

알고 있다.

이런 화재를 모처럼의 기회라고 생각해 버리는 나는 거의 인간의 영역에 있지 않다.

아라라기 군이나 오시노 씨가 그렇다는 걸 알려 주었다.

교훈.

다만 그런 교훈을 살리지 못하고 나는 지금에 이르러 버린 것이지만… 하지만 어떻게 해서라도 저 두 사람이 본래 그랬어야 할 모습으로 돌아갔으면 좋겠다고 생각하고 마는 것이다.

생각하고 마는 것이다.

내가 성인이 되면 곧 이혼할 생각이라는 저 두 사람에게 이 일이 마지막 찬스가 되면 좋겠다고.

그렇게 생각한다.

전소된 집을 다시 짓는 데에 이것저것 포함해서 몇 달이 걸린다고 치고, 어딘가에 살 집을 빌리기까지의 몇 주 동안 15년 만에 두 사람의 시간을 가지면 뭔가가 어떻게 될지도 모른다.

그렇게 생각하고.

그렇게 생각해 버리고.

그렇게 생각하고 싶다.

두 사람은 간단히 승낙했다.

친구네 집을 전전할 생각이라는 나를 말리려고 하지도 않았다. 오히려 내가 스스로 그 이야기를 꺼낸 것을 눈에 보일 정도로 기뻐했다.

하긴 그건 그렇겠지.

세 사람인 것보다는 두 사람인 편이 훨씬 낫고, 골칫덩이를 치워 버릴 수 있다는 의미에서 이 화재는 그들에게도 꽤 고마운 일이었을지도 모른다.

그들이 그렇게 기뻐해 준 것을.

기쁘게 생각해 버리는 나란 인간도 어지간히 미쳐 있다.

007

다만 곤란한 지경에 처하게 되었다.

아니, 곤란한 지경에 처한 것은 처음부터 그랬다. 하지만 내가 지금 가장 곤란해 하는 것은, 나에게는 나를 한동안 재워 줄 친구가 없다는 점이다.

친구는 있다.

내 성격이 조금 까다로워서 그야 결코 많다고는 할 수 없지만, 나름대로 평균적인 학생에게 어울리는 친구관계를 학교생활 중에 쌓아 왔다고 생각한다.

그러고 보면 아라라기 군은 친구가 적은 것을 자학이라기보다 거의 자랑하듯이 이야기하는 경우가 많은데, 그것에 대해서만큼은 그가 거짓말을 하고 있지 않다는 것을 여기서 증언해 둔다.

과장해서 말하는 게 아니라, 그에게는 친구가 없다.

그렇다기보다, 일부러 친구를 만들지 않으려고 오랫동안 그런 식으로 행동하고 있었다. 친구를 만들면 인간의 강도가 떨어진다나 뭐라나 하며.

그는 진심으로 생각하고 진심으로 말하고 있었다.

그 지론 자체는 이미 포기해 버린 것 같지만, 아직 한창 재활 중이다. 나는 아직 그가 반에서 남자와 이야기하는 모습을 본 적이 없다.

그렇다기보다 나와 센조가하라 이외의 사람과 이야기하는 것을 본 적이 없다.

센조가하라가 옛날에 '양갓집 아가씨'라고 불렸던 것과 마찬가지로, 그는 지금도 '부동不動의 과묵寡黙'이라고 불리고 있다는 걸 알고 있을까?

뭐, 그런 아라라기 군에 비하면 나에게도 친구는 있다.

사이좋게 지내고 있다.

하지만 잘 생각해 보면 나는 친구네 집에 묵은 적이 없다.

흔히 말하는 '외박' 같은 경험이 전혀 없는 것이다. 으음.

다시 생각해 보면, 어째서일까.

나는 집에서 지내는 것을 그렇게나 싫어했지만, 그렇다고 본격적으로 '가출' 같은 행동을 한 적도 없다.

아라라기 군이라면 네가 우등생이기 때문이라고 말할 것 같지만, 그리고 실제로 그렇겠지만, 그러나 이것에 대해서는 오히려 센조가하라의 의견이 옳을지도 모른다.

요컨대.

"'구해 줘' 라고 말한 적 있어?"

…라는 얘기다.

아라라기 군에게만이 아니다.

아마도 나는 자신 이외의 누군가에게 도움을 청할 수 없는 것이다. 결정적인 부분을 남에게 넘기고 싶지 않다고 생각하고 있다.

캐스팅 보트를 포기하고 싶지 않다고 생각하고 있다.

자신의 인생을 스스로 정의하고 싶다고 생각하고 있다.

그래서… 고양이가 되었다.

괴이가 되었다.

내가 되었다.

"뭐, 괜찮을까. 다행히 생각해 둔 곳은 있으니까."

자신을 분발시키기 위해서 혼잣말이랄 것도 없이 말하고서 나는 걷기 시작했다. 짐은 학교에 들고 갔던 가방 하나. 새 학기 첫날의 개학식이라서 가방의 내용물은 필기구나 노트 정도로, 대단한 물건은 들어 있지 않지만 지금은 이것이 내 유일한 짐이다.

가방 하나가 전 재산이라니, 처음 등장할 때의 앤 셜리 같네, 라며 이 상황을 즐기는 불성실한 기분도 없었던 것은 아니니까 나도 그렇게까지 진지함 일변도는 아닌 것 같다. 그리고 생각해 둔 곳이란 물론.

그 학원 옛터의 폐건물이다.

영업 중에는 에이코 학원이라고 불리고 있었던 듯하다.

오시노 씨와 시노부가 약 석 달간 살고 있던 장소. 봄방학 동안에는 아라라기 군도 그곳에서 지내고 있었다고 했으니, 겉보기에는 아무리 폐허로 보이더라도 사람 한 명이 지낼 수 있을 정도의 설비는 있을 것이다.

그렇게 추측하고.

적어도 바닥과 지붕이 있는 것만으로도 감사하다.

걸어서 가기에는 먼 장소였지만 앞으로의 일을 생각하면 돈을 절약하고 싶었기에 버스를 이용하지는 않았다.

옛날에는 오시노 씨가 결계를 쳐 놨기 때문에 좀처럼 생각대로 도착할 수 없는 구조였지만 지금 그 결계는 해제되어 있다.

루트대로 걸어가면.

아무 문제없이 도착할 수 있다.

당연한 일이지만 전기가 들어오지 않기 때문에 날이 밝아 있는 동안에 잠자리 만들기를 마쳐야만 한다.

오시노 씨나 아라라기 군은 책상과 의자를 조합해서 침대를 만들었다고 했나?

그렇다면 나도 그것을 따라하자.

펜스를 지나서 폐허에 발을 들인 뒤, 우선 나는 계단을 올라 4층으로 향했다. 4층인 이유는 전에 아라라기 군에게 오시노 씨가 4층에서 생활하고 있는 일이 많다고 들었기 때문이다.

즉 전에 살던 사람의 생활 패턴으로 보아 4층이 다른 층보다 지내기 편하지 않을까, 하고 상상했던 것인데… 이것이 완전히 헛물만 켜게 되었다.

헛물을 켰다기보다 아주 제대로 물을 먹었다고 해야 할까.

4층에서 처음 들어간 교실은 천장에 구멍이 뚫려 있었다.

다음에 들어간 교실은 바닥이 꺼져 있었다.

바닥도 지붕도 없었다….

그리고 남은 한 교실은 무슨 일이 있었는지 마치 짐승이 날뛴 듯이 어지럽혀져 있었다. 뭐랄까, 마치 아라라기 군하고 마요이가 마구 날뛴 것 같은 느낌이었다.

너무 서둘렀던 걸까, 하고 나는 가볍게 후회했다.

이 정도로 황폐하지는 않았을 텐데….

실은 친구네 집에서 자면서 학교를 다니겠다고 선언했을 때에는 이미 이 폐허가 머릿속 한 구석에 떠올라 있었는데, 어쩐지 생각 외로 이곳은 가혹한 환경인지도 모른다.

억지로 미소를 지어 열심히 기분을 끌어올리면서 나는 3층으로 내려갔다. 3층에서 처음으로 들어간 방은… 천장과 바닥이 뻥 뚫려 있었다.

아무래도 천장의 구멍 쪽은 조금 전에 봤던 바닥이 꺼진 4층의 방과 연결되어 있는 것 같다. 대체 무슨 일이 있었던 걸까? 구멍 가장자리의 상태로 보면 아주 최근에 부서진 것 같은데….

만약 이것이 자연적으로 붕괴되어 바닥이 꺼졌다고 한다면 내진 구조가 상당히 우려된다.

두근두근하면서 다음 수색에 도전해 보니, 간신히 천장도 바닥도 벽도 멀쩡한 형태를 유지하고 있는 교실에 도달했다.

그렇다고 해도 안도하기는 아직 이르다. 나는 곧바로 침대 만들기에 돌입했다. 어쩐지 보이스카우트의 캠프 같다고 생각하긴 했지만, 물론 나는 보이스카우트에 참가한 적이 없다.

아는 것은 아는 것일 뿐이지.

경험은 아니다.

그것도 센조가하라가 말한 대로다.

나는 지식을 쌓고, 그 한편으로 무의미를 쌓고 있는 것이나 다를 바 없다.

맞붙인 책상을 이어 묶어서 침대를 만든다는 것은, 단지 그뿐인데도 실제로는 간단한 일이 아니었다. 뭣보다 이어 묶을 끈이 없다. 나는 일단 폐허를 나와서 가까운 가게에 쇼핑을 하러 가게 되었다.

"좋았어, 완성이야. 오시노 씨가 만든 침대는 책상 하나를 더 쓰고 있지만, 나는 오시노 씨 정도로 키가 크지 않으니까 이 사이즈면 충분하겠지."

그렇지만 물건을 만드는 것은 즐겁다.

완성된 침대는 썩 괜찮은 작품처럼 생각되었다. 몸이 근질근질해서 참지 못하고 교복을 입은 채로 그곳에 누워 보는 나.

"우와."

못 써먹겠다, 이건.

기대치가 높았던 만큼 정신이 입은 대미지는 몹시 컸다.

정말로 못 써먹겠다.

진짜로 낙심했다.

이거, 바닥에서 자는 것하고 아무것도 다를 게 없어.

아주 딱딱하다.

비교 실험은 중요하다고 생각한 나는 직접 바닥에도 누워 보았지만, 역시 큰 차이가 있다고는 생각할 수 없었다.

아니, 오히려 이음매가 있는 만큼 책상 침대 쪽이 자기 힘들다고 느껴질 정도였다.

굉장하구나, 오시노 씨는.

오시노 씨는 분명히 바늘방석에서도 잘 수 있을 것이다.

아라라기 군이나 시노부는 어떻게 지내고 있던 것일까 생각해 봤는데, 그러고 보니 시노부는 원래 흡혈귀였고 아라라기 군도 이곳에서 지낼 무렵에는 흡혈귀가 되어 있었으므로 참고가 되지도 않았다.

좁은 관 속에서 편안하게 잘 수 있는 흡혈귀의 수면감각 같은 건 짐작도 가지 않는다.

"이불이야. 이불이 필요해…"

나는 말하고, 다시 폐허 밖으로 나갔다.

지갑은 가지고 나왔고 안에는 현금카드도 들어 있었다. 그러니까 물건을 살 수 없는 건 아니다.

어차피 필요한 물건은 비닐 끈 이외에도 여러 가지 있었으므로 그것이 큰 수고라고는 생각하지 않았다. 다만, 버스비까지 아껴야 하는 지금의 내가 따뜻한 이불 같은 것을 살 수 있을 리 없다. 어떻게든 대용품을 준비해야만 한다.

그러고 보니 신문지나 잡지나 골판지는 온기를 유지하는 데 아주 유용하다고 어떤 책에서 읽은 적이 있다. 골판지 상자라면 백화점에서 공짜로 입수할 수 있을 것이다.

사야만 하는 이런저런 물건들의 양을 생각하면 돌아갈 때는 버스를 이용할 수밖에 없겠지만, 그 부분은 깔끔하게 포기하자. 필요한 부분까지 아끼는 것은 좋지 않은 일이다.

가난하여도 아둔해지지 말라.

아름다운 말이다.

그러나 그렇기에 갈 때는 걸어서.

천천히 걸었다.

밟아 다지듯이 한 걸음씩.

오래 보존할 수 있는 음식, 그리고 물. 그것들은 반드시 필요하다. 골판지를 담요로 삼고 이불은 잡지가 아니라 신문지를 채용하기로 했다. 잡지를 쓰려면 한 페이지씩 찢는 작업이 불가피한데 나로서는 불가능할 것 같다. 아무리 잡지라도 읽을 것을 찢는다는 행동에는 어쩐지 거부감이 든다. 그런 점에서 볼 때, 신문은 원래부터 한 장 한 장 나뉘어져 있으니까.

그리고 옷.

교복을 입은 채로 잘 수는 없다. 아무래도 아라라기 군은 내가 사복을 한 벌도 가지고 있지 않다고 생각하기 시작한 모양인데, 물론 그렇지는 않다.

그 사람들은 나에게 부모다운 일을 아무것도 해 주지 않았지만, 그렇다고 해서 부양을 포기하고 있던 것은 아니다.

최소한의 할 일은 해 주었다.

마치 의무라도 다하는 것처럼.

그러니까 옷 정도는 사 주었다. 내가 그것들을 별로 입고 싶어 하지 않았을 뿐이고.

뭐, 이거고 저거고 전부 불타 버렸지만.

불타면 모든 것이 끝이다.

리셋이 되었다는 기분이·든다.

그렇다. 그야말로 불성실한 생각이지만, 어쩐지 후련한 기분을 품고 있는 나 자신도 부정할 수 없는 것이다.

다만 그 후련함이야말로 눈속임이지만.

리셋 따윈 이루어지지 않았다.

지금 상황이야말로 일시피난에 지나지 않는다.

없어졌다고 해서 없었던 일이 되지는 않는 것이다.

백화점 안의 양판점을 돌아보았지만, 옷이라는 것은 의외로 비싼 듯하다. 전철을 타야 하긴 하지만 유니클로에 가 볼까… 하고 생각하고 있는데, 문득 근처의 100엔 숍이 눈에 들어왔다.

혹시 모른다고 생각하고 그곳에 들렀더니 예측한 대로 역시 있었다. 잠옷(처럼 생긴 운동복)은 역시나 100엔이 아니었지만, 속옷을 100엔에 팔고 있었던 것은 감사할 일이다.

나는 망설임 없이 구입했고 그것으로 쇼핑은 마무리되었다.

그러나 100엔 숍에서 산 속옷은 역시나 아라라기 군에게 보일 수는 없겠네, 하는 바보 같은 생각을 하면서, 돌아올 때는 예정대로 버스를 타고 학원 옛터까지 돌아왔다.

오시노 씨에게는 이런 생활감이 일절 묻어나지 않았지만, 그는 흡혈귀가 아닌 인간이므로 역시 석 달간 이런 고생과 싸워 왔겠구나, 하고 나는 이상한 데서 감탄했다.

3층의 교실에서 침대 보강을 개시한다. 커터로 골판지를 잘라서 테이프로 책상에 이중으로 감았다. '어떻게 한들 골판지는 골판지잖아' 라고 생각할지도 모르지만, 이렇게 하니 누웠을 때의 느낌이 천양지차였다. 만일을 위해서 또 한 겹 골판지를 감고 잠자리를 완성했다.

여기까지의 작업으로 상당히 지쳐 버려서 식사를 한다.

보존식품뿐이라서 조리할 필요는 없다.

물론 "잘 먹겠습니다."라는 한마디는 잊지 않는다.

보존식품이라도 근본까지 거슬러 올라가 보면 어떤 목숨이 희생되었다.

그럴 테니까 '잘 먹겠습니다' 다.

아니, 설령 생물이 아니더라도 내 피가 되고 살이 되어 주니까 감사히 먹지 않을 수 없다.

생명은 소중하다.

살아 있지 않더라도.

다만 언제까지나 이래서는 맛이 없으므로 조만간 가스레인지와 냄비 같은 것을 사 와야 할지도 모른다. 그 두 사람이 살 집을 얻을 때까지의 임시 거처라고 해도, 그들도 바쁜 몸이니까 어쩌면 나는 상당히 오랫동안 생활하게 될지도 모르는 일이다.

"화장실이나 샤워는 학교의 시설을 이용하면 되고…. 휴대전화 충전도 여차하면 학교에서 어떻게든 되겠지. 공부는 도서실이나 도서관에서 할 수 있겠고. 그리고 곤란한 것이라면…."

문제 될 듯한 것들을 꼽아 가며 하나씩 검증해 나가는 나. 어느 문제도 금방 대응책이 발견된다.

앞으로의 생활을 걱정하며 대책을 짜고 있다기보다, 그렇게 함으로써 그런 집은 불타 버려도 나는 전혀 곤란할 게 없다는 것을 열심히 확인하는 것 같았다.

그렇게 하며 자기 안에서 앞뒤를 맞추고 있는 것 같아서.

모순을 해결하고 있는 것 같아서.

정말 나답다고 생각했다.

"잘 먹었습니다."

계절로서는 아직 한여름이라서 해가 늦게 질 것이 분명했지만, 정신이 들고 보니 어느새 어두컴컴해져 있었다. 나는 100엔 숍에서 구입한 잠옷으로 갈아입고, 속옷도 갈아입고 나서 갓 만든 침대에 누웠다.

편안하다고는 도저히 말할 수 없었지만.

그렇지만 신기하게도 예전 집의 복도보다는 편안하게 잠들 수 있었다는 기분이 든다.

009

응?

장^章을 하나 건너뛴 거 아닌가?

기분 탓일까?

뭐, 상관없어.

만약 룸바가 있었다면 필시 청소하는 보람이 있어 보이는 폐허지만, 유감스럽게도 룸바는 집과 함께 불타 버려서 더 이상 나도 아침에 일어날 때 그의 힘을 빌릴 수가 없다.

하지만 그렇게 말하면서도 분명히 평소대로, 같은 시간에 눈뜰 수는 있을 거라고 나는 얕보고 있었다.

인간에게는 체내시계라는 것이 있다.

바이오리듬이라고 불리는 신체에 밴 리듬은 그리 쉽게 무너지지 않는다.

하물며 나는 잠에서 금방 깨는 인간이니까. 그런 식으로 생각하고 있었는데 현실은 달랐다.

늦잠을 잔 것은 아니다.

나는 오히려 예정했던 시각보다 일찍 잠에서 깨어나게 되었다. 게다가 그냥 잠에서 깨어난 게 아니라 깨워졌다.

룸바가 죽은 지금, 나를 깨울 사람은 없을 텐데….

"하네카와!"

그런 목소리와 함께.

누군가 나를 힘차게 끌어 일으켰다.

잠이 덜 깼다는 것은, 이런 경우에 믿을 수 없는 광경이 시야에 들어오는 것을 이야기하는 걸까… 하고, 이해가 인식을 따라오는 것을 기다리면서 태평스레 생각했다.

내 멱살을 쥔, 눈앞에 있는 센조가하라를 보며.

태평스레 생각했다.

"괜찮아?! 살아 있어?!"

"어, 어라? 어라? 잘 잤어?"

영문을 모르는 채로 아침 인사를—정말로 오래간만에—하는 나.

당황할 만도 하다.

그도 그럴 것이, 그 쿨한 센조가하라가 얼굴을 새빨갛게 만들고 눈물을 줄줄 흘리면서 똑바로 나를 보고 있었으니까.

"괜찮아?!"

그렇게 반복해서 묻는 센조가하라.

나는 대체 그녀가 뭘 걱정하고 있는지도 모르는 채로 "으, 응." 하고 대답하며 고개를 끄덕였다.

그 기백에 압도되면서.

"……흑."

그 대답을 듣고서 센조가하라는 간신히 내 멱살에서 손을 놓았다. 그리고 입술을 꾹 깨물고 밀려 올라오는 오열을 억누르는 듯한

몸짓을 보이더니. 그런 뒤에,

"바보!"

라고 말하며 내 뺨을 후려쳤다.

세차게 끌어 일으켜지고,

세차게 뺨을 얻어맞았다.

피하려고 생각하면 피할 수 있었을지도 모르지만, 그 무시무시한 기세에 눌려서 나는 그냥 때리는 대로 얻어맞았다.

아니, 역시 피할 수 없었을 것이다.

뺨이 찡 하고 뜨거워진다.

"바보! 바보! 바보!"

한 번으로 끝나지 않고 연달아 나를 때리는 센조가하라. 도중부터는 손바닥을 날리는 자세가 무너지더니 거의 떼를 쓰는 어린아이처럼 내 가슴을 탁탁 때리는 것이었다.

전혀 아프지 않다.

하지만 몹시 아팠다.

"여… 여자애가! 혼자서! 이, 이런 곳에서 자고…! 무슨 일이라도 생기면, 어떡할 거야!"

"…미안해."

사과했다.

아니, 억지로 사과했다고 말해야 할까. 왜냐하면 나는 내가 한 행동, 즉 이 조촐한 보이스카우트 활동이 재미있다는 생각을 했을 뿐 반성할 일이라고는 전혀 생각하지 않았으니까.

하지만 그렇다고 해도.

센조가하라에게, 그 센조가하라에게 엄청난 걱정을 끼치고 말았다는 점만은 틀림없는 것 같았고….

불성실하게도, 그것이 조금 기쁘기도 했다.

기뻤다.

"안 돼. 용서 못해. 절대로 용서 안 할 거야."

센조가하라는 그렇게 말하며 응석부리듯이, 달라붙듯이, 매달리듯이 나를 끌어안았다.

더 이상 떨어질 것 같지 않다.

"용서 못해. 용서를 빌어도 절대 용서 못해."

"응… 알았어. 알았으니까. 미안해. 미안해."

그래도 나는 사죄의 말을 반복한다.

내 쪽에서도 센조가하라를 끌어안으며.

그녀에게 계속 사과했다.

결국 센조가하라가 울음을 그칠 때까지 30분 정도 걸렸다. 그리하여 평소대로의 내 기상시간이 되었다.

010

"어젯밤부터 몇 번이나 전화를 걸었어."

그리고 센조가하라는 천연덕스럽게 평소의 쿨 뷰티로 돌아가서 그런 말을 했다. 이 빠른 전환은 경탄할 만하다. 그렇다고 해도 눈주위가 새빨간 것은 여전해서, 역시나 그리 야무진 느낌은 없다.

그에 비해 나는, 역시 잠자리의 문제인지 아무래도 머리가 심하게 삐친 듯해서('초 하네카와인'이란 말을 들었다) 야무지지 못한 모습으로 말하자면 센조가하라와 그렇게 다르지 않을 것이다.

다만 조금 전까지 펑펑 울던 것이 거짓 울음이었다는 듯이 평소와 전혀 다를 바 없이 행동하는 센조가하라는 역시 대단하다고 생각했고.

솔직히 귀엽다고 생각했다.

자신의 삐친 머리 따윈 신경 쓰이지 않게 될 정도로.

"집에 불이 났다는 기분이 어떤 것인지 전혀 상상할 수 없었으니까…. 이럴 때는 누구와도 이야기하고 싶지 않을지도 모른다고 생각해서 전화는 하지 않으려고 생각했는데, 역시 걱정되어서…. '에잇, 그냥 전화를 걸자!'라고 큰맘 먹고 걸었는데 전혀 받지 않았고."

"아, 미안해. 전원을 꺼 뒀었어."

나는 말했다.

"앞으로의 서바이벌 생활을 생각하면 조금이라도 절약하는 편이 좋겠다 싶어서."

휴대전화를 자명종 대신 쓰지 않았던 것은 물론 체내시계에 대한 신뢰도 있었지만 그런 실질적인 이유도 있었다.

학교의 전기 콘센트를 쓸 수 있게 해 줄 거라고 단정할 수는 없고(선생님에게 이유를 설명하면 쓰게 해 줄 거라고 생각하지만, 기본적으로 학교 안에서 휴대전화 사용은 금지되어 있다).

"정말, 성실하다니까…. 그냥 주변의 콘센트를 적당히 쓰면 되잖아."

"그거, 전기 도둑질이잖아."

"덕분에 나는 동네 안을 이리저리 뛰어다니게 되었어. 여러 사람들에게 물어보고서 아무래도 네가 친구네 집에 묵고 있는 것 같다는 정보를 입수했어. 하지만 우리 반의 누군가가 하네카와를 재워 주었다는 이야기는 못 들었으니까."

"며… 몇 명한테 물어봤는데?"

"연락망을 돌렸어."

"……."

낯가림을 초월한 인간불신의 극치였던 그 센조가하라가 참 많이 성장했구나.

그러나 그 성장을 위해 나의 행방불명이 반 전체에 전해지고 말았다….

어떻게 이럴 수가.

"그렇다기보다, 미안해. 하네카와의 부모님과도 만났어."

"뭐?"

깜짝 놀랐다.

즉, 그 사람들이 숙박하는 호텔을 방문했다는 것일까.

하긴 끈기가 있으면 알음알음으로 물어 가며 찾을 수 있을까….
딱히 숨어 살고 있는 것도 아니고 우편물 같은 문제도 있고.

그보다 센조가하라는 분명히 그 호텔에 나도, 내가 있다고 생각해서 찾아간 거겠지.

"그렇구나. 센조가하라는 아버지와… 어머니하고 만났구나."

"그런 사람들을 아버지나 어머니라고 부르지는 않지 않나?"

태연하게 센조가하라는 말했다.

태연자약하게.

불쾌해 보였다.

옛날의 그녀는 표정에서 생각하는 것을 전혀 읽을 수 없었지만, 요즘 들어서는 감정이 얼굴에 나오게 되었다.

기쁨도 슬픔도.

분노도.

…아무래도 그 나름대로의 대응을 받은 것 같다.

그 사람들도 조금 더 겉을 꾸밀 수 있으면 좋을 텐데—골든위크에는 오시노 씨에게도 좋지 않은 대응을 한 것 같고—라고 생각하지만, 그것은 이 장면에서 변변한 말도 나오지 않는 내가 할 수 있는 소리는 아닌가.

저쪽을 두둔할 수도 없으니까.

"아무래도 여러 가지 사정이 있는 것 같더라. 꼬치꼬치 캐물을 생각은 없지만."

아라라기 군과 달리 그녀는 나의 가정 사정, 하네카와 가의 불화와 일그러짐을 거의 모르지만, 이 이야기에 깊이 발을 들일 생각은 없는지 금세 하던 이야기로 돌아갔다.

대단한 수완이다.

동경이 느껴지기까지 한다.

"그 뒤로 막무가내로 여기저기 찾아다니다가 간신히 오늘 아침이 되어서야 이곳을 떠올렸어. 아니, 처음부터 떠올리긴 했지만 설마 한창 나이의 여자애가 이런 폐허에서 밤을 보낼 거란 생각은 하고 싶지 않았으니까… 설마하며, 설마설마하며 찾는 걸 맨 마지막으로 미뤘어."

"으음…. 어? 그러면 센조가하라, 혹시 밤 새웠어?"

"혹시가 아니라 센조가하라 양은 밤샘했어. 강철 같은 의지로 밤을 새웠지, 줄여서 철야鐵夜."

그래서 너무 기분이 고조된 나머지 하네카와를 찾았을 때에는 울어 버렸던 거야, 라고 말하는 센조가하라.

귀여운 핑계였다.

참고로 통할 철徹 자에 밤 야夜로 철야徹夜가 맞는 말이다.

"…나이가 찬 여자애가 밤거리를 배회하는 것도 상당히 위험하다고 생각하는데."

"그런 말을 들으면 대답할 말이 없어."

나도 그리 나중 일을 생각하는 타입은 아니니까, 라고 센조가하라는 말했다.

훑어보니 그녀는 청바지에 티셔츠라는 아주 소탈한 옷차림을 하고 있다. 땀으로 푹 젖어 있어서, 조금 전까지 배회하고 있었다기보다는 그야말로 칸바루 양처럼 뛰어다니고 있었을 거라는 느낌이 전해져 온다.

"고마워."

나는 짧게, 가능한 한 자연스럽게 인사를 하고서 침대에서 내려왔다.

몸은 아프지 않다.

아라라기 군에게 귀에 못이 박히게 들어도 나는 자신이 우수한 인간이라고 생각되지 않지만, 아무래도 침대를 만드는 재능은 있었던 것 같다.

장래에는 침대를 만드는 장인이 될까 하는 생각도 든다.

독일에 수업을 받으러 가는 게 좋을까?

"괜찮아. 내가 멋대로 한 일이니까. 그 눈치를 보면 완전히 헛수고였던 것 같고 말이야."

"그렇지 않아. 그 말을 듣고 나 자신이 얼마나 위험한 짓을 했는지 지금 와서 간신히 알았어. 불은 사람을 미치게 한다고 하는데, 나도 화재때문에 정신이 조금 이상해졌었나 봐."

"그럴까? 차라리 그랬다면 좋겠지만…. 하네카와는 평소의 느낌 그대로도 말도 안 되게 위험한 행동을 하곤 하잖아."

"그런가?"

"아라라기 군을 유혹하거나."

"우웃."

'우웃' 이란 소리가 나올 수밖에 없다.

반론하기 어렵다.

유혹 같은 건 하지 않았는데도 반론하기 어렵다.

그를 그렇게 만들어 버린 것이 나라는 설은, 의외로 세간에 뿌리 깊게 퍼져 있다.

"정말 쿨했었지, 나와 관련되었을 무렵의 아라라기 군은…. 지금은 정말 아주 흔적도 없지만."

"내 탓…일까?"

"뭐, 호랑이에 관한 일도 있었으니까. 어쨌든 지나친 걱정을 하고 말았다는 건 확실해. 나도 평정을 잃어서 미안해. 자, 그러면 갈까?"

"가다니, 어디로? 학교?"

"우리 집이지."

센조가하라는 당연하다는 듯 말했다.

"미리 선언해 두겠는데, 만약 저항하려고 한다면 입안에 스테이플러를 찔러 넣고 목덜미에 일격을 먹여서라도 끌고 가겠어, 하네카와."

"……."

예전에 아라라기 군에게 정말로 그렇게 한 적이 있다는 그녀의 말을 듣고, 설마 거스를 수 있을 리가 없었다.

011

본인에게 그렇게 듣긴 했지만, 센조가하라가 사는 연립주택인 타미쿠라장은 2차대전 이전에 지어진 게 아닐까 생각되는 무시무시한 모습이었다. 그야말로 고색창연한 느낌.

그런데 전에 아라라기 군이 내진구조 면에서는 폐허보다도 위험하다는 심한 소리를 했는데(아라라기 군 나름대로 센조가하라를 걱정하는 말이었다고는 생각한다), 외부에 설치된 계단을 올라가보니 의외로 그렇지 않은 튼실한 구조였다.

그 부분은 최근에 금세 세워지는 건물보다 옛날 건물 쪽이 튼튼하다는 이야기일지도 모른다.

게다가 안전성은 차원이 다르다.

문에 자물쇠가 달려 있는 것이다!

…막상 이렇게 집이란 곳에 와 보니, 나는 그 폐허가 얼마나 위험했는지를 뼈저리게 실감하게 되었다.

댄저러스!

"오늘은 아버지가 집에 돌아오지 않으실 테니까 자고 가, 하네카와."

"어…. 괜찮아?"

"실은 오늘 말이야~, 부모님이 집에 돌아오지 않으셔."

"왜 러브코미디 풍으로 다시 말하는 거야?"

센조가하라의 조크 센스는 갱생 전도 갱생 후도 미묘하다.

201호실.

신발을 벗고 안으로 들어간다.

복도가 없다는 말은 진짜였다.

세 평 정도 되는 썰렁한 단칸방이다. 가구가 책장하고 옷장 정도밖에 없다. 방의 넓이에 맞춰서 되도록 물건을 늘리지 않으려 하고 있는 것이겠지만… 뭐, 센조가하라는 원래부터 물건을 많이 소유하지 않는 스타일인 듯하니까. 아버지 쪽도 분명히 마찬가지겠지.

"이래봬도 옛날에는 저택에서 살고 있었는데. 그 무렵의 나는 방 하나쯤은 간단히 빌려 줄 수 있었지만, 지금은 이게 고작*."

"루팡처럼 말하지 마."

"루팡 뽑기에서 루팡 카를 뽑고 싶은 마음에 이곳저곳의 편의점에서 합계 9만 엔을 쓴 나를 어떻게 생각해?"

"운이 너무 나쁘다고 생각해."

나는 바닥에 앉았다.

빙글, 하고 방 안을 둘러본다.

"어쩐지 마음이 차분해지네."

"그래? 아라라기 군은 항상 마음이 불편해 보였는데."

"여자애의 집에 와서 태연자약할 수 있는 남자는 없겠지. 하지만 어쩐지 좋다, 여기."

나는 생각을 정리하지 않은 채로 떠오르는 것을 이야기했다.

"자기 집 같아."

"흐음?"

잘 모르겠다는 얼굴을 하는 센조가하라.

잘 모르겠지.

그야 그렇다, 나도 모르겠으니까.

말해 버린 것뿐이다.

혼잣말처럼.

애초에 자기 집이란 무엇일까. 불타 버린 하네카와 가는 확실히 내가 15년간 살고 있던 집이므로 정의상으로는 물론이고 이론으로 따져 봐도 나에게 '자기 집'이며, 타 버린 그 모습을 봤을 때 내가 입 밖에 내 버렸듯이 '우리 집'이겠지.

※지금은 이게 고작 : 애니메이션 〈루팡 3세 ~칼리오스트로의 성~〉의 명장면에서 나오는 대사.

하지만.

어째서 그 복도보다도 이 타미쿠라장의 201호실이 편안한가.

마음이 안정되는가.

"적어도 나에게는 자기 집이란 기분은 들지 않아. 이곳에 이사 온 지 아직 그렇게 오래 되지 않았고."

센조가하라는 말했다.

"뭐, 예전 집은 예전 집대로 없어져 버렸지만."

"……."

그랬다.

센조가하라가 예전에 살던 집. 저택이라고 말해도 전혀 손색없는, 이 일대에서도 유명했던 그 집은 지금은 이미 공터가 되어 있다.

아니, 공터는 고사하고.

길이 되어 있었던가.

어떤 걸까.

나는 집이 불타는 현장을 멀리에서나마 똑똑히 보았지만, 모르는 사이에 예전 자기 집이 없어졌다는 것은 어떤 기분일까.

모르겠다.

그것도 모르겠다.

모르니까, 나는 생각하기를 그만두었다.

그렇다.

더 이상 신경 쓰지 않는다.

편안함 같은 것은 신경 쓰지 않는다.

"하네카와, 오늘은 학교를 쉬도록 해."

센조가하라는 땀으로 푹 젖은 티셔츠를 벗으면서 그렇게 말했다.

아니, 아무리 여자끼리라고 해도 아주 시원시원하게 벗는 센조가하라였다.

동경이 느껴지기까지 한다.

"나도 쉴 거니까."

"어?"

"졸리거든. 역시나."

가만히 보니 센조가하라의 눈은 조금 흐리멍덩했다.

"지금이라면 이불에 안기게 되더라도 상관없어."

"……."

굉장한 표현이다.

"전 육상부 소속이었다고 해도 공백기가 너무 길었는지 다리도 허리도 후들후들해. 하네카와도 침대는 잘 만들었던 것 같지만 그런 장소에서 편히 잘 수 있었을 리도 없잖아?"

"어? 그야, 뭐… 그럴지도 모르겠지만."

"머리카락도 심하게 삐쳤고."

"머리카락이 삐친 얘기는 하지 마."

나는 당황하며 센조가하라를 보았다.

"하지만 겨우 2학기 이틀째인데 학교를 쉴 수는…"

"집에 불이 난 애가 다음 날 평소처럼 밝고 건강하게 학교에 오는 쪽이 비정상이야. 그런 부분이 세상과 동떨어져 있다는 거야,

너는."

센조가하라는 청바지도 벗고, 속옷차림이 된 채로 내 쪽을 향하며 엄격하게 말했다.

완고하게 물러서지 않는 자세다.

속옷차림인데도 더할 나위 없이 용맹스럽다.

조금의 색기도 없다.

"원래부터 너는 진학할 생각이 없잖아? 그렇다면 이제 출석일수라든가 내신 같은 것에 그렇게 신경 쓸 것 없잖아."

"뭐, 그렇지만…."

하지만 룰은.

룰은 지키고 싶다.

룰이니까.

"됐으니까 쉬어. 무슨 일이 있더라도 학교에 가고 싶다면 나를 쓰러뜨리고 가야 할 거야."

그렇게 말하며 센조가하라는 중국 권법 자세를 취했다.

쓸데없을 정도로 완벽한 당랑권이었다.

"키킹~."

"자기 입으로 효과음 내지 마…. 알았어, 알았어. 오늘은 네 말대로 할게. 솔직히 느긋하게 쉬고 싶다는 마음도 있으니까. 그렇게 강요해 주면 고맙지."

"그렇다면 다행인데."

이런 참견은 나에게 별로 어울리지 않으니까, 라고 센조가하라는 부끄러운 듯이 말했지만, 글쎄. 나는 실로 센조가하라다운 참견이라고 생각하는데.

"아, 하지만 센조가하라는 학교에 안 가도 괜찮아?"

"나? 뭐, 나는 추천으로 대학에 갈 생각이니까 출석일수는 어떨지 몰라도 내신 쪽은…. 으음, 그렇지."

한순간 고민하는 듯한 몸짓을 하더니 곧장 센조가하라는 휴대전화를 꺼냈다. 어디에 전화를 하나 싶었는데, 센조가하라는 코를 손가락으로 잡고서 쉰 목소리로 말했다.

"쿨럭, 쿨럭! 아, 호시나 선생님이신가요? 센조가하라… 콜록, 센조가하라입니다. 아, 아무래도 때 아닌 인플루엔자에 걸려 버린 것 같은데… 최신 바이러스일지도 몰라요. 쿨럭! 네, 열? 열 말인가요? 네, 기본적으로 42도예요. 조금 전에 저의 열로 에어컨이 고장 났어요. 올해의 혹독한 더위는 제가 원인이라고 봐도 틀림없을 거예요. 땀으로 수영할 수 있을 정도예요. 온몸이 파열될 정도로 아픈데… 반의 다른 학생들에게 전염될 거라고 생각하지만, 학교에 가도 괜찮을까요? 안 된다고요? 아아, 그런가요. 알겠습니다. 아쉽네요. 선생님의 수업을 꼭 받고 싶었는데. 그러면 이만 끊겠습니다."

그렇게 말하고 전화를 끊었다.

그리고 천연덕스러운 얼굴로,

"좋게 끝났어."

라고 말했다.

좋지 않다, 전혀.

"인플루엔자라니…. 왜 일부러 안 해도 될 거짓말을 한 거야? 그냥 감기라고 하면 되잖아."

"큰 거짓말일수록 들키기 어려운 법이야. 괜찮아. 오랫동안 친하게 지내는 주치의가 있으니까 진료 기록을 위조해 달라고 할 거야."

"해 줄 리 없잖아."

어떤 의사가 의사 생명을 걸면서까지 여고생의 사보타주에 협력해 주겠는가.

센조가하라는 거짓말 그 자체에는 능통해 있으면서도 거짓말을 하는 것에 서툴렀다.

"그보다 센조가하라, 슬슬 옷을 입어 주지 않겠어? 속옷만 입은 채로 계속 있으면 조금 어색한데."

"어? 하지만 난 이제부터 샤워할 생각이거든."

"아, 그런가."

"하네카와도 할 거지?"

"아, 응. 욕실 좀 빌릴게."

듣고 보니 몸 전체가 찝찝했다.

자는 동안에도 상당히 땀을 흘렸는지, 100엔 숍에서 산 속옷이 상당히 심각한 상태가 된 것 같고.

애초에 사이즈가 미묘하게 맞지 않았다.

"물론 센조가하라가 먼저 들어가."

"뭘 그렇게 서먹서먹한 소릴 하고 그래. 같이 들어가자."

슬쩍 재촉했더니 그렇게 권유해 왔다.

그것도 아주 멋진 미소를 지으며.

아라라기 군도 본 적은 없을 듯한 해님 같은 미소였다.

"여자끼리니까 부끄러워할 것도 없잖아."

"아니, 잠깐 기다려. 아니, 아니. 좀 많이 기다려 봐. 어쩐지 불온한 공기가 느껴져."

"무슨 소리야. 나에게 흑심 같은 건 없어. 아니면 하네카와, 친구를 못 믿겠다는 거야?"

"이 장면에서 그런 말을 하는 친구는 조금 믿을 수 없을지도…."

"오해하지 마. 나는 칸바루하고는 달라."

센조가하라는 진지한 얼굴로 말했다.

"나는 하네카와의 알몸을 보고 싶은 것뿐이지, 그 이상의 짓은 할 생각이 없어."

"……."

센조가하라에게 새로운 캐릭터가 생기기 시작했다.

칸바루 양의 기호에 대해서는 예전에 나도 들었지만, 한 번 생각해 보자. 중학교 시절 발할라 콤비의 관계성은 의외로 칸바루 양의 일방적인 것은 아니었을지도 모른다.

"부탁입니다, 하네카와 씨. 저와 함께 샤워해 주세요!"

손을 마주하고 애원해 왔다.

센조가하라의 새로운 캐릭터가 너무 참신하다.

아무도 따라올 수 없는 것은 아닐까?

"나하고 하네카와가 손을 잡으면 센고쿠를 쓰러뜨릴 수 있을 거야!"

"너, 그 애에 대해서 아직 모른다는 설정이잖아…?"

메타 발언이 등장했다.

조심해야겠다.

센조가하라하고 비슷한 정도로 조심해야겠다.

"…뭐, 상관없을까. 확실히 여자끼리고, 그렇게 거부감이 있는 것도 아니고."

"어머. 승낙해 주다니 의외네."

원래 모습으로 돌아오는 센조가하라 씨.

정말로 어디까지가 진심이었을까.

도통 알 수가 없다.

"내가 권유하긴 했지만, 하네카와는 설령 친구를 상대로도 그런 선 같은 부분은 절대로 넘지 않을 사람이라고 생각했어."

"아하하. 선이란 게 뭔데? 방에 아무도 들이지 않는 사람이라든가, 학교 밖에서는 누구와도 놀지 않는 사람이라든가, 그런 거?"

"그래."

"부정은 하지 않겠지만."

나에게는 그런 부분이 있다.

자기는 상대에게 척척 발을 들이미는 주제에 상대가 발을 들이미는 것은 싫어한다고 해야 할까. 아라라기 군과의 관계가 딱 그랬다고 생각된다.

그래서 그런 결과가 되었던 거구나.

"하지만 울면서 나를 때려 준 아이를 상대로 거리를 둬 봤자, 이제 와서 모양새가 안 나잖아?"

"읏."

그렇게 말하며 센조가하라는 얼굴을 붉혔다.

입술을 삐죽 내밀고 마치 토라진 듯이.

무표정으로 일관하고 있던 무렵의 센조가하라도 멋졌지만, 표정이 풍부한 센조가하라 쪽이 훨씬 멋졌다.

오히려 이쪽에서 부탁해서 같이 샤워를 하고 싶을 정도다… 라는 것은 역시 지나친 표현일까?

"아."

그 타이밍에, 센조가하라가 손에 들고 있던 휴대전화에 착신이 있었다. 호시나 선생님이 역시 뭔가 이상하다는 걸 깨닫고 전화한 것일까 했지만 그렇지 않았던 것 같다.

그 착신은 메시지였으니까.

"누구한테 온 거야?"

"아라라기 군에게서. 흠흠. 이 내용이라면 아마도 하네카와의 휴대전화에도 같은 메시지가 갔을 거야."

"어?"

"확인해 보는 게 어때? 콘센트는 거기 있는 걸 써도 돼. 괜찮아, 전기세를 청구하지는 않을게."

"그 대사를 덧붙이는 바람에 오히려 인색한 느낌을 받게 되었는데…."

그 말을 듣고 나는 휴대전화를 가방에서 꺼내 전원을 켰다. 그리고 저절로 착신되길 기다리지 않고 신규 메일을 확인했다.

신규 메일은… 957건.

"아, 앞쪽에 있는 건 내가 걱정되어서 보낸 메일이니까 신경 쓰지 마."

"하룻밤에 956건이나 보낸 거야?!"

수신 폴더에 있던 메시지 대부분이 떠밀리듯 메모리에서 사라져 버렸다.

이건 내가 잘못한 걸까?

역시나 사죄를 요구해야 하는 게 아닐까?

그런 생각을 하면서 가장 최근에 온 메시지를 서둘러 확인한다. 확실히 발신인은 아라라기 군이었다.

[한동안 못 돌아갈 거야. 걱정하자마.]

제목도 없고 서명도 없는, 단도직입적이라고 하기에도 너무 장식이 없는 문장이었다. 그러면서도 두 번째 문장부터는 띄어쓰기를 할 수고조차 아까운 데다, 제대로 자판을 누를 수도 없었는지 '하자마'라고 쓰여 있다. 그걸 정정할 틈조차 없는 긴급 상황에서 보낸 것이라고 여겨지는 절박한 문자였다.

"예상대로이긴 한데, 또 뭔가 하고 있는 것 같네, 아라라기 군. 게다가 이번에는 상당히 심각해 보여."

같은 문장이 도착해 있는지, 센조가하라가 한숨 섞어 그렇게 말했다.

어이없어 하는 것 같다.

"나는 그때의 일을 잘 모르지만, 문장으로 판단하기로는 이건 봄방학이나 그 이상이란 느낌일까."

"역시, 그렇게 생각해?"

"응. 하지만 뭐, 일부러 이런 문자를 보내게 된 만큼 성장했다고 봐야 할까…. 옛날에는 정말로 눈앞의 일밖에 보지 못하는 남자였으니까."

"그렇지."

마요이에 얽힌 일일까….

아니, 마요이는 잊고 간 배낭을 아라라기 군에게 돌려받으려 하고 있었을 뿐이고, 그것 때문에 아라라기 군을 찾고 있던 것뿐이니까 아라라기 군이 지금 관련된 일하고는 관계가 없을지도 모르지만.

어째서인지 그런 기분이 들었다.

확신을 갖게 된다.

"소용없네. 전화를 걸어 봤는데 연결이 안 돼."

어느 샌가 그런 소리를 하고 있던 센조가하라가(행동에 망설임이 너무 없다), 그리 낙담하는 느낌도 없이 탁 하고 닫은 휴대전화를 충전 스탠드에 놓았다.

"뭐, 저쪽은 남자애니까 그렇게 걱정하지 않아도 괜찮을까…. 괜찮겠지. 돌아오면 하네카와하고 함께 샤워를 했다고 자랑해야겠어."

"괴롭힐 수 있는 얘기가 못 된다고 생각해."

"하네카와의 신체 라인은 이런 느낌이고 여기가 이렇게 되어 있고, 라든가."

"몸짓을 섞어 가며 얘기하지 마."

음흉하다고 할까, 요염하다.

"하지만 이것으로 이쪽의 호랑이에게는 이쪽이 알아서 대응하는 수밖에 없다는 느낌이네."

"호랑이?"

내가 통학로에서 만난… 호랑이.

거대한 호랑이.

말하는 호랑이.

그러고 보니 그 건이 있었기에 센조가하라는 지나칠 정도로 나를 걱정하고 있었다고 말했던가.

"하지만 호랑이라니…."

"응? 어쩌면 나는 그 호랑이가 화재의 원인이 아닐까 하고 생각했는데… 아니야? 화재의 원인은 확실히 밝혀졌어?"

"아니, 그건 아직 알 수 없어서…."

방화일지도 모른다고.

소방대원 중 한 사람이 그런 말을 한 정도였다.

호랑이… 호랑이가 원인….

"…모르겠어."

"그래. 그러면 그것도 내가 너무 앞질러 간 건지도 몰라. 옛 육상부원이었던 만큼."

"그 정도의 '～이었던 만큼'을 멋진 표정으로 말하지 마."

"자, 하네카와. 슬슬 아라라기 군의 몫까지 샤워를 하자."

"아라라기 군 몫까지 샤워할 필요는 없다고 생각하는데."

"아라라기 군의 몫까지 내가 하네카와의 나체를 볼게."

"그건 그냥 네 몫까지만 해."

"그래."

간단히 납득하는 센조가하라.

뭐, 여기서 저항해 와도 곤란하다.

"맞다. 생각해 보니 말인데, 아라라기 군은 요즘 들어서 여자의 나체나 속옷 같은 것으로는 흥분하지 않게 되었어."

"그래?"

"응. 아라라기 군은 요 몇 달간의 다양한 경험으로 이미 수준이 올라갔으니까. 이제는 여자가 스커트를 입고 있는 것만으로도 야하다고 말해."

"여자로서는 몸을 지킬 방법이 없는 시점이네."

"천이 바람에 흔들리는 것이 견딜 수가 없대."

"스커트가 걷어 올려지지 않아도 좋은 거구나…."

수준이 높다.

그렇다기보다….

응….

"그러면 사이좋게 가슴 씻겨 주기를 하자."

"등 밀어 주기 아니야?"

"저기, 하네카와."

이 이상 질질 끌다간 대화가 위험해질 거라고 생각해서 재빨리 교복을 벗기 시작한 나에게 센조가하라가 갑자기 물었다.

웃는 얼굴로도 진지한 얼굴로도 볼 수 없는 표정으로.

"아라라기 군을, 지금도 좋아해?"

"응. 지금도 좋아해."

나는 곧바로 대답했다.

012

마침 좋은 타이밍이므로 여기서 잠시 아라라기 군에 대한 이야기를 하려 한다.

아라라기 코요미 군의 이야기.

센조가하라의 남자친구이며 나의 친구인, 아라라기 코요미 군의 이야기다.

사실 나는 아라라기 군을 봄방학 이전부터 알고 있었다. 뭐든지 알지는 못하지만 아라라기 군에 대해서는 알고 있었다.

아무래도 그에게는 자각이 없는 듯하지만, 아라라기 군은 나오에츠 고등학교에서 상당한 유명인이다.

눈에 띈다고 할까.

사실대로 말해서, 안 좋은 의미로 눈에 띄고 있었다.

그는 나를 유명인 취급하고 싶어 하지만… 웬걸, 아라라기 군도 그것과 막상막하란 느낌이다.

주위에서 무서워하고 있다는 것이 옳은 표현이지만.

그렇다, 그는 두려움을 사고 있다.

내가 우등생 취급 받는 것을 싫어하는 것처럼 그는 불량학생 취급 받는 것을 싫어한다. 그렇지만 제멋대로 학교를 빠지거나 수업도 시험도 적당히 보는… 아니, 보지도 않는 학생이 있다면 당연히 그럴 거라고 생각하는 사람은 결코 나 하나만은 아닐 것이다.

가까운 사이가 되고 나서 자세히 물어보니, 그렇다기보다 넌지시 떠보았더니 학교를 땡땡이치고 수업이나 시험을 적당히 넘기며 아라라기 군이 뭘 했는가 하면, 아무래도 봄방학이나 골든위크 때와 비슷한 일을 하고 있었다는 모양이다.

별것 아니다. 그는 봄방학에 흡혈귀가 되어서 괴이와 관계된 탓에 인생이 일변한 것이 아니라 뼛속부터, 원래부터 아라라기 코요미였던 것이다.

아라라기 군이 아주 떨떠름한 얼굴로 쓴소리를 하고 있는 카렌이나 츠키히의 파이어 시스터즈 활동도 그것과 마찬가지로 별것 아닌, 아라라기 군의 중학교 시절을 재탕하는 것에 지나지 않는 것이었다.

아니, 그 두 여동생들에게 이야기를 들어 보면, 아라라기 군의 중학교 시절 쪽이 훨씬 심각하다. 아슬아슬하게 법률에 저촉되지 않는 과외 활동, 아니, 그러기는커녕 법률을 상대로 싸웠다고 해도 그리 과언은 아닐 것 같다. 용케 살아서 고등학생이 되었다며 어이없음을 넘어 감탄하게 될 정도다.

다만 중학교 시절의 아라라기 군과 고등학교 시절의 아라라기 군은, 하는 일은 같아도 모티베이션에 커다란 차이가 있었던 것은 아무래도 사실 같다.

무슨 일이 있었을까. 그 점에 대해서는 봄방학 이상으로 완고하게 입을 다물고 있고 나를 포함해 지금 그의 주위에 있는 친구 아무도 모르지만, 아라라기 군은 고등학교 1학년 무렵에 어떠한 정신적인 전기가 있었던 것 같다.

그가 말하는 '낙오한' 원인이라고 해야 할까.

…일부러 과장스럽게 말했지만, 그냥 수업 수준을 따라갈 수 없었다는 것뿐일지도 모른다. 뭔가 큰 사건이 없으면 인간의 정신에 변화가 있어서는 안 된다는 법도 없고.

게다가 변하든 변하지 않든 아라라기 군은 아라라기 군이고.

만났을 무렵에는 쿨했던 아라라기 군이 지금은 완전히 변해 버렸다고 해도 그는 그이고.

어떻게 변하더라도 그는 아라라기 코요미.

그러니까 이것은 단순히, 중학교 무렵의 아라라기 군은 좀 더 들뜬 분위기의, 신나고 열혈스런 컨디션의 소유자였다는 추억 이야기일 뿐이다. 그 본인도 이미 잊고 있는 추억 이야기. 그런 의미에서는 고교생이 되어 다소 진정되었다는, 평범한 사건일지도 모른다.

평범하고.

흔한.

그의 사건.

혹은, 하고 생각한다.

봄방학도. 골든위크도.

센조가하라의 일도, 하치쿠지의 일도, 칸바루 양의 일도, 센고쿠의 일도, 카렌의 일도 그에게는 중학교 시절에 경험했던 이런저런 일들 정도는 아니었을지도 모른다고, 혹은 그런 식으로 생각한다.

그리고 오늘도 늘 그렇듯 뭔가로 움직이고 있는 것 같고.

나는 그런 그를 언제부터인가 좋아하게 되어 버렸던 것이다. 그것이 언제부터인가는 조금 나중에 이야기하자.

014

……?

장章 번호가 또 하나 건너뛰었네?

어떻게 된 일이지?

설마 13이라는 숫자가 재수 없기 때문에 건너뛰었을 리도 없다. 예전에 아라라기 군이 '13'을 건너뛴 것은 왠지 모르게 필연성이 있어서 이해가 되지만, 죽을 사死 자와 발음이 같으니 '4'를 건너뛰자는 발상을 맨 처음에 했던 녀석은 대체 어느 정도의 영향력을 가졌기에 그런 신소리를 보급시킬 수 있었던 거냐며 고개를 갸웃거린 적이 있었다(그다운 의견이다). 그러나 그때 필연성이 있었다고 해도 반드시 '13'을 건너뛰어야만 하는 것은 아닐 것이다.

……???

아니, 특별히 문제가 있는 것도 아니므로 이대로 넘어가 버리게 되는데… 정오가 지나서 나는 잠에서 깨어났다.

누가 깨워 주지도 않았는데.

센조가하라의 말대로 그 폐허란 환경에서는 아무래도 편히 잘 수 없었는지, 깊이 숙면하고 나니까 몸의 중심부 어딘가에 들러붙어 있던 권태감 같은 것이 씻은 듯이 상쾌하게 떨어져 나가 있었다.

일어났더니 눈앞에 센조가하라의 자는 얼굴이 있다는 상황에는 조금 깜짝 놀랐지만.

아니, 조금이 아니다. 상당히 진짜로 놀랐다.

눈이 호강한다고밖에 표현할 말이 없다.

무서울 정도로 단정한 얼굴이다. 눈을 감고 있는 미인이란… 뭐랄까, 눈을 뜨고 있을 때와는 전혀 느낌이 다르다.

특히 센조가하라의 잠든 얼굴은 마치 만들어진 물건처럼 멋지고, 매끄러운 그 살결은 도자기처럼 느껴지기까지 했다. 그렇지만 만든 물건에서는 느껴질 리 없는 요염함도 확실히 있어서, 나도 모르게 가슴이 두근거리고 말았다.

두근두근두근두근.

몸의 피로는 풀렸지만, 눈을 뜬 직후에 이렇게까지 급격히 혈압이 오르게 되면 잠이 덜 깨고 뭐고 없다.

아라라기 군은 이 잠든 얼굴을 항상 독점하고 있겠구나.

그런 조금 어덜트한 생각을 하며 자기 혼자서 얼굴을 붉혔다.

바보 같다.

아니, 그냥 바보다.

…아니, 아닌가.

제아무리 아라라기 군이라도 지금은 아직 이 잠든 얼굴을 독점할 수는 없다. 센조가하라는 아버지와 둘이 살고 있으니까.

딸의 자는 얼굴을 누구보다도 많이 보아 온 것은.

누구보다도 지켜봤던 것은.

아버지일 것이다.

"…어머."

그렇게.

갑자기 센조가하라가 눈을 떴다.

그것은 '일어났다' 라기보다는 '되살아났다' 같은 느낌이었다.

혹은 '스위치가 켜졌다' 라든가.

기동했다, 라든가.

아무래도 센조가하라도 잠에서 금방 깨지 못하는 타입은 아닌 듯하다. 저혈압이 아닐까 생각되던 그녀였지만.

사실 잠에서 깨어나는 것과 저혈압 사이에 인과관계는 없는 듯하지만 말이지.

굳이 관계가 있는 것으로 말하자면 저혈당?

"잘 잤어, 하네카와?"

"잘 잤어, 센조가하라?"

"말은 이렇게 해도 이미 그런 시간은 아니지만."

"그러네. 그런 시간이 아니네."

"지금 몇 시?"

"어디보자."

고개의 방향을 돌려서 다시 서랍장 위에 있는 탁상시계를 확인했다.

"1시 반."

"오전? 오후?"

"당연히 오후지."

얼마나 자고 있었다고 생각하는 건지.

이하는 회상. 그 이후.

그 뒤로 정말로 센조가하라와 나는 같이 샤워를 했다. 나에게 누군가와 같이 샤워를 하는 체험은 처음이었으므로, 여러 가지로 부끄럽고 서툰 일들이 있었음을 여기서 보고해 둔다.

따라서 주도권은 완전히 센조가하라에게 넘어가서 실제로 이쪽저쪽 씻겨지고 말았다. 정말로 익숙한 손놀림이자 명백한 경험자의 솜씨였다.

이 아이, 여자끼리 는실난실하는 것에 익숙해!

그렇게 생각되었다.

그러나 그렇게까지 당하고 나도 묵묵히 있을 수는 없어서 이쪽저쪽 씻겨 주었다.

그 정도로 넓지 않은 샤워실 안에서 문자 그대로 있는 그대로를 전부 보여 주는 허심탄회한 교제라는 느낌이어서, 어떻게 말해야 좋을지 알 수 없지만 상당히 선을 넘은 느낌이 든다.

선을 그어 두는 내가 선을 넘었다.

전기轉機라고 말하자면 전기다.

적어도 센조가하라를 상대로 괜한 배려를 하는 것은 의미가 없어졌다는 기분이 들었다. 본심을 말하자면, 이렇게 센조가하라가 억지로 데려와 주긴 했지만 남의 집에서 묵는다는 것에 대해 아직 나는 거부감이 있었지만.

하루만 신세를 지겠다고, 그런 식으로 순순히 생각했으니까.

그런 기분이 들었다.

솔직하게, 생각한다.

그러고 보니 단지 그뿐인 것을, 나는 상당히 오랫동안 생각해 오지 않았다.

솔직이란 무엇일까.

생각한다는 건 무엇일까.

깊이 생각하기 시작하면 끝이 보이지 않게 되지만.

생각해 보면 센조가하라도 마음에 강고한 벽을 만들고 있던 인간이다.

'양갓집 아가씨'라고 불리던 무렵의 그녀라면 결코 나를 집에 재워 주거나 같이 샤워를 하거나 하지는 않았을 것이고, 그 이전에 밤새도록 나를 찾아서 동네 안을 뛰어다니지도 않았을 것이다.

그녀가 이 몇 달간 극복해 온 다양한 것들의 무게를 생각하면.

똑같이 다양한 경험을 하면서도 결국 무엇 하나 극복하지 못한 자신이 한심해진다.

그렇다.

나는 무엇 하나… 극복하지 못했다.

골든위크의 소동을 겪어도, 학교 축제 전의 그날을 겪어도.

성장하지 않았다.

변하지 않았다.

그러니까 센조가하라가 아주 부러워서… 그리고 아주 좋아서 싫어할 수 없다고 생각했다.

솔직하게 생각했던 것이다.

그리고 30분 정도 샤워실에서 서로 장난을 치고(말리는 사람이 없었다), 상쾌한 기분으로 탈의실로 나왔다.

서로의 몸을 닦아 주고 속옷을 입었다.

"하네카와, 내 속옷을 입는 것에는 거부감이 들겠지만 잠옷 정도는 빌려 입도록 해."

그렇게 센조가하라는 말했다.

"아마도 어딘가의 할인점에서 샀을 것으로 보이는, 솔도파*가 졸도할 것 같은 디자인의 저 운동복은 뭣하다면 내가 쓰레기로 집 밖에 내다 놓을 테니까."

"어? 저건, 안 되는 거야?"

"정말 형편없어."

젖은 머리카락을 성가시다는 듯 건드리면서 센조가하라는 고개를 저었다.

단적인 코멘트다.

"저 옷은 사람이 입는 것을 상정하고 만들어지지 않았어. 마네킹 전용이야. 혹은 옷걸이의 기능을 확인하기 위한 모형이라고 해야 할까?"

"……."

그렇게까지 말하는 건가.

폐허에는 거울 같은 게 없어서 그것을 입은 내 모습을 끝내 확인하지 못했지만, 센조가하라가 책상으로 만든 침대에서 자고 있는 나를 깨울 때에 울었던 것은 그런 옷을 입고 있는 나를 보았다는 점도 작용했을지 모른다.

※솔도파(率堵婆) : 부처의 사리를 안치하는 탑. 산스크리트어로 탑이란 뜻의 stupa(스투파)를 음역한 단어로 졸도파(卒都婆)나 솔탑파(率塔婆)로 쓰기도 한다.

으음.

난처하게 됐네.

"하지만 네 잠옷을 빌려 입어도 괜찮아?"

"괜찮아. 나는 옷이 꽤 많거든."

"그러면 사양하지 않을게."

속옷은 100엔 숍에서 사 온 것으로 새로 꺼내 입었다.

그리고 센조가하라가 서랍장에서 가져온 잠옷을 입었다.

남의 옷을 입는다는 것은 이상한 감각이었다. 옷을 입었음에도 불구하고 뭐라 말할 수 없는 개방감이 느껴진다.

뭔가를 허락해 버리고 말았다는 기분이 든다.

센조가하라는 키가 커서 옷의 사이즈가 나보다 크기 때문에 필요 이상으로 헐렁한 느낌이었지만.

"그런데도 바스트만은 꽉 끼어 보이는 것이 약속대로라 훌륭하네."

"아니, 별로 꽉 끼지 않는데…."

잠옷은 원래 낙낙하기 마련이라 보통이다.

그런 약속 같은 건 하지 않았다.

센조가하라도 잠옷차림이 되기를 기다린 뒤에 드라이어로 서로의 머리를 말렸다.

이것은 금방 끝났다. 1학기에는 나도 센조가하라도 나름대로 머리가 길었지만 지금은 둘 다 단발머리 정도의 길이니까.

금방 말랐다.

그것에 조금 아쉬운 기분을 맛보기도 했다.

"하지만 하네카와. 학교 축제가 끝나고 머리를 자른 다음에 다시 기르고 있지?"

"응? 응. 뭐, 그래. 그 뒤로 아직 미용실에는 가지 않았어."

"다시 기를 거야?"

"으음. 글쎄? 자르고 나서 처음으로 깨달은 건데, 의외로 머리가 긴 편이 손질하는 수고가 덜 들더라고. 그렇게 생각하지 않아?"

"흠. 뭐, 그런 부분이 없지는 않을지도."

"그렇지?"

"머리가 삐친다든가."

"…그렇지."

참 끈질기네.

"그러니까 졸업한 뒤를 생각하면 결국 길러 두는 편이 좋을지도 모르겠다 싶어서."

"졸업한 뒤라…."

센조가하라는 함축이 느껴지는 말투로 내 말을 반복했다.

"정직하게 말해서 좀 뭐하다고 생각하는데 말이야. 하네카와에게 대학 교육이 필요하다고는 결코 생각하지 않지만, 그래도 대학이란 공부만 하러 가는 장소가 아니니까. 내가 보기에는 세계를 돌아다니는 것도 대학에 가는 것도, 같은 일이라고 생각해."

"……."

그건 지금까지 몇 번이나 화제에 올랐던 일이었지만, 이런 것을 딱 부러지게 말해 주니까 나는 센조가하라를 좋아하는 거겠지, 하고 생각한다.

그렇다, 나는 대학에 진학하지 않는다.

출석일수도 내신 성적도 관계없는 것은 그것 때문이다.

졸업하면 2년에 걸쳐서 전 세계를 여행할 생각이다. 그것을 위한 계획도 거의 완성되어 있다. 너무 자세하게 예정표를 만들어 버리면 그것은 그것대로 패키지여행처럼 되어 버리니까 어디까지나 대강의 계획이긴 하지만.

그 '진로희망'을 알고 있는 사람은 현재 아라라기 군하고 센조가하라뿐이다.

아라라기 군은 그런 사람이니까 나를 말리지 않았지만.

센조가하라는 이런 사람이니까 온화하게 맹렬 반대했다.

"그런 폐허에서 아무렇지도 않게 자 버리는 무신경함을 생각하니 반대하는 마음이 더욱 강해졌어. 강고해졌다고 말해도 좋아. 일본처럼 치안이 좋은 나라만 있는 게 아니라니까? 몹쓸 꼴을 당하고 난 뒤에는 늦는다니까? 온 세상의 남자가 그 피부를 노리고 있다고 생각하라고."

"피부야?"

"열대지방을 돌아다녀서 그 피부가 햇살에 그을려 버릴 걸 생각하면, 절망적인 기분이 들어."

센조가하라는 정말로 절망적인 표정을 지었다.

이 아이는 내 피부에 대체 어느 정도의 애착이 있는 걸까.

"차라리 개목걸이라도 채워서 감옥에 가두고 감금하는 편이 좋을까…."

"센조가하라, 센조가하라. 치안이 좋은 나라에서 네가 나를 몹쓸 꼴로 만들려 하고 있어."

"오기 부리는 거 아니야?"

나의 딴죽을 무시하는 센조가하라 씨.

그러고 보니 아라라기 군도 센조가하라에게는 자주 딴죽을 무시 당했다고 들었다.

원래 이런 성격일지도 모른다.

"아라라기 군에 대해서인지, 오시노 씨에 대해서인지, 혹은 나에 대해서인지…. 아니면 그 이외의 누군가, 예를 들어 그런 부모님에 대해서인지는 모르겠지만."

"……."

잠깐 입을 다물어 버렸다.

생각해 버렸던 것이다.

그럴지도 모른다… 아니.

"오기 같은 건 부리지 않았어. 오기로 진로를 결정할 리가 없잖아."

"그렇구나. 그렇다면 다행이지만."

"단순히 나에게 부족한 것을 채우고 싶다는 것뿐이야. 요즘 스타일로 말하면… 그렇지. 나 자신을 찾는 자아 찾기 여행이라고나 할까."

"자아 찾기."

"다만 '나 자신' 하고는 골든위크에 이미 만나 버렸지만. 그러니까 새로운 '자신 만들기' 라고 하는 편이 맞을지도 몰라."

"흐음. 뭐, 네가 굳게 맹세한 결의를 내가 뒤집을 수 있을 거라고는 생각하지 않아. 내가 강고하다면 너는 완고해. 하지만."

센조가하라는 말했다.

조용하게.

"가고 싶지 않아졌다면 언제든지 그만둬도 돼. 여행 도중에 돌아오는 것도 괜찮아. 우리들은 그걸 부끄러운 일이라고 생각하지 않아. 그래, 우리들. 아라라기 군도 사실은 말리고 싶은 마음이 굴뚝같을 거야."

"굴뚝같을까?"

"그렇고말고."

단언을 받고 말았다.

하지만 실제로는 어떨까?

나는 아라라기 군이 나를 어떻게 생각하고 있는지를 좀처럼 알 수 없지만… 뭐, 그런 느낌으로 여자들만의 수다라고도 말할 수 없는 여자들만의 수다를 떨며 우리들은 머리 말리기를 끝냈다.

그리고 센조가하라는 벽장에서 이부자리 한 채를 꺼냈다.

"아버지가 쓰는 이부자리가 또 한 채 있는데… 어때? 마흔이 넘은 중년 아저씨가 평소에 쓰는 이불 속에 여고생을 재운다는 것은 거부감이 들어. 응, 이건 어쩔 수 없지. 하네카와, 내 이불에서 같이 자자."

"……."

결론이 빨라!

"괜찮아, 괜찮아, 괜찮아! 안심해! 절대 아무 짓도 안 할 거니까! 같은 이불 속에서 자는 것뿐이야! 손가락 하나 건드리지 않을게!"

신뢰를 호소하는 것으로 신뢰를 잃는다는, 실로 능숙한 행동을 해내는 센조가하라였다.

"하네카와를 전신 베개 삼아 안고 자지는 않겠습니다!"

"…네가 아라라기 군하고 사귈 수 있는 이유를 알게 된 것 같아."

혹은 아라라기 군을 저렇게 만들어 버린 것은 내가 아니라 센조가하라일지도 모른다는 의심도 급속히 고개를 치켜들기 시작했다.

그리고 가만히 생각해 보니, 봄방학 시점에서 아라라기 군은 비교적 상당했던 기억도 있다.

응, 그렇다면 내 탓이 아니네.

"좋아. 알았어, 알았어. 그런 소리 하지 않아도 그런 걱정은 안 해."

"그래? 고마워."

어째서인지 감사 인사를 하는 센조가하라.

아주 수상한 여자였다.

"그러면 하네카와, 베개는 내 것을 써. 나는 아버지의 베개를 쓸게."

"응? 어라, 그러네. 그렇다면 센조가하라가 아버지의 이부자리를 쓰는 선택지는 없어?"

가족이라도… 아니, 가족이기에 한창 나이의 딸이 아버지에게 거부감을 느끼는 일도 엄연히 있으므로 아버지와 같은 이불은 쓰고 싶지 않다는 이론일지도 모른다고 생각했는데, 베개를 쓰겠다고 한다면 그런 이유도 아닌 것 같다.

"어? 하지만 내가 아버지의 이불을 쓰게 되면 하네카와하고 같이 잘 수 없게 되잖아."

"그렇구나."

아주 논리 정연한 이유다.

뒤집기 어렵다.

"게다가 나는 사실 파더 콤플렉스라서 아버지의 이부자리에 누우면 흥분되어서 잠을 잘 수 없거든."

"센조가하라, 너무 적나라해."

어떻게 된 가족이냐.

아니, 가족이라는 것에 대해 아무것도 모르는 내가 간단히 말해도 될 만한 딴죽은 절대 아니지만.

"뭐, 각각의 집에는 각각의 가족관계가 있다는 거야. 아라라기 군 쪽의 남매관계는 명백히 이상하잖아."

"이상하지!"

나도 모르게 힘을 실어 동의했다.

그 남매관계는 분명히 말해서 위험하다.

항상 윤리와 싸우고 있고, 게다가 최근 들어서는 완전 승리를 얻어 나가고 있다.

전황은 극히 위태롭다.

"요전에 소개를 받았는데, 카렌 양하고 츠키히 양이 오빠를 보는 눈의 리스펙트는 정말…. 그것에 비하면 아버지에 대한 내 마음 같은 건 지극히 정상의 범주야."

"흐음."

보다 심각한 예를 드는 것으로 자신을 일반화시킨 느낌은 부정할 수 없지만… 뭐, 추궁은 하지 말자.

같은 집에서 사는, 15년간 같은 집에서 지냈던 두 사람과 끝내 가족이 될 수 없었던 내가 추궁해도 될 일은, 역시 아니다.

그 집조차.

지금은 없어져 버렸으니까.

집이 없으면 가족이 될 수 없다.

"자, 그러면 잘까? 하늘하늘한 이불… 아니, 하네카와."

"하네카와라고 말하려다가 하늘하늘한 이불이라니, 절대 그렇게 틀릴 수는 없지."

공통점은 첫 한 글자뿐이고 글자 수도 전혀 다르다. 일부러 그런 거라고밖에 생각되지 않지만, 표정이 풍부해졌어도 센조가하라는 어디까지가 진심이고 어디까지가 그렇지 않은지 겉으로는 전혀 알 수 없다.

그 시점에서 오전 8시.

지금부터라도 열심히 뛰어가면 학교에 지각하지 않을 수 있는 시간이었지만, 나는 얌전히 호시나 선생님에게 결석하겠다는 뜻을 전하고.

센조가하라와 동침했던 것이다.

"잘 자."

"잘 자."

잘 자, 라고 말하는 것도.

아주 오래간만이라서 마치 처음처럼 느껴졌다. 룸바에게는 잘 잤냐고 말한 적은 있어도 잘 자라고 말한 적은 없었으니까.

015

회상 종료.

"오후 1시 반인가…. 결국 실컷 잤네. 하네카와도 지금 일어났어?"

"응, 그런 것 같아."

"우후. 설마 하네카와하고 같은 이불 속에서 눈을 뜨는 일이 있을 줄이야."

"필로토크 같은 소리 하지 마."

"난 신경이 예민해서 보통은 잠을 얕게 자는 편인데, 왠지 모르게 푹 잘 수 있었어. 어째서일까, 이건 베개가 좋았기 때문일까?"

"그건 아버지의 베개라는 의미? 아니면 전신 베개라는 의미?"

어느 쪽이라고 해도 변변한 얘기는 아니지만.

그러나 나도 나대로 꿈도 꾸지 않을 정도로 깊게 잤으니 역시 남의 말을 할 때가 아니다. 센조가하라의 베개가 좋았던 건지, 센조가하라의 이불이 좋았던 건지, 아니면 안고 잔 전신 베개가….

아니, 아니.

그런 걸 안은 적 없다니까.

"그건 그렇고. 하네카와, 배고프지 않아? 아침 식사…는 아니네. 점심이라도 만들까 하는데."

"아, 그거 좋네. 감사히 얻어먹도록 하겠습니다."

"못 먹는 음식 있어?"

"없습니다."

"그래."

센조가하라는 이불에서 기어 나와 탈의실 쪽으로 향했다. 세수를 해서 완전히 잠에서 깬 뒤에 부엌칼을 줄 생각이겠지.

그런 뒤에 그대로 부엌으로.

부엌이라고 해도 다다미 여섯 장 정도의 방이므로 같은 방이나 마찬가지지만.

"룽, 룽, 룽."

콧노래를 부르며 에이프런을 걸치는 센조가하라.

어쩐지 기분이 좋은 것 같다.

요리를 좋아하는 걸까?

전에 아라라기 군이 센조가하라가 좀처럼 요리를 만들어 주지 않는다고 한탄했던 것을 떠올렸는데, 그러고 보니 최근엔 그런 이야기를 듣지 못했다. 즉 그 뒤로 그는 연인이 손수 만들어 준 요리를 먹을 기회가 있었다는 이야기일까?

"저기, 하네카와."

"왜?"

"여기서 내가 천천히 알몸에 에이프런을 하게 된다면 모에를 느낄까?"

"역정을 낼 거야."

그렇구나, 라고 센조가하라는 고개를 끄덕이고 냉장고에서 음식을 꺼냈다.

역정을 내지 않아도 되게 된 것 같다.

나는 역정을 내는 방법은 모르므로 이건 내가 위기를 벗어난 것이나 마찬가지다.

"그런데 하네카와. 숙주나물이란 뜻의 '모야시萌やㄴ'에는 모에란 단어에 쓰이는 싹틀 맹萌 자가 들어 있어. 그걸 알게 된 뒤로 숙주나물이 너무너무 맛나게 느껴지는 거 있지."

"아니, 나는 그런 걸로 맛이 달라지지는 않는데…."

"그렇다면, 어떻게 생각해?"

센조가하라는 멋진 표정으로 돌아보았다.

부엌칼 끝을 내 쪽으로 향하며.

"허약한 아이란 뜻의 모야시코萌やㄴっ子라는 말은 사실 굉장한 칭찬 아니야?!"

"싹틀 맹 자 하나 들어갔다고 해서…."

솔직히 별로 재미있다고도 재치 있다고도 생각되지 않았지만, 부엌칼을 내밀고 있으니까 섣불리 반론할 수 없었다.

그건 그렇고 참 날붙이를 닮은 여자애네.

"하네카와, 고시히카리 파야? 사사니시키* 파야?"

"아, 밥을 먹는 건 결정된 거구나."

"아침밥, 점심밥, 저녁밥이라고 하는 이상, 당연한 일이잖아. 빵을 먹는다면 아침 브레드, 점심 브레드, 저녁 브레드라고 해야

※고시히카리 · 사사니시키 : 일본에서 만든 유명한 벼 품종. 후쿠이 현의 고시히카리(コシヒカリ)와 미야기 현의 사사니시키(ササニシキ)를 말한다.

해."

"어쩐지 멋져…."

그렇지만 평범하게 아침, 점심, 저녁이라고 말해도 충분히 통한다고 생각한다.

어쩐지 센조가하라의 이론에는 구멍이 많다.

"흠. 확실히 그건 그러네. 다만 저녁 브레드의 일본어 표기인 '夕ブレッド'가 태블릿의 일본어 표기인 '夕ブレット'와 혼동되기 쉽다는 부분이 이 이론의 구멍이지."

"아니, 더 커다란 구멍이 뚫려 있어."

"그건 그렇고, 이 집은 고시히카리하고 사사니시키를 상비하고 있는 거야?"

"그럴 리가. 수수께끼의 브랜드 쌀밖에 없어."

"수수께끼라니…."

"하지만 수수께끼라는 뜻의 한자 '미謎' 안에는 쌀 '미米'가 포함되어 있지."

"그래서 뭐?"

"브랜드 쌀이 아닌 블렌드 쌀*일지도 모르고."

"그 개그, 15년 정도 늦었어*."

그런 일이 여러 가지 문제로 이야기되던 시대도 있었다.

※블렌드 쌀(ブレンド米) : 산지가 다르거나 품종이 다른 쌀을 혼합한 쌀.
※15년 정도 늦었어 : 일본은 1995년의 우루과이라운드 발효와 함께 외국 쌀을 지속적으로 수입하기 시작했는데, 이후로 악덕 정미업자가 국산쌀과 수입쌀을 혼합하고서 순수 국산쌀이라고 속여 판매하는 등의 문제가 발생하기 시작했다.

딱히 문제가 없어진 것이 아니라, 별로 이야기되지 않게 된 것뿐이지만.

"괜찮아. 아버지가 밥솥에는 까다로우니까. 이거, 좀 비싼 물건이야. 이 집의 부엌에는 안 어울리지 않아?"

"으음."

확실히.

말하기는 뭣하지만 이 방의 가구들보다도 비싸 보이는 물건이다.

하네카와 가에 있던 밥솥은 상당히 오래된 것이었으므로 이것에는 은근히 기대하고 있다.

"하네카와, 요리 같은 거 곧잘 해?"

"응, 해."

하네카와 가의 가정환경을 너무 정직하게 이야기했다가는 사람이 떨어져 나가기 때문에 어디까지 비밀을 밝혀야 할지는 망설여진다. 하지만 이렇게 신세를 진 이상, 자세히 밝혀 둬야만 한다고 결심하고서 나는 말했다.

게다가 센조가하라는 내 부모라고 불려야 할 그 두 사람과 만나 버렸으니까 괜히 수습하려고 해 봤자 소용없겠지. 복도에서 자고 있던 것도 전에 이야기했고.

아니.

해야만 한다든가, 해 봤자 소용없다든가 하는 얘기가 아니라.

그냥 센조가하라에게는 말해 두고 싶었다.

나를 그렇게나 걱정해 준 센조가하라에게 뭔가 감추고 싶지 않았다.

"내가 먹는 것은 전부 직접 만들었어."

"그렇구나."

나에게도 그런 시기가 있기는 있었지, 라고 센조가하라는 말했다.

"난 어머니하고 사이가 안 좋았으니까."

"…이혼하셨다고 했지."

"그래. 그 후로 만난 적이 없는데 지금쯤 어딘가에서 뭘 하고 있을까, 그 사람. 행복하게 잘 살고 있으면 좋을 텐데."

하는 말에 비해서 별로 신경 쓰이지 않는다는 듯한 말투였다. 채소를 써는 식칼의 움직임이 멈추지도 않는다.

그것이 자연스러운지 부자연스러운지는 알 수 없다.

"뭐, 어느 집에나 다 사정이 있기 마련이지."

"그렇지."

다 계산해 가며 만들고 있었던 거겠지. 센조가하라는 밥솥이 밥이 다 되었음을 알리는 소리를 냈을 즈음 냄비의 불을 끄고 두 사람 분의 국을 담기 시작했다.

뭔가 도울 것이 없느냐고 물어봤지만 마지막까지 혼자 하게 해줘, 라는 말로 거절당했다. 페이스가 흐트러지는 것이 싫은 모양이었다.

그리고 앉은뱅이 탁자 위에 쭉 식기를 늘어놓는다. 옮기는 것은 나도 거들었지만.

"잘 먹겠습니다."

"잘 먹겠습니다."

밥, 된장국, 닭고기가 들어간 채소볶음.

괜히 점잔 빼지 않은 나물반찬이 묘하게 기뻤지만, 그 감각은 설명하는 데에 상당한 노력을 들이지 않으면 이해받지 못할 듯해서 굳이 센조가하라에게는 말하지 않았다.

먹는다.

"아, 맛있어."

"어머, 그래?"

센조가하라는 놀란 듯한 얼굴을 했다.

"아라라기 군은 별로 기뻐해 주지 않았으니까, 솔직히 혹평도 각오하고 있었는데."

"혹평이라니…."

그보다, 아라라기 군은 별로 기뻐하지 않았구나….

으음.

남자력ヵ이 부족하네.

설령 입에 맞지 않더라도 기뻐하는 척 정도는 해 주면 좋으련만.

아라라기 군답기는 하지만.

"나는 맛있다고 생각하는데. 뭐, 미각이란 사람마다 차이가 있으니까."

"즉 나와 하네카와의 취향은 비슷하다는 거네. 맛의 취향도, 남자의 취향도."

된장국을 뿜어 버렸다.

내가 보기에도 정말 예의에 어긋나는 짓이었다.

"센조가하라…. 그러니까 너는 그런 일에 너무 적나라해…."

"아니. 뭐, 이런 이야기도 해 두는 편이 좋을까 싶어서. 하네카와하고 정말로 속을 툭 터놓기 위해서는."

"한 발짝 어긋나면 깊은 고랑이 파일 것 같은데…."

도전정신이 넘쳐나는구나.

하지만 뭐, 그렇게 이쪽에 발을 들여 주는 것이 기쁘기도 하다. 내 쪽에서는 어찌한들 발을 내딛기 어려운 일이긴 하니까.

"그러면 센조가하라. 과감하게 한 번, 서로에게 아라라기 군의 어디를 좋아하는가 하는 이야기라도 해 볼까?"

"아니, 그 과감한 제안은 만일 이 대화가 외부로 흘러나갔을 때에 녀석이 아주 우쭐해질 우려가 있으니까 하지 않는 편이 좋겠어."

"그렇구나…."

남자친구에 대해 엄격한 센조가하라 씨다.

칭찬하며 키울 생각은 없는 것 같다.

"그러면 무슨 이야기를 할까?"

"그렇지, 아라라기 군의 어디가 싫은가 하는 이야기를 하자."

"좋았어!"

그 뒤에 우리들은 세 시간에 걸쳐서 서로에게 아라라기 군에 대한 마음을 마구 쏟아냈다.

신나게 남의 험담을 하고 말았다….

016

"벌써 저녁 식사 준비를 해도 괜찮을 시간이 되어 버렸지만, 슬슬 이후의 이야기를 하도록 할까, 하네카와?"

잔치가 아직 한창입니다만, 이란 말로 연회를 끝내듯 아쉬워하는 느낌으로 센조가하라는 이야기를 끊었다.

둘 다 왠지 젊어진 듯한 기분이 든다.

반들반들 윤이 난다.

뭘까, 이 연대감은.

"이후의 이야기라니?"

"그러니까 하네카와의 이후. 오늘 밤은 우리 집에서 묵는다고 치고, 내일은 어떡할 거야? 어딘가 갈 곳이 있어?"

"갈 곳은⋯."

여기서 농담이라도 "그러네. 그럼 저 학원 옛터로 돌아갈까?"란 얘기를 했다간 다시 얻어맞을 것 같다. 아니, 걷어차여도 이상하지 않다.

"⋯없어."

"그렇구나."

얌전하게 고개를 끄덕이는 센조가하라.

조금 전까지 남자친구의 악행을 전신전령으로 비판하고 있던 사람과 동일인물이라고 생각되지 않을 정도의 진지한 표정이다.

이래서는 표정이 풍부한 게 아니라 양면성이다.

"진심을 말하면, 내일 이후도 묵고 갔으면 좋겠는데…. 내 관리 하에 두고 싶은데…."

"관리 하?"

"감시 하."

"고쳐 말해도 그다지…."

변하지 않은 기분이 든다.

요컨대 걱정스럽다는 얘기를 하고 싶은 것일 테니 본심이긴 하겠지만.

"하지만 우리 집은 보는 바와 같이 비좁으니까. 너에게 내일 돌아오는 아버지와 같은 방에서 생활하거나 옷을 갈아입으라고 할 수는 없겠지."

"응, 확실히 그건 그러네."

조금 뭐하다고 생각한다.

아버지 입장에서도 같은 방에 딸의 동급생이 숙박한다는 것은 말도 안 되는 민폐라고 생각하니까.

"만약 그랬다가 아버지가 하네카와를 좋아하게 되어 버리면 큰일이잖아."

"그런 걱정을 하고 있어?"

"하네카와를 어머니라고 부를 수밖에 없는 날이 올지도 몰라."

"안 와, 안 와."

"뭐야? 우리 아버지로는 부족하다는 소리야?"

센조가하라는 상당히 진지한 분위기로 나를 노려보았다.

정말 성가신 성격이다.

파더 콤플렉스라는 얘긴 아무래도 진짜인 것 같다.

흠.

그 점을 포함해도… 아니, 포함하지 않더라도 역시나 내일부터는 계속 이곳에서 묵을 수는 없겠지.

그렇다면 어떡할까.

"하루 이틀 정도라면 그래도 무리하는 게 가능하겠지만. 옷을 갈아입을 동안에는 아버지에게 밖으로 나가 달라고 한다든가."

"남의 집 아버지에게 그런 일을 하게 만들 수는 없어…."

어떻게 되어먹은 손님이냐.

"참고로 하네카와가 짐작하기에 하네카와 가의 이후는 어떻게 될 것 같아?"

"그 사람들도."

이미 센조가하라 앞에서 억지로 '아버지', '어머니'라고 부를 필요가 없다고 생각하고서 나는 일부러 '그 사람들'이라는 표현을 골랐다.

"그 사람들도 언제까지나 호텔에서 지낼 수는 없을 테니 가까운 시일 내에 살 집을 찾기 시작할 거라고 봐. 그쪽이 확실히 비용이 싸게 먹힐 테니까. 화재보험금이 나올 테니까 그 돈으로 집을 다시 세우는 동안 빌린 집에서 생활하게 되겠지."

"집을 다시 세우는 데는 얼마나?"

"같은 규모의 집이라면 3천만 엔 정도일까."

"아니, 아니. 돈이 아니라 기간 얘기야."

"아하."

부끄러운 착각이다.

돈 얘기를 먼저 하고 말았다.

"으음…. 공법에 따라 다르겠지만, 이것저것 수속에 드는 시간까지 포함하면 반년 정도일까."

"반년…."

즉, 이라고 운을 떼는 센조가하라.

"그 무렵에 하네카와는 고등학교를 졸업하고서 세상을 향해 여행을 떠났겠네."

"…그렇겠네."

때를 맞추지 못하는 것이다.

아니, 이 경우에는 무엇에 대해서 때를 맞추고 맞추지 못하는지 알 수 없다.

내가 15년간 살았던 집은 이미 불타 버린 것이다. 다시 세운다 한들 그것은 이미 다른 집이니까.

모든 것은 상실되었다.

그것뿐이다.

때를 맞추고 뭐고 없다. 때가 안 좋은 것이다, 결국은.

"뭐, 반년 뒤의 일은 접어 두고, 우선 급한 대로 살 집을 구하면 네가 생활할 수 있는 장소는 확보할 수 있는 거지?"

"응. 복도지만."

"복도? 아, 그랬던가."

전에 말한 그 일을 잊어버린 듯, 센조가하라는 그런 반응을 보였다.

그러나 반응은 그것뿐이었다.

"뭐, 이런저런 사정이 있기 마련이지. 집에는."

"그렇지. 집에는."

"그렇게 되면."

센조가하라는 슥 하고 손을 뻗어서 휴대전화를 충전 스탠드에서 집어 들고, 화면에 달력을 띄웠다.

"살 집이 정해질 때까지의 숙식이 문제네. 교과서나 노트 같은 것도 타 버렸어?"

"타 버렸어."

고개를 끄덕인다.

"무사한 건 그날 가지고 나왔던 필기구와 지갑 정도야. 하지만 교과서는 선생님께 말씀드리면 빌려 주실 거라고 생각해."

"그렇구나. 그러면 그쪽 방면의 걱정도 지금 당장은 필요 없겠고."

말하면서 센조가하라는 휴대전화를 한쪽 손으로 조작하고 있다. 이 각도에서는 보이지 않지만, 저 타이핑 속도로 판단하면 이미 달력 표시 화면은 아니겠지.

메시지를 보내고 있는 걸까?

"하네카와. 좋은 아이디어가 있는데, 듣고 싶어?"

"좋은 아이디어?"

"비책이라고 해도 좋아. 비책사 히타기*야. 세계관을 뛰어넘은

※비책사 히타기 : 니시오 이신의 『칼 이야기』에 등장하는 기책사 토가메의 패러디.

꿈의 콜래보레이션."

"⋯⋯."

콜래보레이션이라기보다 굳이 말하자면 재활용인 듯했다.

"부모님이 집을 얻을 때까지 길어야 일주일 정도겠지. 그 정도의 기간이라면⋯ 뭐, 어떻게든 될 거라고 생각해."

"흠."

솔직한 마음을 말하자면 그 아이디어, 비책이라는 것에 그렇게까지 끌린 것은 아니다. 내가 잘 곳 정도는, 최악의 경우라도 그 두 사람이 묵고 있는 호텔을 찾아가면 그것으로 끝날 일이니까.

즉, 내 고집의 문제이지 센조가하라에게 심려를 끼치고 지혜를 짜내게 할 만한 일은 아니니까.

그래서 아이디어의 내용이 아니라.

그것을 생각해 주는 센조가하라 자체가 기뻤기에 "듣고 싶어. 꼭 알려 줘."라고 말했던 것이다.

"글쎄, 어떡할까? 말할까? 말하지 말까?"

"⋯⋯."

갱생으로 인해, 담백한 성격이 약간 귀찮게 변한 센조가하라였다.

017

그 뒤에 둘이서 저녁을 먹고(참고삼아 말하는데, 저녁은 어떤 **빵**

같은 것이었다. 밥솥뿐 아니라 홈 베이커리까지 설치되어 있는 부엌이었다. '빵을 반찬 삼아 밥을 먹고 있어'라고 한다), 또다시 둘이서 샤워를 하고, 서로 씻겨 주고, 다음 날을 위한 휴식의 의미도 포함해서 센조가하라 히타기와 하네카와 츠바사는 이날 밤 10시를 넘기기 전에 잠들었다.

그리하여 내가 눈을 뜨게 된 것이다냥.

냐라는 것은 물론 아시는 대로 사와리네코를 원류로 하는 뉴New 괴이, 그 불유쾌한 알로하 녀석이 이름 붙인 블랙 하네카와다냥.

살그머니, 소리를 내지 않도록 냐는 이불 속에서 빠져냐와서(청소기와 달리 소리가 냐지 않도록 이동하는 것은 고양이의 십팔번이다냥), 그리고.

"으음, 냐앗!"

기지개를 켠다냥.

설명할 것도 없이 알 거라고 생각하지만 주인님, 즉 하네카와 츠바사가 자고 있을 때에 장이 건너뛴 것은 이렇게 내가 등장했기 때문이다냥.

괴이인 냐는 잘 알 수 없지만, 주인님의 지식에 따르면 잠든다는 것은 신체를 쉬게 하는 의미와 함께 정신을 쉬게 하는 의미가 크다고 한다냥. 별로 생각이 없는 데다가 정신성이라는 말과 인연이 없는 냐는 역시 잘 모르겠지만, '생각한다'라는 행위는 생물에게는 상당한 부담이 된다는 모양이다냥.

그래서 사람은 하루의 3분의 1이냐 되는 시간을, 인생의 3분의 1이냐 되는 시간을 수면활동에 소비해야만 한다냥.

누구라도 잔다냐.

주인님도 잔다냐.

그러냐 이번 일로, 이른바 일반적인 '잠' 만으로는 주인님의 정신적인 휴식이 불충분해지게 되어 버렸다냐. 주인님 본인이 어디까지 의식하고 있는지는 알 수 없지만… 아니, 이것만큼은 바보인냐도 알고 있다냐. 주인님은 어쨌든 '자신의 아픔'에 관해서 너무냐 둔감해서 전혀 의식하지 않지만, 15년간 살던 집이 전소되어 버린 것은 주인님의 정신, 바꿔 말하면 마음에 무시무시한 충격을 주고 말았던 것이다냐.

그래서 내가 냐왔다냐.

블랙 하네카와, 세 번째의 등장이다냐.

골든위크, 그리고 학교 축제(그런데 이게 뭐냐옹?) 전을 합해서 이것으로 세 번째의 등장이 되는 것이다냥.

다만, 골든위크에 냐왔던 냐하고 학교 축제 전에 냐왔던 냐, 그리고 오늘 냐온 냐는 완전히 다른 존재라고 말해도 괜찮다냥. 인간스럽게 말하자면 타인이라고 해도 괜찮다냥.

아니면 타묘他猫라고 해야 할까냐?

다만 내가 인간을 구별하지 못하는 것처럼 인간이 보기에는 사와리네코, 블랙 하네카와의 패턴 차이 따윈 어느 것이냐 비슷비슷해서 종을 구분할 필요조차 없는 개체차이겠지만서도 말이다냐.

요컨대 관사로 말하자면 어디까지나 'a'이지 'the'는 아니라는 이야기다냥. 복수형이 존재하지 않는다고 말하는 편이 알기 쉬울까냐?

인간은 시로우네리* 세 마리가 있다고 해도 시로우네리 A, 시로우네리 B, 시로우네리 C라고 구분하지 않고 단순히 시로우네리라고 말하겠지웅.

그러니까 냐도 블랙 하네카와 C도 아니거니와 블랙 하네카와 3도 아닌, 어디까지냐 블랙 하네카와다냥.

그러니까 잘 부탁한다냥.

"냥, 냥, 냥."

냐는 중얼거리며 탈의실로 향했다냥.

그리고 거울을 본다냥.

새하얗게 변질된 머리카락.

머리에 냔 고양이 귀.

큼직한 고양이 눈.

학원 옛터의 폐허에서 처음으로 '깨어났을 때'에는 근처에 거울 같은 건 없었고, 냐도 우선 상황을 파악하는 것에 벅찼고(참고로 운동복의 센스는 거울을 볼 것도 없이 주인님을 신봉하는 냐도 좀 뭐하다는 기분이 들었다냥), 오늘 아침 '깨어났을 때'에는 냐도 상당히 졸려서 활동하지 않았다냥. 어쨌든 나는 야행성이므로 태양이 떠 있는 동안에는 머리가 잘 돌아가지 않으니까냥.

즉 거울을 보는 것은 처음이었다냥.

"흐음. 역시 머리카락이 짧아져서 고양이 귀의 느낌이 완전히 다르다냥."

※시로우네리(白うねり) : 물건에 들러붙은 요괴의 일종. 낡은 천으로 이루어진 용 같은 모습으로 그려지며, 낡은 행주나 걸레가 변한 것으로 여겨진다.

그런 중요한 것을 확인하면서 세수를 한다냐.

고양이가 세수를 하면 다음 날 비가 온다는 이야기가 있는 모양인데, 이 경우에는 전혀 관계 없다냐.

냐는 탈의실을 냐와서 서랍장 위에 놓인 열쇠를 들었다냐. 말할 것도 없이 이 집의 현관 열쇠다냐.

아라라기 코요미라고 불리던 그 추잡한 인간 놈은 냐를 열쇠도 쓰지 못하는 바보라고 생각하고 있었는데, 웃기는 소리 말라냐. 열쇠 정도는 쓸 수 있다냐. 인간을 베이스로 한 괴이를 얕보지 말라냐.

냐는 몰래 움직여서, 센조가하라 히타기라고 하는 주인님의 친구인 듯한 여자를 깨우지 않도록 몰래 움직여서 소리 없이 현관을 열고, 마찬가지로 소리 없이 문을 잠갔다냐.

뭐, 친구라고 해도 이 녀석, 주인님의 적이기도 했을 텐데냐. 그걸 생각하면 이렇게 신경을 쓰며 냐가는 것도 이상한 이야기지만… 그러냐 뭐, 그 부분은 냐는 주인님의 의향에 따를 뿐이다냐.

적어도 주인님은.

이 여자를 원망한 적은 한 번도 없으니까냐.

단 한 번도.

냐.

신발은 신지 않았다냐.

그건 움직이기 힘들다냥.

발가락을 쓰기 힘들다니, 그건 좀 봐줬으면 한다냐.

"냐, 냐, 냐, 냐."

그건 그렇고, 주인님이 자고 있는 동안에 내가 활동하고 있으면 주인님이 전혀 쉬지 못하는 건 아닌가 하고 걱정하는 경향도 있지 않을까 한다냥.

걱정해 줘서 고맙다냥.

하지만 괜찮다냥.

전혀 걱정 없다냥.

냐는 말하자면 주인님 정신의 밸런서니까냥. 즉 내가 '냐와 있다'는 것만으로 주인님 정신에는 오히려 치유 효과가 있는 것이다냥.

육체적으로는 피로해져도 전혀 문제 없다냥. 냐는 괴이라서 인간의 신체를 사용하더라도 인간과는 전혀 다른 원리로 육체를 움직이고 있으니까, 주인님의 신체는 오히려 자는 것보다도 편할 것이다냥.

애초에 생각해 보라냥.

아무리 주인님에게 침상 만들기의 재능이 있다고 해도 책상에 골판지를 두른 것 위에서 잤는데 몸의 뼈마디도 아프지 않고 푹 잘 수 있을 리 없잖냐옹. 그런 물체는 침대라기보다는 삐친 머리 제작기라고 불러야 마땅하다냥. 그것에 비하면 비할 바는 못 된다고 해도, 자기를 위해서 울어 준 친구와 같은 이불 속에서 자면 편안히 잘 수 있다는 것은 미담이지만, 보통은 익숙하지 못한 베개와 이부자리에서는 잠을 깊게 자지 못하기 마련이다냥.

그렇지 않고 '상쾌하게' 건강 우량한 숙면을 취할 수 있었던 것은, 자랑은 아니지만 이렇게 내가 냐왔기 때문이다냥.

냐는 주인님의 스트레스의 구현, 즉 '피로'의 상징이고 이렇게 내가 **잘려 냐가는 것**만으로 주인님 본인에게는 그것이 편안함이 되는 것이다냥.

모든 것이 그렇지는 않지만, 주인님이 '잠이 덜 깼다'라는 감각을 잘 모르는 것은 요컨대 내 덕분이라는 이야기다냥.

그 인간 놈은 냐를 악몽에 빗댔었는데, 그것은 우연이지만 혜안이라고 말해야 할 것이다냥. 냐는 주인님에게 잠 그 자체이니까냥.

꿈이다냥.

뭐, 그래도 완전히 커버할 수 없었던 골든위크 때는 그 일대의 인간에게 닥치는 대로 에너지 드레인을 해 버렸지만, 안심하라냥.

이번에는 그런 방약무인한 짓을 할 생각이 없다냥.

하는 의미도 없으니까냥.

애초에 이렇게 등장해 있는 냐는 그 인간 놈스럽게 말하자면 괴이의 후유증이라고 할까, 잔향 같은 것이며 결국에는 그냥 현상에 지냐지 않으니까냥.

엘니뇨 같은 것이다냥. 엘니냐?

내가 할 수 있는 것은 거의 없다냥.

밤에 악몽을 꾸며 시달리지 않도록.

이렇게 냐와 주는 것 정도밖에 할 수 없다냥.

그렇게 해서 주인님의 멘탈 케어를 하는 것이 내가 할 수 있는 최선이다냥. 그런 것은 아무것도 할 수 없는 것과 마찬가지지만.

하지만 그 알로하 녀석 왈, '괴이에게는 그것에 상응하는 이유가 있다'라고 하니까 아무것도 할 수 없더라도 이렇게 잔향으로서, 착각으로서 있는 것만으로도 냐에게 의미는 있다고 생각한다냥.

뭐, 할 수 없는 일은 할 수 없으니까.

할 수 있는 일을 하는 것뿐이다냥.

할 수 있는 한.

…흠.

이렇게 보니 확실히 지금의 냐와 이전의 냐는 역시 다른 존재다냥. 억지로 밀어붙이려고 하는 느낌이, 우격다짐으로 일을 해결하고자 하는 기분이 전혀 들지 않는다냥.

내가 보기에도 둥글어졌다냥.

뭐, 고양이가 둥글어지는 건 당연한가냥.

아니, 아닐까냥.

둥글어진 건 주인님인가냥.

인간이다 괴이다 말한들, 궁극적으로 냐와 주인님은 동일인물이니까, 주인님이 둥글어지면 냐도 둥글어지는 것이다냥.

눈이 내리기를 기다리지 않더라도.

코타츠 같은 게 없더라도냥.

주인님은 센조가하라 히타기라는 저 여자의 갱생에 대해서 여러 가지로 생각하는 바가 있는 듯하지만, 게다가 아라라기 코요미라는 그 인간 놈을 갱생시키는 것에 기를 쓰고 있는 듯하지만(갱생 프로그램이라며 야유 받았지만), 하지만 주인님도 조금 전에 비하면 상당히 갱생한 듯, 냐에게는 생각된다냥.

갱생이라기보다 구성일까냥?

냐는 주인님을 마음의 내부, 마음의 내면에서 관찰하게 되니까 그 부분은 잘 알고 있다고 생각한다냐.

어쨌든 가정환경이 가정환경이었으니까냐.

비뚤어지지 않는 편이 이상하다냐.

그 비뚤어짐이 우등생 방향으로 냐아가 버렸다는 것이 주인님의 주인님다운 점이지만, 그 우등생스러움도 머리카락을 자르고 안경을 벗어서 그만두었지만.

그것에 대해서 주위에서는 여러 가지 의견이 있는 듯한데, 내가 보기에는 역시 잘되었다고밖에 할 말이 없다냥.

그 부분에서는 센조가하라 히타기와 같은 의견이다냐.

언젠가 냐도 완전히 사라질 거다냐.

사라져 없어질 거다냐.

지금은 주인님이 주인님으로서 완성되기 위한 과도기다냐.

냐 같은 것은, 말하자면 사춘기의 망상 같은 것이니까냐.

늦어도 온 세상을 여행하고 돌아올 무렵에는.

모두가 어린 시절에 공상하던 가공의 친구처럼 잊어버렸을 거라냥.

뭐, 쓸쓸하지 않다고 말하면 거짓말이 되겠지만, 처음부터 그것이 냐의 역할이었으니 그 흐름에 거스를 생각은 없다냥.

만냠이 있으면 헤어짐도 있다냐.

괴이도 그것은 마찬가지니까냐.

냐는 내가 할 수 있는 것을 할 뿐⋯.

"냥, 냥⋯. 이쪽인가냥⋯."

계단을 내려가지 않고 나는 이 연립주택, 타미쿠라장의 지붕으로 폴짝 올라가서 그곳에서 360도로 훑어본다냥.

"아니…. 이쪽인가냥."

그리고.

그런 내가 어째서 지금 잠자리를 벗어나 집 밖으로 나왔는가 하면, 에너지 드레인이 목적이 아니라 뭐가 목적인가 하면, 당연히 그것은 밤의 산책… 같은 것이 아니다냥.

폐허에서 '나왔을 때' 냐 오늘 아침에 '나왔을 때'도 사실은 금방이라도 이렇게 '활동'했어야 했지만, 냐에게도 준비란 게 있으니까냥.

그건 그렇고.

"음. 음음. 있다냥."

이윽고 나는 **대상**을 발견하고, 발견한 순간 소리도 없이 날았다냥.

고양이는 하늘을 날 수 있다냥.

아니, 그건 거짓말이지만.

하지만 블랙 하네카와의 도약력은 산도 뛰어넘을 수 있다냥. 이번에는 소리를 내지 않도록 신경 썼으므로 역시냐 산을 넘을 정도는 아니지만.

내가 진짜로 뛰면, 발밑에 있는 연립주택이 붕괴되어 버린다냥.

그래도 500미터 정도 뛰기에는 충분했다냥.

여기까지 오면 소리를 지울 필요도 없다냥. 냐는 아스팔트에 꽂힐 듯이 힘차게, 쾅! 하고 착지했다냥.

한밤중, 자동차 한 대도 다니지 않는 새까만 도로.
그리고 내 눈 앞에는.
한 마리의 호랑이가 있었다냥.

018

『사와리네코… 아니, 그게 아니군. 사와리네코가 아니야. 그렇다고 해서 다른 어떤 것도 아니고. 뭐냐, 너는. 너는 뭐냐.』

그 호랑이… 현실의 호랑이에게는 있을 수 없는, 보고 있으면 원근감에 문제가 생길 정도로 거대한 호랑이는 냐를 보고 이상하다는 듯 고개를 갸웃거렸다냥.

호랑이가 고개를 갸웃거린다는 모습도 어쩐지 보기 드문 일이다냥.

사진을 찍어서 블로그에 올리고 싶다냥.

"사와리네코라고 해도 대충 맞다냥. 정확히 세부적으로 다르지만, 근본도 다르지만. 뭐, 그렇게 틀리지도 않다냥."

냐는 우호의 뜻을 어필하듯이 가능한 한 웃는 얼굴로 그렇게 말해 보았지만,

『그런가? 전혀 다르다고 생각되는데.』

라며 호랑이는 눈을 게슴츠레하게 뜨면서 웃지도 않았다냥.

으음.

겉모습으로 괴이를 판단하는 것은 좋지 않지만, 첫인상으로 보

기에는 별로 좋은 관계를 쌓을 수 있을 것 같지는 않다냥.

『내가 아는 사와리네코라는 괴이는 빈약해서 있는지 없는지도 모를 정도로 존재감이 없는 괴이다. 그러나 너는….』

"뭐, 그런 말을 들으면 한마디도 할 말이 없다냥."

반론할 수도 없다냥.

사와리네코는 너무냥 실체가 없어서 괴이라고 하기보다 괴담이라고 하는 편이 정확할 정도니까냥. 다만 그렇지 않더라도 이 녀석이 보면 대개의 괴이는 있는지 없는지 알 수 없는, 존재감이 없는 괴이가 되어 버릴 거라는 생각도 들지만.

호랑이는 말할 것도 없는 성수聖獸이니까냥.

"여러 가지 사연이 있다고. 냥 같은 녀석에게도."

『그런가.』

고개를 끄덕이는 호랑이.

흥미 없어 보인다냥.

냥 같은 것은 어떻게 되든 상관없다는 느낌이다냥.

『뭐, 너 같은 것은 어떻게 되든 상관없다.』

실제로 그렇게 지껄였다냥.

역시냥 짜증난다냥.

『그러나 무슨 용무인지는 물어봐야겠군. 내 앞길을 막은 의미를, 동종同種의 괴이인 네가 모를 것도 아닐 테니.』

"동종의 괴이?"

이번에는 내가 고개를 갸웃거릴 차례였다냥.

냥와 이 녀석은 괴이로서의 출신이 전혀 다를 텐데…. 아니, 그런 의미가 아닌가냐?

단순히 동물로서 동종.

고양이와 호랑이…라는 의미겠구냐, 분명히.

납득하고 냐는,

"뭐, 그렇지."

라고 말했다냐.

"물론 알고 있다냐. 딱히 너의 앞길을 막을 생각은 냐에게는 없다냐. 조금도, 요만큼도 없다냐. 냐는 별로 머리가 좋은 녀석은 아니지만 그 정도의 주제파악은 하고 있다냐."

『머리가 좋은 녀석이 아니란 건 확실하겠지만, 주제파악을 하고 있을지 어떨지는 의문이로군.』

호랑이는 실례되는 소리를 했다냐.

그렇지만 인간의 형상을 하지도 않은 주제에 냐불냐불 잘도 말하는 녀석이다냐.

오히려 불안해진다냐.

『그러면 너는 어째서 그곳에 서 있냐.』

"아니, 단순히 선언하러 온 것뿐이다냐. 네가 무슨 생각으로 이 마을에 왔는지, 이 마을에 있는지 냐는 전혀 흥미가 없다냐. 마음대로 그 본분을 다하면 된다냐. 너의 본분이 뭔지도 냐에게는 아무런 상관도 없다냐. 괴이란 건 그런 것이니까냐. 그렇지만 만약…"

냐는 말했다냐.

그것은 선언이라는 듯이.

선전포고라도 하는 듯이.

"만약 **이 이상** 네가 내 주인님에게 해를 끼치는 짓을 한다면, 냐는 너를 죽이겠다냐."

『…그런가.』

내 말을 받고.

호랑이는 조용히, 알았다는 듯이 고개를 끄덕였다냐.

음미하듯이.

물어뜯은 고기라도 음미하듯이.

고개를 끄덕였다냐.

『어딘가에서 본 기억이 있다고 생각했는데… 너는 **그 계집애**인가. 그 계집애를 홀린 건가.』

"홀린 것은 아니다냐. 보통의 사와리네코라면 그랬겠지만. 냐는 본인 같은 것이다냐."

간신히 냐…라기보다는 주인님에 대해서 떠올린 듯한 호랑이에게 냐는 가볍게 설명해 줬다냐. 이 부분은 설명해 주지 않아도 알 수 있는 일이 아니다냐. 전문가인 그 알로하 녀석도 모든 것을 알고 있던 것은 아니다냐.

괴이의 진실 따윈 아무도 알 수 없다냐.

"동화… 아니, 일체화라고 하는 편이 맞다냐. 냐는 주인님이고 주인님은 냐다냐. 주된 인격은 물론 주인님이지만, 주도권은 의외로 내 쪽에 있기도 하다냐. 냐는 주인님의 정신, 원리적으로 원시적인 근간을 점하고 있는 부분이니까냐."

『흥. 어떻게 되든 상관없다.』

또 지껄였다냐.

딱히 이 녀석에게 호감을 사고 싶은 것도 아니지만, 조금 더 냐에게 흥미를 가지라고 말해 주고 싶어진다냥.

『인간의 편을 드는 괴이인가. 별스럽…지는 않군. 허나 너 같은 괴이가 가장 잘 알겠지. 괴이의 특성이란 억제할 수 있는 것이 아니다. **보게된 쪽의 문제다.**』

"……."

『너의 주인님이라는 자가 나를 봤다. 중요한 것은 그것뿐이다.』

그렇게 말하고.

호랑이는 냐를 강하게 노려보았다냥.

그 순간, 냐는 뛰고 있었다냥.

위험하다! 라고 생각했던 것이다냥. 당장이라도 전투에 들어갈 것 같다는 기척을 느꼈다냐.

이 녀석은 아마도 폭력적이고, 아마도 성질이 급할 것이다냐.

그래서 뛰었다냐.

날았다냐.

뒤로 한 걸음 물러섰다, 같은 얘기가 아니다냐. 훨씬 대담하게 전력을 다해 뛰었다냐. 그야말로 비상하듯이, 산을 넘듯이.

하지만.

5분 이상의 체공시간을 거쳐 마을 외곽에 구르듯이 착지한 내 정면에, 대체 어떻게 앞질러 왔는지….

호랑이가 있었다냐.

『소용없다.』

"……."

『모든 것은 소용없다. 그 여자, 그 여자는 나를 봤다. 그것만이 긴요하고, 그것만이 중요하다. 나는 이미… **시작되어 있다.**』

내가 한 것이 선전포고라면.

호랑이는 최후통첩처럼 그렇게 말했다냥.

019

"방에 들어오기 전에 발을 씻어 줄래?"

연립주택으로 돌아온 나를 기다리고 있던 것은 젖은 수건을 준비한 센조가하라 히타기였다냥.

기척을 지우고, 물론 소리도 내지 않고 문을 열었다고 생각했는데, 그런 것 이전에 이 여자는 잠에서 깨어나 있었던 것 같다냥.

"잠에서는 빨리 깨는 편이야. 예민하니까. 그렇게 말하지 않던가?"

"…내가 그런 말을 들은 것은 아니다냥."

"하지만 너, 하네카와잖아?"

자아, 라고 말하며 당연하다는 듯이 젖은 수건을 냐에게 내미는 센조가하라 히타기.

나는 순순히 받아 들었다냥.

시키는 대로 발바닥을 닦았다냥. 특별히 의식하지는 않았지만, 과연 수건이 금방 시커멓게 변하는 것을 보니 상당히 더러워졌던 것 같다냥.

"너하고 이야기하는 것은 처음이지만… 블랙 하네카와라고 부르면 되던가?"

"뭐, 그렇지옹."

"그래."

그렇게 말하고 센조가하라 히타기는, 이번에는 아무것도 들지 않은 빈손을 나를 향해 내밀었다냐.

"……? 무슨 생각이냐옹?"

"아니, 처음 만났으니 악수를 할까 해서."

"너, 아무것도 못 들었냐옹?"

나는 어이없다는 기분으로 알려 주었다.

"사와리네코로서의 내 특성은 상시발동형의 에너지 드레인이다냐. 닿으면 그것만으로 상대의 정력을 다 빨아내 버린다냐. 악수라니, 말도 안 된다냐."

"에너지 드레인. 그 얘기는 들었어."

센조가하라 히타기는 자연스럽게 말했다냐.

"하지만 한순간에 모든 것을 빨아내는 건 아니잖아? 악수 정도는 할 수 있을 거야."

"……."

뭔가 말하려고 하다가 나는 그만두기로 했다냐.

말해서 어떻게 될 상대는 아닌 것 같았다냐.

그래서 말없이 나는 그 손을 쥐어 주었다냐. 단 한순간만.

"으."

그리고 그 한순간 센조가하라 히타기는 신음했지만, 그것뿐이었다냐.

무릎을 꿇어도 이상하지 않을 권태감이 지금 온몸을 덮치고 있을 텐데도, 괴로워하는 몸짓조차 보이지 않았다냐.

확실히 한순간만이라면 그걸로 혼절해 버릴 정도의 에너지 드레인을 당하지는 않겠지만, 평범한 인간이 견뎌 낼 수 있는 것은 아니다냐. 그것을 알면서도 냐는 악수를 해 주었지만.

노림수가 벗어났다고 할까냐.

그래도 이것은 주인님의 기분이겠지만, 어딘지 모르게 '역시냐'라는 기분은 들었다냐.

역시.

역시 이 여자는.

"……."

뭐.

냐는… 물론 주인님도.

딱히 이 녀석이 괴로워하는 모습을 보고 싶었던 것은 아니지만냐.

이 녀석의 그런 무반응은 어딘지 모르게 내 마음을 도려내는 것이 있었다냐.

그리고 밀어붙이듯이 그녀는,

"잘 부탁해."

라며 오히려 웃는 얼굴로 그렇게 말했던 것이다냐.

"하네카와를 잘 부탁해."

020

…….

어째서일까.

이번에는 단숨에 세 장章이나 건너뛰었다.

내가 자고 있는 동안에 무슨 일이 일어난 거지….

괜찮겠지?

이상한 일은 아무것도 안 일어났겠지?

"잘 잤어, 하네카와?"

내가 이불 속에서 몸도 꼼짝하지 못하고 혼란에 빠져 있는데, 정면의 센조가하라가 그런 식으로 말을 걸어 주었다.

어라? 하고 생각했다.

센조가하라는 어제와는 전혀 다른, 어쩐지 멍한 느낌의 표정이었던 것이다. 아니, 멍하다고 할까, 혹은 졸려 보인다기보다는 어쩐지 그냥 아주 지친 듯한….

그러나 잠에서 깨어날 때에 갑자기 지친다는 것은 어떤 몸 상태일까?

설마 사와리네코에게 에너지 드레인을 당한 것은 아닐 테고.

"하네카와, 아침에 일찍 일어나는구나…. 아직 6시야."

"음…."

체내시계에 의지하여 잠에서 깼다. 센조가하라의 집은 우리 집보다 나오에츠 고등학교에 가까우므로 사실은 조금 더 자도 괜찮앉지만.

뭐, 빨리 일어나서 손해 볼 것은 없다.

"하지만 너도 일어나 있잖아."

"나는 아침에 가볍게 달리기를 하거든."

센조가하라는 천천히 몸을 일으키면서 말했다.

"이래봬도 이 몸매를 유지하기 위해서 꽤 고생하고 있어…. 먹은 것이 살이 되기 쉬운 체질이야, 나는."

"먹은 것이 살이 되기 쉬운 체질이라니…."

살찌기 쉽다는 것의 완곡한 표현일까?

뭐, 센조가하라는 한때 체중에 관해서 특수한 사정을 가지고 있었던 듯하므로, 오히려 그 부분의 관리에 몹시 예민할지도 모른다.

모델도 아니니까, 정직하게 말해서 센조가하라는 조금 더 통통해지는 편이 매력적이라고 생각하는데 말이야.

팔이나 다리가 그렇게 가늘 필요가 있을까?

보다 보면, 부러질 것 같아서 무섭다.

"하네카와처럼 먹은 것이 가슴이 되기 쉬운 체질이 부러워…."

"먹은 것이 가슴이 되기 쉬운 체질이라니…."

그런 체질이 어디 있어!

아니, 나도 여러 가지로 꽤 고생하고 있다고.

여자는 이래저래 힘드니까.

센조가하라는 세수를 하고 나서 반바지와 티셔츠로 갈아입고, 러닝 전의 스트레칭을 개시했다.

우와….

몸이 유연해!

자신의 눈을 의심하고 말았다.

센조가하라의 육체가 마치 지나치게 과장된 CG처럼 미끈미끈한 동작을 보인 것이다.

굉장하다. 연체동물 같아.

"미안한데, 조금 만져 봐도 돼?"

"어? 오른쪽 가슴을? 왼쪽 가슴을?"

"아니, 등…."

"오른쪽 견갑골을? 왼쪽 견갑골을?"

"그런 특수한 페티시즘을 가지고 있지는 않아…."

말을 받아치는 데 능숙하네….

이건 나에게는 없는 것이다.

그렇게 생각하면서, 나는 센조가하라의 뒤쪽으로 돌아가서 다리를 180도로 벌린 센조가하라의 등을 꾹 눌렀다.

바닥에 찰싹 붙었다.

저항 및 마찰은 0.

등을 눌러 줄 필요가 전혀 없었다.

"왜 이렇게 몸이 유연한 거야…? 관절의 가동영역이 좀 이상한 거 아냐? 아니, 관절이 처음부터 빠져 있는 것 같은…."

"으음, 스트레칭은 중독되는 법이야…. 마조적인 의미로."

"뒷부분을 덧붙일 필요가 있었어?"

"온몸이 삐걱거리는 이 감각이 끝내주게 좋아."

"삐걱거리지 않는 것 같은데."

"지금은 완전히 삐걱거릴 수도 없게 되어 버려서 재미없어."

재미없구나….

하긴, 스트레칭은 하면 할수록 효과가 나타나는 법이니까.

육상부 시절에 단련한 결과물…이라기보다 흔적일지도 모른다.

"하네카와도 같이 뛸래?"

"아니, 그러면 나는 센조가하라가 뛰고 올 동안에 아침을 만들도록 할게. 돌아오면 같이 먹자."

"뛰는 거 싫어해?"

"그런 건 아니지만."

오히려 운동은 좋아한다.

매일은 아니지만, 아침에 러닝을 하는 것도 습관처럼 종종 하곤 했다.

다만 러닝을 하고 돌아오면 역시 또 센조가하라와 같이 샤워를 하게 되는 전개가 예상되었기 때문에, 그런 식으로 서비스 신만 끼워 넣지 않아도 괜찮을 거라고 생각했던 것뿐이다.

다른 의미에서 음흉하다.

"그렇다기보다, 센조가하라도 오늘은 그만두는 게 어때? 지쳐 보이는데."

"지쳐 있을 때이기에 달리고 싶은 법이야."

"안 그런 듯하면서도 체육 계통이구나."

옛 육상부 출신. 정신단련도 완벽하다.

무리해서 말릴 정도도 아닐 것 같아서, 스트레칭에 협력한 뒤에 (협력이라고 할 정도의 뭔가는 결국 할 수 없었지만) 나는 그녀를 배웅하고 부엌으로 향했던 것이다.

021

"윽."

센조가하라는 샐러드의 오이를 입에 넣더니 뭐라 말할 수 없는 표정을 지었다.

남의 집 주방 물건에 너무 이것저것 손을 대면 안 된다고 생각해서, 내가 준비한 아침 식사는 정말 심플했다.

어제 남은 바게트, 핫 밀크. 신선한 채소로 만든 샐러드와 베이컨을 곁들인 달걀프라이 정도였다. 앉은뱅이 탁자에 늘어놓을 때에는 센조가하라도 "어머, 맛있겠다."라고 말해 주었는데.

꿀꺽꿀꺽 우유를 단숨에 마실 때까지는 좋았지만, 그 뒤에 샐러드를 한 입 먹었을 때에 양상이 변했다.

싹 변했다.

"하네카와, 얘기 좀 해도 될까?"

"…뭔가요?"

"음. 아니, 잠깐 기다려 봐. 우선 이 믿을 수 없는 사태에 확신을 가져야겠어."

그렇게 말하고 센조가하라는 다시 샐러드를 우적우적 입안에 채워 넣었다. 이어서 오물오물 달걀프라이와 바게트를 먹었다.

그러는 동안에도 언짢은 얼굴은 여전하다.

나도 둔하지는 않으므로 그 반응을 보고 지금 센조가하라가 무슨 생각을 하는지 대충은 알 수 있었지만… 어라?

뭔가 실수했나?

나는 그렇게 생각하고 내 몫의 식사를 흠칫거리며 먹어 보았지만… 특별히 이상한 것은 없다는 생각이 든다.

적어도 달걀프라이를 태워 버렸다거나 음식 안에 세제가 섞였다거나 한 것은 아닌 듯하다.

그러면 무엇이 센조가하라의 마음에 들지 않았던 것일까?

오히려 내 쪽에서 보내는 의아한 시선을 받은 센조가하라는,

"흐으음."

하고 뭔가 까닭이 있는 듯한 투로 말했다.

"저기, 센조가하라…"

"하네카와. 혹시 드레싱이라는 거 알아?"

"어?"

허를 찌르는 질문이었다.

"그야 물론 알지. **가끔씩** 샐러드에 **뿌려져 있는** 그거지?"

"그렇구나, 그런 거야."

납득한 듯이 깊이 고개를 끄덕이는 센조가하라.

"달걀프라이에 소스를 뿌리는 타입과 간장을 뿌리는 타입, 혹은 후추를 뿌리는 타입의 삼파전에 대해서 어떻게 생각해?"

"아, 그런 얘기는 있는 것 같더라. 달걀프라이에 뭔가 뿌리는 타입."

"응, 응."

센조가하라는 계속 고개를 끄덕였다.

마음에 드는 실험결과가 나왔다는 분위기다.

"냉장고에 버터나 잼이 있는 거, 알고 있었어?"

"있긴 했지… 어제 네가 쓰기도 했고. 아, 미안. 혹시 평소에 발라서 먹어?"

"흠."

그렇지만 센조가하라는 버터를 가지러 자리에서 일어서지 않고, 바게트를 찢어서 입에 넣고 오물오물 씹었다.

침묵.

"몇 가지 더 질문할게."

"네. 하세요, 하세요."

"하네카와의 식생활에 대해서야."

"내 식생활? 내 식생활이야 그냥 평범하다고 생각하는데."

"초밥에 간장은?"

"찍지 않아."

"튀김에 소스는?"

"찍지 않아."

"요구르트에 설탕을?"

"넣지 않아."

"햄버그나 오믈렛에 케첩으로 글자를?"

"쓰지 않아."

"오코노미야키에 소스는?"

"바르지 않아."

"주먹밥에 소금은?"

"넣지 않아."

"빙수에 시럽은?"

"뿌리지 않아."

"식후의 커피 한 잔, 각설탕은 얼마나?"

"블랙으로 부탁드립니다."

됐습니다, 라며 센조가하라는 질문을 마쳤다.

어쩐지 심리 테스트라도 받은 것 같아서 이상한 기분이 들었지만, 이 상태에 이르자 그녀가 무엇에 불만을 품고 있었는지 나는 이해했다.

"아, 알았다, 알았어. 미안해, 센조가하라는 샐러드에는 드레싱을 뿌리는 타입이었구나. 그래서 그렇게 이상한 얼굴을 하고 있었던 거야."

"아니, 나는 드레싱을 뿌리지 않는 타입의 존재를 지금까지 인식하지 못하고 있었어."

센조가하라는 말했다.

"플레인 달걀프라이도 처음 봤고, 빵이 빵인 채로 덜렁 나온 것도 처음 봤어. …하네카와는 그건가? 요리의 양념에 대해 부정적인 사람이야? 소재의 맛을 그대로 음미하고 싶어 하는?"

"응?"

들은 말의 의미를 이해하는 데에 조금 시간이 필요했고 그 뒤에 잠시 고민하고 말았지만 나는 이내, "아, 그게 아니라."라고 대답했다.

"그런 게 아니야. 드레싱을 뿌려도 **똑같이** 맛있다고 생각하고, 달걀프라이에 소스를 뿌려도 간장을 뿌려도 후추를 뿌려도 **똑같이** 먹을 수 있고, 키노코노야마도 타케노코노사토*도 똑같이 좋아하고."

"버섯 파와 죽순 파 이야기는 하지 않았어."

센조가하라가 딴죽을 걸었다.

어머, 기뻐라.

장난친 보람이 있었다.

"하지만 요리란 별 맛이 없어도 맛있잖아."

"결정적인 발언이 등장했네."

"어? 나는 그냥 맛은 있으나 없으나 똑같다고 말한 것뿐인데?"

"남이 물을 때는 들키지 않다가 자기가 말할 때에 들킨다*는 얘기가 있었지. 그건 바로 이런 걸 보고 하는 얘기야."

남이 물을 때에 이미 들키긴 했지만, 이라고 말하며 센조가하라는 젓가락을 놓았다.

식사를 그만둔 것이 아니라 착실히 전부 먹은 부분이 그녀답다.

"잘 먹었습니다."

우선 그렇게 말한 뒤.

"너와 맛의 취향이 비슷하다는 얘기는 전면적으로 취소하겠어."

※키노코노야마 · 타케노코노사토 : 일본의 메이지 제과가 만든 유명한 초콜릿 과자. 키노코노야마는 버섯 모양이고 타케노코노사토는 죽순 모양이다.
※남이 말할 때는 들키지 않다가 자기가 말할 때에 들킨다 : 問うに落ちず語るに落ちる. 남이 물어볼 때에는 조심해서 비밀을 들키지 않지만, 자기가 이야기할 때에는 방심하다가 비밀을 누설하고 만다는 일본 속담.

그렇게 말을 이었다.

취소당하고 말았다.

"편식의 정반대되는 행동을 하는구나, 하네카와는. 호불호가 없다는 것하고도 달라."

"미안, 센조가하라. 나, 아직도 무슨 얘길 듣고 있는지 잘 모르겠어."

"가정의 맛이라…."

센조가하라는 내 질문을 무시하는 모습으로 생각에 잠기듯이 그렇게 말했다.

"하지만 그런 것이 아니라, 하네카와는 어떤 맛이라도 받아들여 버리는 걸까…. 극단적으로 말해 먹어서 영양을 섭취할 수 있으면 그걸로 족하다고 할까. 아니, 영양을 섭취할 수 없어도 배를 채울 수 있기만 하면 좋은 걸까…."

"사람을 무슨 전사처럼 말하지 마."

"맛은 안다는 것이 성가신 문제네. 재료 고유의 맛을 즐기고 있는 것도 아니라고 한다면, 결국에는 그릇이 크다는 얘기가 되는 걸까. 맛에 구애된다니, 잘 생각해 보면 사치스러운 얘기일지도 모르고."

그건 그렇고 내 상식을 간단히도 무너뜨려 버렸네, 라고 센조가하라는 말하고 아직 식사를 마치지 않은 나를 빤히 응시했다.

"하지만 말이야, 하네카와. 그런 삶은 좀 뭐하다고 생각해. 식생활뿐만 아니라, 너는 뭐랄까…."

말을 고르는 느낌의 센조가하라.

별일이다.

"…뭐든지 받아들여 버리잖아."

최종적으로 센조가하라가 선택한 것은 조금 전에도 사용한 그 말이었다.

"싫어하는 것이 있다는 건, 좋아하는 것이 있다는 것과 마찬가 지로 중요한 일이야. 그런데도 너는 뭐든지 받아들여 버리잖아. 나 에 대해서도 그럴지 모르고, 아라라기 군에 대해서도 그럴지 모른 다고 생각해."

"응?"

이야기가 바뀌었다?

이야기가 엇나갔어?

이야기가 커졌어?

아니, 그게 아니다.

이야기는 바뀌지 않았고 엇나가지도 않았다.

크기도 그대로.

내 생활에 대한 이야기다.

하네카와 츠바사의 라이프스타일.

"맛의 취향이 비슷한 게 아니라, 내 취향을 하네카와의 취향이 포용해 내고 있던 것뿐이었어. 아니, 하네카와의 취향이라고는 말 할 수 없을지도 몰라. 말하지 않는 편이 좋을지도 몰라. 그도 그럴 것이, 이거고 저거고 다 좋아한다는 건 어느 것이나 다 똑같다는 얘기니까."

"……."

"저기, 하네카와."

센조가하라가 내 눈을 응시한 채로 물었다.

그것은 조금이지만.

옛날 같은… 평탄한 어조였다.

"너, 정말로 아라라기 군을 좋아했어?"

그리고 거듭 물었다.

"지금도 아라라기 군을 좋아한다고, 다시 한 번 말할 수 있어?"

022

오늘은 나도 센조가하라도 학교에 갈 생각이었다. 그러나 등교하기 직전에 센조가하라는 어제 쓸데없는 거짓말을 해 버린 탓에, 즉 인플루엔자라고 말해 버렸던 탓에 일주일간 학교에 갈 수 없다는 것을 깨달았다.

"책사가 책략에 빠진다는 건 이런 걸 두고 하는 소리구나."

그녀는 그렇게 말했지만, 글쎄…. 내가 보기에는 방바닥에서 수영연습을 하다가 물에 빠졌다는 듯한 우스꽝스러움이 느껴졌다.

"일주일간 집에서 얌전히 있을 수밖에 없게 되고 말았어…. 어째서 이렇게 된 걸까. 나쁜 짓을 하지 않았는데 자택 근신 처분을 당한 기분이야."

우스꽝스러운 전개라고 해도 장본인인 센조가하라에게는 심각한 사태인지 머리를 끌어안고 있었지만, 거짓말을 하는 것은 충분히 나쁜 짓이니 이것도 자업자득의 범위겠지.

자승자박하고도 비슷하다.

"아버지에게 야단맞겠어…."

"……"

고등학교 3학년인 그녀는 아버지에게 야단맞는 것을 두려워하고 있는 듯했다.

귀엽네….

"하지만 아라라기 군도 한동안 학교에 오지 않을 것 같으니 딱 좋지 않아?"

그렇게 별로 위로가 되지 않을, 오히려 살짝 빈정거리는 분위기로 말해 봤더니.

"그것도 그러네."

그런 말을 하며 그녀는 간단히 머리를 끌어안은 자세를 풀었다.

무시무시한 닭살커플이다.

그리고 나 혼자서 등교한다. 학교에 도착해 보니, 예상대로이기는 했지만 나를 기다리고 있던 것은 질문의 폭풍이었다.

거기에 호기심이나 구경꾼 근성이 다소 섞여 있던 것은 어쩔 수 없다고 해도, 반의 모두가 이렇게 걱정해 준 것은 기쁘다고 생각되었다.

오늘부터 수업이 시작된다.

나는 "어차피 일주일간 쓸 수 없으니까."라며 센조가하라가 빌려 준 교과서를 넘기면서 오늘 아침 센조가하라에게 들었던 대사를 반추했다.

"난 말이지, 틀림없이 하네카와처럼 머리가 좋은 사람이 보면, 세상이란 아주 무미無味한 것이리라고 생각하고 있었어. 여러 가지 일들을… 뭐랄까, **다 알아 버려서** 가슴 설레거나 두근두근하는 일이 없지 않을까 하고. 하지만 그건 반만 정답이고 반은 틀렸던 건지도 몰라. '무미하다' 라는 것에 대한 해석이, 나와 하네카와 사이에서 똑같을 거란 보증이 없었어. 그래, 전제를 세울 때부터 잘못되어 있었어."

'한심하다' 라든가, 더 극단적으로 '구제불능이다' 라는 것에 대해 혐오감을 느끼지 않는 인간이 있을지도 모른다니, 상상도 해 본 적 없었어, 라고 센조가하라는 말했던 것이다.

역시나 나는 당황하며 반론했다.

"아니, 온 세상이 무미하다니. 나는 그런 생각 한 적 없어. 한심한 건 싫고, 구제불능인 건 나쁜 거라고 생각해."

"그럴까? 그냥 말만 그렇게 하고 있는 것뿐이란 느낌이 드는데. 생각하고 있는 것뿐이라고 할까."

그러나 센조가하라는 나의 변명을 받아들여 주지 않았다.

"아니, 옛날부터 생각하긴 했어. 아라라기 군과 하네카와의 차이는 어디에 있는 걸까 하고…. 똑같이 둘 다 자기 몸을 희생하며 타인을 위해서 기를 쓰고 있지만, 아무래도 내가 보기에 두 사람은 전혀 다른 존재처럼 생각돼. 비슷하지도 않다고 생각돼. 알기 쉽게 말하면 아라라기 군이 가짜고 하네카와가 진짜로 보여. 하는 행동은 똑같은데 어째서일까 하고…. 하지만 이 요리를 먹고서 안 것 같은 기분이 들어."

"안 것 같은 기분이 들다니…."

"만들어 준 요리를 먹고 그 상대의 사람됨을 알다니, 모 요리만화 같네."

센조가하라는 말했다.

"『맛의 달인』 같네."

"왜 한 번 감췄던 제목을 밝히는 거야."

"위험에 대한 인식이 다른 거야, 아라라기 군하고 너는. 예를 들어 길가에서 자동차에 치여 죽은 고양이가 있다고 하자. 그 고양이를 묻어 주는 행위는 분명 올바를 거야. 하네카와는 그렇게 할 테고, 아라라기 군도 입으로는 이러쿵저러쿵하면서도 그렇게 할지도 몰라."

"……."

"다른 것은 분명히 이 '이러쿵저러쿵한다'라는 부분이겠지. 왜 많은 사람들이 자동차에 치여 죽은 고양이를 무시하고 마치 아무것도 못 본 것처럼 지나가는가 하면, 그 고양이를 매장하는 행위가 '위험하다'라는 걸 알기 때문이야. 자기가 '좋은 사람', '선한 사람'임이 주위에 알려지는 것은 인간사회에서 아주 높은 리스크지. 그 부분을 악용당할 가능성이 아주 높아."

어린아이들은 마치 '착한 일을 하는 것이 부끄럽다'고 말하는 것처럼 언제부터인가 일부러 나쁜 사람인 척하는 모습을 보이게 되는데, 그 이유는 '부끄럽다'는 이유가 아니라 그 선성善性은 세상 속에 당연히 있는 '악의 같은 것'에 대해서는 약점, 약함으로밖에 보이지 않기 때문이지… 라고 센조가하라는 더듬더듬 말했다.

독특한 지론을 전개했다.

"나쁜 사람인 척하는 것이 안전하다는 것을 아라라기 군은 아마도 알고 있어. 자신이 '좋은 사람'이라는 것으로 인해 얼마나 많은 리스크를 갖게 되는지 알고 있어. 죽을 가능성이, 그렇지 않더라도 탈락할 가능성이 있음을 알면서 정의의 사자 같은 짓을 신물 나게 반복하고 있었어. 중학생 시절에도, 고등학생이 되고 나서도. 아라라기 군이 낙오해 버린 원인은 거기에 있어. 하지만 자기가 낙오할 리스크도 분명 예전부터 파악하고 있었을 거야. 알면서 하고 있어. …뭐, 역시나 봄방학 때처럼 죽었다가 되살아날 리스크까지는 파악하지 못했겠지만."

"봄방학 때…."

그때는… 후회하고 있었다.

아라라기 군은 확실히, 자신이 취한 행동을 후회하고 있었다. 하지만.

확실히 그 후회와 맞서고 있었다.

그것은 틀림없이 센조가하라의 말대로다.

그것에 비해서 나는.

"그것에 비해서 하네카와는 그 부분을 전혀 이해하지 못하고 있어. 아니, 그게 아니지. 너도 분명히 그 리스크의 존재는 알고 있을 거야. 하지만 그 리스크를 **대단한 것이라고 전혀 생각하지 않아.** 그 부분이야, 아마도. 너는 아무것도 후회하지 않아. 악의나 구제 불능함을 전혀 거리끼지 않아. 그렇다기보다 받아들여 버리고 있어. 어쩌면 이건 너의 굉장함을 말로 표현하고 있는 것처럼 들릴지도 모르겠는데, 전혀 아니야. 나, 지금까지 하네카와를 굉장히 존경하는 구석이 있었는데 지금 그 마음이 완전히 사라진 기분이 들어."

실제로 계속 이야기하는 센조가하라는 전혀 나를 칭찬하는 느낌이 아니었다.

최고의 칭찬이라는 생각은 조금도 들지 않는다.

오히려 센조가하라는.

화를 내고 있었다.

어제 아침에 폐허에서 자고 있는 나를 발견했을 때와 마찬가지로, 혹은 그 이상으로.

"내가 직접 만든 요리를 그런 감각으로 맛있다고 말했었다니, 은근히 쇼크야. 기뻐하는 척조차 하지 않는 아라라기 군보다 심해."

"센조가하라…."

"예를 들면, 하네카와. 있잖아, 내가 이곳에 사는 걸 어떻게 생각해?"

그렇게 말하고.

센조가하라는 양팔을 벌려서 타미쿠라장 201호실을 어필했다.

"아버지와 단둘이 보증금도 적은 허름한 연립주택 단칸방에 살고 있어. 욕조도 없고 가끔 온수도 나오지 않는 샤워가 유일한 위안이지. 부엌도 정말 빈약해서 가스레인지도 1구밖에 없는, 세탁기를 돌린 채로 드라이어를 쓰면 차단기가 내려가는 나의 라이프 스타일을 어떻게 생각해?"

"어떻게 생각하느냐니?"

"어떻게도 생각하지 않지? 이 생활에 동정을 느끼거나 부담을 느끼지는 않지? 응, 그건 분명히 훌륭한 일이라고 생각해. 소설이나 만화 속이었다면 말이야. 혹은 역사상의 위인 이야기였더라면 아주 멋지겠지. 감동적이었을 거라고 생각해. 하지만 하네카와, 넌 현실의 인간이라니까?"

센조가하라는 말했다.

평탄한 어조는 여전히 이어지고 있긴 했지만, 조금이라도 긴장을 풀었다간 말투가 거칠어질 것 같아서 필사적으로 억누르고 있는 느낌이기도 했다.

"그도 그럴 것이 당사자인 나는 이런 생활이 최악이라고 생각하고 있어. 부모님이 이혼하기 전에 호화로운 저택에서 지냈을 때보다도 훨씬 인간답게 살고 있다는 느낌이 든다… 라는, 뭔가 깨달음을 얻은 듯한 그런 생각은 전혀 안 해. 가난한 생활 쪽이 인간답다니, 그런 생각은 조금도 하지 않는다니까? 오히려 가난하면 아둔해진다고 생각해. 아버지도 얼른 빚을 갚아서 이런 생활에서 벗어나기 위해 필사적으로 일하고 있어. 언제 몸에 탈이 나도 이상하지 않을 수준으로 앞뒤 가리지 않고 일하고 있다고. 전부, 이대로는 도저히 안 되겠다는 위기감이 있기 때문이야."

하지만 너에게는 그런 위기감이 없어, 라고 센조가하라는 말했다.

"지금 그곳에 존재하는 위기를 인식하면서도 위기감을 전혀 느끼지 않아. 그러니까 저런 폐허에서 하룻밤을 날 수 있는 거야."

"그런 말을 들어도…."

약하다.

반론하고 싶어도 할 수 없게 되고 만다.

"아마도 너는 순수하다 못해 새하얗겠지. 순백의 시로무쿠* 같아. 바보 같은 녀석에게 바보인 채로도 괜찮다고 말하는 비정함을, 구제불능인 녀석에게 구제불능인 채로도 괜찮다고 말하는 잔혹함을 너는 분명 모르고 있어. 하물며 결점을 미덕이라고 말하는 건 악의일 뿐이라는 사실을 이해하려고도 하지 않아. 마이너스를 긍정하는 순간 돌이킬 수 없게 되는 위험을 조금도 몰라. 모든 것을 받아들여서는 안 돼. 그렇게 해 버리면 아무도 노력하려고 하지 않게 돼. 향상심이 없어져 버려. 그런데도 너는 바보스러움이나 구제불능함에 대해서 아무런 경계심도 갖고 있지 않아. 남에게 약점으로 악용당할 것을 알면서도 개의치 않고 선행을 하고, 집단 속에서 혼자 유리되어 버릴 것을 알면서도 윤리적이려고 하지. 그런 무서운 일이 또 있겠어? 벼랑 끝에 서 있는 것 같은 인생을 보내면서 용케 지금까지 팔다리가 멀쩡하게 살아올 수 있었다고, 그 점만큼은 감탄하겠어. 결론으로서, 너는 좋은 사람 같은 게 아니라, 성인도 성모도 아니라 그냥 세상의 어둠에 둔감한 것뿐이야. 그래서는… 야생으로서 낙제야."

낙제.

그런 말을 들은 것은 처음이어서 조금 낙심하기도 했다.

※시로무쿠(白無垢) : 일본의 전통혼례 때 신부가 입는 새하얀 옷.

결국 등교시간이 다가와서 대화는 그쯤에서 끊어지게 되었는데, 학교까지 오는 길에, 그리고 수업중인 지금도 계속 내 머릿속에서는 센조가하라의 말이 빙글빙글 돌고 있었다.

착한 사람이 아니라 세상의 어둠에 둔감할 뿐.

어둠에 둔감할 뿐.

낙제, 낙제, 낙제, 낙제…… 즉.

하얗고.

희디흰.

순백의 시로무쿠처럼.

결백이려 한다….

"……."

…다만 수업 중인 지금은, 센조가하라의 교과서 빈 공간에 적힌 낙서가 신경 쓰여서 그 말들도 조금 헛돌고 있다는 느낌을 부정할 수 없지만.

모든 페이지에 『강철의 연금술사』 일러스트가 그려져 있다.

게다가 엄청 잘 그렸다.

쟤 정말 수험생 맞나?

023

분명히 센조가하라는 답답했던 거라고 생각한다.

결국 나는 센조가하라가 했던 말과 하려고 했던 말의 절반도 이해하지 못했지만, 그것은 왠지 모르게 그런 거라고 생각한다.

정말로 왠지 모르게이지만.

왠지 모르게일 뿐이지만.

점심시간이 되자, 나는 점심을 먹기 위해서 교실을 나와 식당으로 향했다. 평소에는 도시락을 싸 오지만 남의 집 부엌에서 그렇게까지 할 수는 없었다.

아니, 센조가하라에게 그런 말을 들은 뒤에는 설령 자기 집 부엌이었더라도 도시락을 만들 생각은 들지 않았겠지만.

자기 집.

그런 것이 **정말로** 있다면, 나도 무미하지 않고 맛이 나는 요리라는 것을 자연스럽게 만들 수 있었을까… 하는 생각을 하면서.

그러다가.

"…아."

잠시 복도를 걷고 있으려니 정면에서 낯익은 인물이 보였다. 칸바루 스루가 양이다.

칸바루 양은 저쪽에서 이쪽으로, 나와는 반대방향으로 걸어오고 있었으므로(그건 그렇고 자연스럽게 걷는 것만으로도 어쩐지 즐거워 보이는 여자애다. 이 거리에서도 콧노래를 부르고 있는 것을 알 수 있다) 같은 타이밍에 나를 깨달았다.

"오오!"

그리고 그녀는 일반적으로 복도에서 낼 만한 소리로는 생각되지 않는 큰 소리를 내더니, 일반적으로 복도에서 낼 속도라고는 생각되지 않는 속도로 내가 있는 곳까지 달려왔다.

순간이동을 하는 듯한 스피드였다.

두 갈래로 묶은 머리카락이 한 박자 늦게 도착했다.

"하네카와 선배 아냐! 오래간만이네, 잘 있는 것 같으니 정말 다행이야!"

"…응."

아주 들뜬 분위기네.

그냥 활달하다는 정도가 아니다.

나는 반응하기 난처해서 고개만 끄덕여 보였다.

이 눈치를 보건대, 그녀에게는 아무래도 하네카와 가에 불이 났다는 정보가 들어가지 않은 것 같다. 아니, 칸바루 양의 성격을 고려하면 알고 있어도 이런 분위기일 가능성이 없는 것도 아니지만.

예의바르지만 배려심 제로.

칸바루 양의 성격이다.

"실은 지금 센조가하라 선배를 만나러 가는 도중이었어."

그렇게, 예의 바르지만 배려심 제로인 칸바루 양은 말했다.

"교실에 계시나?"

"그게 말이지…."

역시, 라는 느낌이 든다.

들을 것도 없이.

적어도, 저런 기세로 달려온다고 해서 칸바루 양이 나에게 긴급한 용무가 있다고는 생각하지 않았다. 기본적으로 칸바루 양은 센조가하라 외에는 흥미가 없다.

이 나오에츠 고등학교에도 센조가하라를 쫓아서 입학했다고 할 정도니까.

그 무시무시하게 좁은 시야를, 아무래도 아라라기 군이 넓혀 준 모양이지만….

어쨌든.

그 올곧음은 부럽다고 생각한다.

외골수라고 해야 할까.

적어도 센조가하라는 그런 칸바루 양을 보고 답답하다고는 생각하지 않겠지.

든든하다, 라고.

마음 든든하다, 라고 생각하지는 않을까.

칸바루 스루가. 나오에츠 고등학교 2학년.

중학교 시절부터 센조가하라의 후배라서(즉 나와 같은 중학교였지만, 나하고는 중학교 시절에 면식이 없다. 내가 일방적으로 평판을 듣고 있었을 뿐이다) 센조가하라와 둘이 함께 발할라 콤비라고 불리고 있었다.

칸바루神原 양의 성에 있는 '신神'과 센조가하라戰場ヶ原의 성에 있는 '전장戰場'이라는 뜻에, 두 사람의 성에 들어 있는 들판 '원原'의 발음인 '바루'와 '하라'까지 제대로 엮인 발할라 콤비다. 나중에 들은 이야기로는, 이 네이밍은 칸바루 양 본인에 의한 것이라고 한다. 멋진 네이밍이라고는 생각하지만 스스로 붙였다고 들으니 어쩐지 흐릿하게 아쉬움의 향기도 느껴진다.

참고로 그녀는 나오에츠 고등학교에서 제일가는 유명인이다. 사립 입시명문고라 스포츠 및 동아리 활동에는 전혀 힘을 쏟지 않는 나오에츠 고교에서, 여자 농구부를 전국구까지 이끌었다는 괄목할 만한 스타다(사실 내색은 못하지만 선생님들은 속으로 약간 민폐라 여기는 듯하다. 분위기 파악 좀 해! 라는 식으로).

다만 왼팔에 감고 있는 붕대를 보면 알 수 있듯이 그녀는 이미 조기에 은퇴했지만.

원숭이.

칸바루 양은 원숭이…였던가.

그건 그렇다고 해도.

현역시절의 칸바루 양은 운동선수답게 보이시한 쇼트커트였지만, 지금 내 눈앞에 있는 칸바루 양의 머리카락은 땋지는 않았어도 이미 옛날의 나 정도 길이다.

머리가 길어지는 스피드가 요괴급이라는 점은 일단 제쳐 두고… 칸바루 양.

여자답다고 할까.

귀여워졌다고 생각한다.

그녀를 그렇게 만든 것도, 센조가하라를 그렇게 만든 것과 마찬가지로.

아라라기 군이겠지.

시야를 넓힌다…라.

"오늘 센조가하라는 집에서 쉰대. …인플루엔자에 걸려서."

…거짓말의 공범자가 되고 말았다.

그렇지만 어쩔 수 없다.

원인을 따져 보면 나를 위해서 센조가하라가 한 거짓말이다. 여기서는 말을 맞추지 않을 수 없었다.

칸바루 양에게는 사실을 말해도 괜찮을지 모르지만, 이 아이는 입이 가벼워 보이니까.

너무 소탈해서 말하면 안 될 것도 가볍게 말해 버릴 것 같은 분위기가 있다. 게다가 말한 뒤에 반성할 것 같지도 않다.

말한 게 뭐가 어떠냐며 돌변할 것 같지도 않은, 평소부터 완전 개방 상태다.

"호오, 인플루엔자인가."

칸바루 양은 조금 놀란 듯 말했다.

"도깨비의 곽란*이란 얘긴 이런 걸 두고 하는 소리군."

"……."

도깨비라니…. 존경하는 선배에게 하기엔 심한 표현이었다.

예의 바르지만 배려심 제로…. 그렇다기보다 아라라기 군이 말하길 칸바루 양은 '예의바른 실례됨'의 소유자인 듯한데, 이것은 그 알기 쉬운 한 가지 사례가 될 것 같다.

뭐, 단순한 관용구로 사용한 것뿐이겠지만(칸바루 양이 '곽란*'이란 단어의 의미를 알 거라고도 생각되지 않는다.)

아라라기 군이었다면 바로 여기란 듯이 딴죽을 걸며 잘못을 바로잡아 주겠지만, 그럴 수 있을 정도로 나는 칸바루 양과 친하지 않으므로 침묵과 모호한 미소를 보일 뿐이다.

※도깨비의 곽란(鬼の癨亂) : 평소 튼튼해서 병에 안 걸릴 것 같던 사람이 병에 걸린 것을 이르는 일본 속담.
※곽란(癨亂) : 더위를 먹거나 갑작스런 한기 등으로 인해 심한 구토와 설사를 동반하는 위장병.

생긋.

"…아, 도깨비의 곽란은 좀 아닌가."

전해졌다.

은근히 기쁘다.

으음. 하지만 역시 친구의 친구(센조가하라 루트든 아라라기 군 루트든)라는 것은 확실한 거리를 잡기 어려워서 난처하다.

이 경우에는 상대가 칸바루 양이기 때문이라는 점도 크지만.

"으음, 그런가. 센조가하라 선배는 없는 건가. 어떡할까."

센조가하라가 없다는 걸 알면 그대로 발걸음을 돌려서 자기 교실로 돌아갈 것이라 생각했는데, 칸바루 양은 자못 곤란한 듯이 팔짱을 끼었다.

나는 나대로 얼른 식당에 가지 않으면 식당이 학생들로 붐비게 되어 버리는데, 그렇다고 여기서 이렇게 칸바루 양을 남겨 둔 채 이 자리를 떠날 수는 없었다.

"센조가하라에게 뭔가 볼일이라도 있었어? 나라도 괜찮으면 이 야기를 듣겠는데."

"으음."

칸바루 양은 잠깐 생각하더니.

"그러면 하네카와 선배로도 괜찮을까."

그렇게 말했다.

…이건 그냥 실례다.

예의 바르고 뭐고 없다.

역시나 이건 주의를 주는 편이 좋을까 하고 생각했지만.

"실은 조금 전에 아라라기 선배에게서 메시지가 왔거든."

그렇게 말하며 곧바로 휴대전화 화면을 보여 주는 칸바루 양의 기세에 나는 입을 다물고 말았다.

학교 안에서의 휴대전화 사용은 금지되어 있다든가, 전원은 꺼 둬야 한다든가, 조금 전이라면 수업 중에 메시지를 받았다는 이야 기가 아닌가 하는 그런 이야기들도… 한꺼번에 봉쇄되었다.

그곳에 표시된 메시지의 내용에.

[오늘 밤 9시 2층 혼자서 교실로 와 줘. 물어볼 게 있어.]

"…이거, 무슨 의미라고 생각해?"

"무슨 의미고 뭐고…."

이런 짧은 문면에 해석의 폭이 있을 리도 없다. 하물며 암호일 가능성 따윈 생각할 것도 없을 것이다.

문장 구성이 조금 잘못되어 있지만('혼자서 2층'으로 쓰는 것이 올바를 것이다), 그것은 역시 초조함을 의미하고 있을 뿐이고….

"아라라기 군이 칸바루 양에게 질문할 게 있으니까 오늘 밤 9시 에 혼자서 2층 교실로 와 달라는 의미잖아?"

"역시 그런가."

흐음, 하고 신음하는 칸바루 양.

진지한 얼굴이다.

"즉 추측하건대, 아라라기 선배도… 오늘은 학교에 안 나온 건 가?"

"응…."

나는 고개를 끄덕였다.

이상한 곳에서 예리하다…기보다, 신기할 정도로 핀 포인트로 대화의 요점을 파악해 내는 아이였다.

얕볼 수 없다.

"…아라라기 군의 경우에는 인플루엔자인 건 아니지만… 2학기가 된 뒤로 계속 안 나오고 있어."

만일을 위해서 호시나 선생님에게 물어보았지만, 어제도 학교에 나오지 않았다고 한다. 나와 센조가하라와 아라라기 군이 동시에 학교에 안 나왔기 때문에 반에서는 엉뚱한 억측이 오갔다고 한다.

엉뚱한 억측…. 안 했으면 좋겠다.

이리저리 퍼뜨리지 말아 주세요.

흐음, 하고 다시 한 번 칸바루 양은 신음했다.

"아라라기 선배도 참 곤란한 사람이네. 2층 교실이라니, 약속 장소가 너무 막연해. 대체 나오에츠 고등학교에 2층 교실이 몇 개나 있다고 생각하는 거야."

"아니, 이거 학교가 아니라 그 학원 옛터의 폐건물이라는 의미가 아닐까?"

"아, 그런가?"

칸바루 양은 지금 깨달았다는 듯이 말했다.

이상한 곳에서 둔하다.

"그렇다면 전화를 걸면 될 텐데 말이야. 실은 조금 전에 전화를 계속 걸어 봤는데 연결되지 않더라고."

"……."

내가 여기서 입을 다문 것은, 당연하지만 칸바루 양이 학교 안에서 전화를 건 것을 나무라기 위해서…는 아니다. 새로운 정보가 들어온 것으로 아라라기 군이 지금 대체 어떤 상황일지 전혀 예상할 수 없게 되어 버렸기 때문이다.

마요이에 얽힌 일이겠거니 하고 생각하고 있었는데…. 칸바루 양을 불러내다니, 어떻게 된 일이지?

어울리지 않는다고 할까….

영문을 모르겠다.

"즉 이건… 데이트 신청이라는 소리군! 전화를 받지 않는 것은 틀림없이 어떤 서프라이즈를 준비해 뒀기 때문일 거야!"

"아니, 문장을 보면 좀 더 진지한 일일 거라는 생각이 들지 않아?"

서프라이즈라니. 사고방식이 너무 속 편하다.

진심으로 이런 생각을 하고 있다니, 참으로 놀랍다.

대화하는 것만으로도 이렇게 피로해질 줄이야!

"그렇구나, 그런 거야. 그렇다면 납득이 가. 오늘 밤은 읽고 싶은 책이 있었지만, 아라라기 선배가 부른다면 어쩔 수 없지. 나는 만난을 배제하고 아라라기 선배의 부름에 응하겠어!"

"만난을 배제한다니…."

읽고 싶은 책이 있는 것뿐인데….

말투가 너무 과장되어 있는 데다 지나치게 예스러운 표현이라서 까딱 잘못하다간 진심이면 진심일수록 오히려 장난치는 것으로 여겨질 것 같은, 그런 의미로는 손해되는 성격을 가진 아이였다.

답답하지는 않겠지만.

이 올곧음은 역시 걱정이다.

"저기, 칸바루 양…."

"응? 왜?"

"저기…."

나는 뭔가 말하려고 생각했지만, 결국 잘 말하지 못하고.

"조심해."

라고.

"아라라기 군에게 안부 전해 줘."

라고 밖에 말할 수 없었다.

"알았어. 그러면 하네카와 선배, 여러 가지로 알려 줘서 고마워!"

"무슨 소릴, 아니야. 별 말을 다 하네."

"집에 불이 났다고 해서 낙심하고 있을 거라고 생각했는데, 딱히 그런 것 같지도 않아서 안심했어! 과연 하네카와 선배야!"

"응?"

정말로 알고 있었던 건가.

알면서도 그렇게 대응한 건가. 정말 끝내준다.

아니.

그런데 낙심하지 않고 있다고…?

"그러면 무운을 빌겠어!"

그렇게 말하며 칸바루 양은 한 손을 들어 보이고는 왔던 길을 돌아갔다.

뛰지 않고 걸어서.

또다시 복도를 뛰려고 하면 주의를 주려고 생각했는데, 그녀도 항상 뛰어다니는 것은 아닌 모양이다.

민폐스러운 랜덤성이었다.

"……."

칸바루 양이 떠나갔으므로 나는—원래대로라면 늦은 만큼 서두르는 의미도 담아서—급히 식당으로 향해야 했지만, 그 자리에서 한 걸음도 움직일 수 없었다.

칸바루 양의 마지막 말이 가슴에 울려서…는 아니다.

그것보다 나의 마음에 얽힌 것은 아라라기 군의 현재 상태다.

아라라기 군이 지금 어떠한 곤경에 처한 것은 틀림없다. 그것은 이미 확정적인 사실이다. 그런데도 칸바루 양을 불러냈다는 것은 분명히 칸바루 양에게 '묻고 싶은 것'이 그 곤경을 벗어나기 위해 필수 불가결한 것이기 때문이라고 생각한다.

그냥 협력을 요청하는 것보다.

더더욱 심각한 뭔가가 느껴진다.

"……."

그래서 사리에 어긋났다고 생각하는 것이다.

아라라기 군에게 어떤 필연성이 있어서 칸바루 양에게 메시지를 보낸 것이 틀림없으니까, 내가 아니라 칸바루 양에게 조력을 구했다는 사실에 대해 번민하는 것은 사리에 어긋난 행동이다.

하지만 어째서일까.

그것을 잘 이해하며 납득해 버리는 부분이 센조가하라가 보기에 '답답한' 것이겠지만, 하지만 이런 것으로 순수하다느니 새하얗다

느니 하는 소리를 듣는 것은 역시 어처구니없다.

나는 아라라기 군에게 메시지를 받은 칸바루 양을 부럽다고 생각하고 있고.

그리고 확실히 화내고 있다.

아라라기 군이 나에게 메시지를 보내 주지 않은 것에 화를 내고 있는 것이다.

024

격렬한 자기혐오에 시달리면서 나는 귀로에 접어들게 되었다.

칸바루 양에게 부탁해서 따라가는 방법도 생각했지만 메시지에 분명히 '혼자서'라고 적혀 있는 이상, 그것은 자제해야겠지. 그 정도는 안다.

그래서 망설이고 있는 것은, 센조가하라에게 이 일을 전할 것인가 말 것인가 하는 점이다. 성실하게 생각하면 아라라기 군은 그녀의 남자친구이므로 전해 두는 편이 좋겠지만 분명히 걱정하게 만들 테고, 그 아이는 그 아이대로 숨김없이 아라라기 군에게 화를 낼 것 같고.

그것에 대해서는 결론을 내지 못한 채로 타미쿠라장에 도착했다.

"어머, 어서 와. 하네카와. 늦었네."

"응, 아침에 얻어먹은 음식재료들을 채워 두려고 슈퍼마켓에 들렸으니까… 어."

그렇게.

문을 열었을 때, 나는 방 가운데에 센조가하라 외에 또 한 명의 인물이 있음을 깨달았다.

머리를 빗어 넘긴 로맨스그레이의 남성이다.

깔끔한 양복차림에 아주 근면성실해 보인다고 할까…. 한 세대 전의 표현을 쓰자면 기업전사 같은 느낌이었다.

혹은 겉모습에서 느껴지는 이미지로는 변호사라든가 관료처럼 보이는 구석이 있지만 그렇지 않다는 것을 나는 알고 있다.

센조가하라에게 들었다.

그녀의 아버지는 외자계 기업에서 일하는 컨설턴트라고 했던가.

"처음 뵙겠습니다."

그렇게.

그쪽에서 먼저 나에게 인사해 왔다.

앉은뱅이 탁자 앞에 앉아 있다가 일부러 일어서서 고개를 숙이며.

"히타기의 아버지입니다."

"아… 저기."

당황한다.

그리고 보니 오늘 아버지가 돌아온다는 말을 하긴 했지만 이렇게 이른 시간에 돌아오셨을 거라고는 생각하지 않았다.

과연 외자계 기업이라 시간에 얽매이지 않는구나, 하고 나는 엉뚱한 부분에 감탄했다.

"하네카와 츠바사입니다. 죄송해요, 어젯밤에는 신세를 졌어요."

"으음."

그렇게 고개를 끄덕이는 센조가하라의 아버지.

그러고는 입을 다물었다. 과묵하다는 느낌이다.

상당히 침묵이 무거운 타입의 남성 같다는 생각을 하며 내가 현관에서 신발도 벗지 않고 있자, 그는 그런 나를 흘끗 보는 듯하더니,

"차를 끓여 오도록 하지."

라는 말을 하며 부엌으로 향했다.

그리고 주전자를 가스레인지 위에 올렸다.

그 말, 그리고 그 동작에 단숨에 긴장이 풀어져서 일단 나는 신발을 벗을 수 있었다.

한숨을 쉬고.

센조가하라의 아버지에게 시선을 떼지 않은 채로 나는 센조가하라의 옆에 앉았다.

"미안해, 하네카와. 아버지가 예정보다 일이 빨리 끝났는지 생각보다 일찍 귀가하셨지 뭐야."

그렇게 센조가하라가 작은 목소리로 말했다.

"아니, 별 상관은 없어."

멋대로 신세를 지고 있던 건 이쪽이니까, 라고 나는 작은 목소리로 대답했다.

"하지만 그렇다면 그렇다고 메시지나 전화로 알려 줬으면 좋았

을 텐데."

"아니, 깜짝 놀라겠다 싶어서."

"……."

그야 깜짝 놀라긴 했지만.

아라라기 군은 매일 이런 서프라이즈를 맛보고 있는 걸까 하고 생각하니, 행복해 보이는 그도 꽤 고생스런 인생이겠다는 생각이 들었다.

"멋진 아버지시네."

나는 말했다.

빈말이 아니라.

과연. 어디까지가 진심인지는 제쳐 두더라도, 센조가하라가 파더 콤플렉스를 자칭하는 것에도 고개가 절로 끄덕여진다. 저런 아버지와 둘이 살고 있으면 동급생 남자애는 전부 코흘리개 어린애로밖에 보이지 않겠지.

그 심미안을 통과한 아라라기 군은… 으음, 복잡하지만 대단하다고 생각한다.

여성은 아버지와 닮은 사람을 좋아하게 된다는 속설도 있는데, 그런 의미에서는 지금 찻잎을 준비하는 센조가하라의 아버지와 아라라기 군은 전혀 비슷하지 않다.

다른 타입이라기보다 거의 이질적이라고 말해도 좋다.

애초에 아라라기 군은 쿨한 척하고 있어도, '부동의 과묵'이라고 불리고는 있어도 실제로는 상당한 수다쟁이니까. 실제로 과묵한 센조가하라의 아버지와는 정반대라고 말해도 좋을 것 같다.

게다가 아주 토톨로지tautology한 표현이 되어 버리는데, 센조가하라의 아버지는 멋지기는 멋지지만 어딘지 모르게 너무나도 '부친', 즉 아버지로서 멋지다는 느낌이라서 보통 말하는 '남성'이란 느낌이 아니다.

즉 그것이 무엇을 가리키는가 하면….

…안 돼, 안 돼.

친구의 아버지를 분석해서 어쩌려는 건가.

이런 짓은 이미 그만두었을 텐데.

응.

아무래도 갑자기 나타난 '아버지'라는 존재에 약간 동요하고 만 것 같다. 다른 사람도 아닌 내가.

다른 사람도 아닌 내가, 라고 말할 정도로 나는 대단한 사람이 아니지만.

평범한 여자아이…는 아니라고 해도.

애초에 동요하고 뭐고, 나는 '부친' 상도 '아버지' 상도 가진 것이 없지 않은가.

아버지라고 불려야 할 사람은 있어도.

아버지라고 말해야 할 사람을… 나는 모르니까.

아무것도 모른다.

"학교에서 뭔가 이상한 일은 없었어?"

센조가하라는 아버지가 이 자리에 있는 것에 대한 이야기는 이제 이것으로 끝이라는 듯이 평소의 대화로 넘어갔다.

이런 넉살 좋은 부분은 본받고 싶을 정도다.

"이상한 일이라니?"

"아라라기 군, 왔었어?"

그게 묻고 싶었던 것 같다.

나는 조금 망설였지만, 숨겨 두는 것은 역시 이상하다는 기분이 들어서 학교에서 있었던 일을 이야기해 두기로 했다.

"칸바루에게 메시지?"

"응. 아무래도 지금 안고 있는 안건에 칸바루 양의 조력이 필요한 것 같아…. 어쨌든 문장이 너무 짧아서 왜 칸바루 양을 불러냈는지는 알 수 없지만…."

"어떻게 그런 불유쾌한 일이!"

센조가하라는 생각 외로 직설적으로, 불유쾌해 보이는 표정과 함께 그렇게 말했다.

숨김없다고 할 정도가 아니었다, 이것은 격노다.

게다가 아라라기 군이 아니라 칸바루 양에게 화내고 있다.

창 끝이 남자친구가 아니라 후배를 향했다.

나는 말한 것을 곧바로 후회하게 되었다.

이 일을 계기로 발할라 콤비 사이에 금이 가 버리면 어떡하지?

"내가 멀쩡히 있는데 아라라기 군에게 도움을 요청받다니…. 그 여자, 어떻게 해 줄까? 우선은 내장을…."

"센조가하라, 캐릭터가 갱생 전으로 돌아갔어."

"아차차."

센조가하라는 깨닫고서 스스로 뺨을 찰싹 때리고 웃는 얼굴을 만들었다.

억지로 웃는 얼굴이란 것이 눈에 보일 정도라 가슴이 아프다….

"그 점에 대해서는 아마도 이유가 있을 거라고 봐. 묻고 싶은 게 있다는 것도 그럴 것이고. 왜냐하면 나나 센조가하라와 달리 칸바루 양에게는 왼팔에 괴이가 남아 있잖아."

"남아… 있지."

원숭이의 팔이.

센조가하라는 말했다.

"즉 칸바루라기보다는 칸바루의 왼팔이 필요하다는 얘길까?"

"뭐, 추측이지만."

그런 단순한 이야기는 아닐 거란 생각도 들지만, 얼추 생각하면 그럴 가능성은 높다.

"칸바루의 전투력을 샀다, 라는 얘기가 되면… 또 배틀 전개라는 얘기가 되는 걸까?"

"글쎄? 하지만 전투력이라고 말하자면 지금의 아라라기 군에게는 시노부가 있으니까. 반드시 전투 요원을 원하는 것은 아니라고 생각하지만."

어느 것이나 추론이다.

아라라기 군이 현재 어떤 상황에 있는지 모르는 나와 센조가하라가 아무리 이야기해 본들, 결론 같은 것이 나올 리가 없다.

"그래서 하네카와는 어떡할 거야?"

"어떡하다니?"

"그 약속 장소에 갈 거야, 안 갈 거야? 아라라기 군의 상황이야 어쨌든, 거기에 가면 아라라기 군하고 만날 수 있잖아?"

"…생각은 해 봤는데, 안 가려고 해. 가면 방해만 될 것 같다는 기분도 들고."

"그래."

센조가하라는 내 대답에 고개를 끄덕였다.

"그러면 나도 안 갈래."

"그래?"

나는 틀림없이 센조가하라가 자신은 가겠다고 주장하는 것을 예상하고 기탄없이 직언이 오가는 논의를 대비하고 있었던지라, 이것은 의외라고 할까, 김이 샜다는 기분이 들었다.

그곳에 가야겠다고 단호히 주장하는 센조가하라를 어떻게 말릴까, 하는 생각을 하고 있었는데.

"무소식이 희소식이라고 생각하기로 하겠어. 칸바루의 원숭이 때하고는 달리 뭔가 감추려는 것도 아닌 걸로 보이고, 굳이 따지자면 참 당당하다고 해야지. 칸바루에게 메시지를 보내면 나나 하네카와에게 전해지리라는 것 정도는 알고 있을 테니까."

그것은 그렇다.

그러나.

"…안 갈 거야?"

"안 갈 거야."

센조가하라는 못을 박는 듯한 내 물음에 그렇게 대답했다.

"너하고 마찬가지야. 가 봤자 방해만 될 테니까. 게다가 내가 할 수 있는 일은 따로 있다는 기분이 들어."

덧붙인 의미심장한 말의 의미는 나에게 전혀 전해지지 않았지만 일단 그런 듯했다.

소식이 없는 것은 무사히 잘 있다는 증거.

그리고 신뢰의 표시.

그런 식으로 입맛에 맞게 해석해 두기로 하자.

"…그렇지만 몸에 괴이를 남기고 있는 건, 아무래도 아라라기 군하고 칸바루뿐만이 아닌 것 같지만."

"어? 그 밖에 또 누가 있는 거야?"

그 발언에 나는 고개를 갸웃거렸다.

"우리들 주위에 남아 있는 괴이는 아라라기 군의 귀신하고 칸바루의 원숭이뿐이잖아?"

"그 말대로다냥."

센조가하라는 어째서인지 고양이 같은 어미를 붙이며 대답했다.

조금 더 따져 보고 싶은 기분이었지만 그 타이밍에 센조가하라의 아버지가 세 사람 분의 차와 차과자를 가지고 오셔서 우리들의 소곤거리는 대화는 중단되었다.

아니, 만약 그가 차를 끓이는 것에 조금 더 시간을 들였어도 이 대화는 여기서 끊어지게 되었을 것이다.

왜냐하면 그때, 이 타미쿠라장 201호실의 문을 노크하는 소리가 들렸기 때문이다. 참고로 인터폰은 없다.

"어이쿠. 온 모양이네."

그렇게 말하며 센조가하라가 일어서는 것을 보니, 아무래도 예상했던 손님이 찾아온 것 같다.

그렇지만 예상대로라고 해도 대체 누구일까? 하며 나는 조금 자세를 정돈하고 준비했다. 하지만 센조가하라가 문을 열고 그 너머에 있는 여자아이의 모습을 보고 나는 모든 것을 이해했다.

센조가하라가 어제 말했던 '비책'이 어떤 것인가도.

설명을 들을 것도 없다.

그리고 소개받을 것도 없다.

문 너머에 있던 것은 아라라기 군의 여동생인 아라라기 카렌과 아라라기 츠키히, 파이어 시스터즈였던 것이다.

025

이런 대화가 있었던 모양이다.

"어머머, 이게 누구야? 카렌 양이잖아. 이런 곳에서 만나다니, 이런 우연도 다 있네."

"오오, 그런 당신은 센조가하라 씨잖아. 정말 이런 우연도 다 있네. 이렇게 우리 집 앞에서 만나다니."

"응. 이래서는 마치 내가 휴대전화 내비게이션으로 너의 귀가 루트를 꼼꼼히 조사해 놓고 네가 올 때까지 잠복하고 있었던 것 같네, 우후후."

"아하하. 그런 오해를 하는 바보도 있을지 모르겠네. 세상에는 바보 천지니까. 유감스럽게도 나 같은 똑똑이는 좀처럼 없지. 어라, 근데 센조가하라 씨, 학교는?"

"학교? 뭐야, 그건?"

"아니, 모른다면 됐어…."

"농담이야, 농담. 물론 알지. 가하라 조크야. 피치 못할 사정이 있어서 오늘은 쉬고 있어. 카렌 양이 다니는 중학교는 오전 수업이지, 오늘까지는?"

"응. 하지만 센조가하라 씨, 타이밍이 안 좋았어. 이왕 이렇게 된 우연이라면 오빠를 만나고 싶은 참이겠지만, 공교롭게도 오빠는 지금 집에 없어. 새 학기가 되자마자 어딘가로 가 버렸다구. 나는 자아 찾기 여행 제2탄이라고 짐작하고 있지만. 돌아올 무렵에는 틀림없이 가메하메 파를 쏠 수 있게 되어 있을 거라구."

"자아 찾기 여행이란 그런 수행 같은 게… 아니, 아무것도 아니야."

"에바 파*를 쏠 수 있게 되었을지도 몰라."

"아라라기 군은 그런 재능을 가지고 있지는 않을 거라고 생각해…. 아, 그러고 보니 지금 갑자기… 요컨대 문득 떠오른 건데, 그거 알아? 하네카와의 집에 불이 났다는 거."

"뭐?"

"아, 미안미안. 어리석은 질문이었지. 정의의 사자, 파이어 시스터즈의 실전담당이자 이 마을의 평화를 한 몸에 짊어지고 있는 아라라기 카렌 양이나 되는 사람이 그런 대사건을 모를 리가 없지."

"응? 아, 응, 물론이지! 알아, 알아. 정말 큰일이었지. 뭣하다면 지금부터 츠바사 씨를 찾아가서 문병을 문병할까 생각하던 참이었

※에바 파 : 극장판 애니메이션 〈에반게리온 · 파(破)〉를 뜻한다.

어."

"다행히 학교에 가 있는 동안 벌어진 일이어서 하네카와는 다치지 않았던 모양이야. 하지만 집이 불에 타 버려서 지금 그 애는 오늘 밤에 잘 곳도 없어."

"어? 그래?"

"몰랐어?"

"아니, 알고 있었지, 알고 있었어. 지금 내 쪽에서 그 화제를 꺼내려던 참이었다구. 왜 선수를 치는 거야, 센조가하라 씨는."

"미안해. 하지만 정말로 이상하지. 하네카와 같은 착한 애가 편히 잘 수 있는 침대가 이 세상에 없다니. 정말 불합리하기 짝이 없는 일이야. 아니, 정말이지 이 세상에 정의가 있다면 대체 뭘 하고 있는 건지 모르겠어."

"……."

"뭐, 말뿐인 정의가 아무것도 해 주지 않아서, 사실 나는 오늘 학교를 쉬고 하네카와가 잘 곳을 찾고 있는 중이야. 아, 그러고 보니 카렌 양은 평소처럼 학교에 갔던가? 즐거웠어? 하네카와가 곤란에 처해 있는 동안."

"……."

"어이쿠. 미안, 미안해. 이런 걸 카렌 양에게 이야기해 봤자 소용없지. 왜냐하면 카렌 양은 그 아라라기 코요미의 여동생일 뿐이고 어차피 평범한 중학생이니까. 아라라기 군하고 똑같이 취급하면 기대가 너무 무겁지. 오빠는 오빠, 카렌 양은 카렌 양이니까."

"……!"

"아아, 정말로 타이밍이 너무 나빠. 정말, 이럴 때에 아라라기 군이 있었다면 하네카와를 절대 내버려 두지 않았을 텐데. 뭐, 하지만 파이어 시스터즈(웃음)로는 좀⋯."

"(웃음)?!"

"사랑하는 오빠가 없으면 아무것도 할 수 없는 카렌 양에게 이런 이야기를 해 봤자 폐가 될 뿐이지. 정말로 미안해. 하네카와와는 달리 인생을 구가하고 있는 너를 곤란하게 만들 생각은 없었어. 곤란한 건 하네카와 한 사람만으로 충분하니까. 이야기가 너무 길어지고 말았는데, 그러면 나는 슬슬 가 볼게. 하네카와가 잘 곳과 마찬가지로, 이 세상에 정의가 없다는 것도 알았으니까."

"잠깐 기다렷!"

"어? 뭐야, 왜 그래?"

"츠바사 씨가 잘 곳은 있어⋯ 그리고 정의도 있어!"

"⋯⋯.

이와 같이 센조가하라는 카렌을 교묘하게 유도해서 비책인지 뭔지를 성공시켰던 것이다. ⋯아니, 교묘하다고 할 정도는 아니라고 생각하지만.

오히려 토끼가 나무 그루터기를 알아서 들이받았다는 느낌에 가깝다.

굳이 말하자면 참모담당인 츠키히가 아니라 심플한 카렌 쪽을 노린 부분이 책략이라고 하자면 책략일까.

그런 이유로.

나는 아라라기 가家에 와 있다.

아라라기 가의 거실에….

"그럼, 자기 집이라고 생각하고 편히 있어, 츠바사 씨."

"그래. 자기 집이라고 생각해요~. 신나게 생각해요~. 하네카와 씨."

그렇게 말하며 차를 끓여 주는 카렌과 츠키히.

별다른 신호를 주고받지 않고도 카렌이 냉장고에서 식힌 보리차를 꺼내고 카렌이 찻장에서 유리컵을 꺼내는 역할 분담을 솜씨 좋게 해내고 있었다.

파이어 시스터즈(웃음)…가 아니라, 파이어 시스터즈의 팀워크는 과연 대단했다.

말하지 않아도 통하고 있다.

자기 집….

사실 아라라기 가에 들른 것은 이번이 처음은 아니다. 지금까지도 몇 번인가 실례한 적이 있다. 나는 아라라기 군의 가정교사를 맡고 있고(다만 수업 장소는 이 집이 아니라 도서관이지만), 특히 전에 카렌이 고열로 쓰러졌을 때에는 태평스레 늦은 밤까지 머물러 있기도 했다.

하지만 뭐랄까, '손님'으로서 초대된 것은… 새삼스럽지만 처음이었다.

묘하게 긴장된다고 할까.

괜히 불편하게 느껴진다.

"……."

아라라기 카렌과 아라라기 츠키히.

아라라기 군의 여동생.

보면 볼수록 많이 닮았다.

쏙 빼닮았다고 해도 될 정도다.

이상한 비유이지만, 나이 차이가 나는 세쌍둥이처럼.

다만 그 성격…이라기보다 캐릭터는 상당히 다르다. 카렌은 격투기 마니아인 사나이다운 여자아이고, 츠키히는 어쩐지 얌전한 듯 보이면서도 사실은 아주 심지가 굳은 여자아이고.

…놀란 것은 두 사람 다 전에 만났을 때와 헤어스타일이 달라져 있다는 점이었지만.

카렌은 특징이었던 포니테일을 자르고 보브 커트가 되어 있고 (앞머리가 옛날의 센조가하라나 나처럼 일자다), 츠키히는 굵직하게 땋은 머리를 머플러처럼 목에 감고 있다(여름인데 덥지 않은가?).

"너무 데면데면한 거 아냐, 츠바사 씨는?"

자기 몫의 보리차만 갖고 와서 소파에 앉는 카렌.

데면데면하다는 얘긴 요컨대 태도가 서먹서먹하다는 뜻이겠지.

"잘 곳이 없으면 맨 먼저 나를 의지해 줬으면 좋았을 텐데. 아니, 정말이지 나는 츠바사 씨가 직접 말해 주길 기다렸다고. 뭐, 먼저 이야기를 꺼내기 힘들겠다 싶어서 이렇게 내 쪽에서 제안한 거지만."

그녀는 아직 센조가하라에게 유도되었다는 것을 깨닫지 못하고 있다.

하네카와 가의 화재를 미리 알고 있었다는 헛소리도, 지금은 누구보다도 다름 아닌 자신이 믿고 있는 것 같다. 장래가 걱정이라기보다 지금이 위험한 여중생이다.

"그렇구나~. 카렌은 스스로 제안한 거구나~."

그렇게 말하면서 자기 몫과 내 몫의 보리차를 가지고 조금 늦게 다가온 츠키히. 카렌 옆에 앉아서 미소를 짓는 그녀는, 아무래도 다 알면서 센조가하라의 제안에 응한 것 같다.

응.

상당히 속이 검지, 이쪽 애는.

참고로 카렌이 중학교 3학년이고 츠키히는 중학교 2학년이다.

이렇게 같은 옷(츠가노키니 중학교의 교복)을 입고 앉은 것을 보면 정말로 쌍둥이 같다(일어서면 키 차이가 있어서 쌍둥이로는 보이지 않는다).

"그건 그렇고 보리차는 한자로 쓰면 맥차麥茶인데, 요컨대 보리차는 노력하면 맥주가 되는 건가?"

카렌이 갑자기 격의 없는 잡담을 시작했다.

엄청난 거리감의 소유자다.

사람을 집에 초대해 놓고 5분 만에 꺼낼 대화는 아닐 텐데.

먼저 내 긴장감을 풀어 줬으면 좋겠다.

"근본을 따지면 재료는 똑같은 보리지만, 보리차는 볶아서 만드는 데 비해 맥주는 발효시켜서 만든다는 느낌일까. 그러니까 뭐…."

노력한다면, 이라는 표현이 맞는지 어떤지는 제쳐 두고라도 확실히 친척 같은 음료다. 전혀 다르다는 말을 하려고 생각하고 있었는데. 으음, 의외로 카렌의 의문은 사물의 본질을 찌르고 있었다.

"흐음. 그래서 보리차를 마시면 기분이 고양되는구나."

그러나 결론이 유감스러웠다.

꿀꺽꿀꺽, 하고 컵에 가득 찬 보리차를 단숨에 비우는 카렌. 참 호쾌하다.

아니, 그보다 그 컵. 가만히 보니 아주 비싸 보이는 물건인데.

바카라 글라스*?

자칫 컵이라고 불렀다간 큰 실례가 될 정도로 훌륭한 물건이다.

게다가 취급하는 모습을 보기로는, 아마도 카렌과 츠키히는 이 컵의 가격을 모른다….

아라라기 가는 은근히 부유층인가?

"어쨌든, 하네카와 씨."

그런 카렌을 곁눈질하며 츠키히가 말한다.

여동생인 만큼 카렌의 분방함에는 익숙하다는 눈치다.

"잘 곳이 없다면, 우리 집에서 얼마든지 자고 가요. 마침 오빠가 지금 집을 비웠으니까, 오빠 방을 써요."

"아라라기 군의… 방."

"응. 쓸데없이 스프링이 좋은 침대가 쓸데없이 있으니까."

그것은… 알고 있다.

그리고 그것이 센조가하라가 생각한 비책의 핵심이라고 할 수 있는 부분이었다.

※바카라 글라스(Baccarat glass) : 프랑스의 명품 크리스털 글라스.

뭐라고 할까. 카렌이나 츠키히의 순진무구함, 게다가 파이어 시스터즈의 정의감을 파고든 듯한 비책에는 약간 이상의 꺼림칙함을 느끼지 않을 수 없지만, 그러나 두 사람의 마음이 완전한 호의에서 생겨난 이상, 무턱대고 사양할 수도 없다.

그런 내 마음의 움직임도 다 읽고 있기 때문에, 센조가하라는 이 아이디어를 '비책'이라며 나에게 알려 주지 않았던 거겠지.

어디까지나 나는 아무것도 몰랐다, 라고.

악역 같은 부분을, 그녀는 전부 스스로 짊어져 주었던 것이다.

자기 남자친구의 집에 다른 여자(그것도 다름 아닌 나)의 숙박을 알선한다는 것이 대체 어떤 심경일지는 정말 수수께끼다. 하지만 뭐랄까, 그 부분은 옛날부터 있었고 지금도 다르지 않은, 그녀의 자벌적自罰的인 경향이라고 해야 할지도 모른다.

아픔을 견디며.

그렇게 해 준 거겠지.

그것을 생각하면 조금 전의 카렌의 마음이 뒤늦게 내 가슴을 찌르고 든다.

데면데면하다… 서먹서먹하다.

의지해 주면 좋았을 텐데.

직접 말해 주기를 기다리고 있었다… 나는.

센조가하라의 집에 묵을 때도 그랬지만, 나는 스스로 도움을 청하는 일이 없었다. 이것은 분명히 오시노 씨가 말하는 '사람은 혼자 알아서 살아날 뿐이다'란 얘기와는 전혀 다른 이론이겠구나, 하고 생각한다.

그렇다.

아마도 나는… 자포자기하고 있는 것이다.

혼자서 살아나려고도 생각하지 않는다.

오늘 아침 센조가하라에게 들은 말이 다시 떠오른다.

나는 무미함을 받아들이고 있고.

어둠에 둔감하고.

야생으로서 낙제.

"…츠바사 씨? 왜 그래, 멍하게. 바보 같은 얼굴을 하고 있다고."

"……."

말에 자비가 없구나, 이 아이는.

바보 같은 얼굴이라니.

"역시 집에 불이 나서 쇼크를 받은 건가? 나, 그런 사례는 〈마루코는 아홉 살〉에 나오는 보보 정도밖에 모르는데."

"…응, 아니, 괜찮아."

나는 그렇게 말했다.

괜찮아, 라고 말해 버렸다. 괜찮을 리가 없는데도.

"하지만… 그렇지. 그렇게 말해 준 것도 있으니 신세를 질게. 아라라기 군이 돌아올 때까지만."

그것이 언제가 될지 알 수 없지만. 뭐, 나의 아버지라 불려야 할 사람과 나의 어머니라 불려야 할 사람이 살 집을 찾는 것하고 그것 중에 어느 쪽이 빠를까 하는 정도겠지.

어느 쪽도 짐작 되지 않으므로 너무 깊이 생각해 봤자 소용없다.

"잘 부탁드립니다."

"잘 부탁해!"

"잘 부탁드립니다."

왠지 모르게 악수를 하는 흐름으로.

게다가 세 사람이라서 둘러 앉아 원진을 만드는 것처럼.

우리들은 이제부터 배구라도 하는 걸까?

센조가하라가 하네카와 가의 가정 사정을 어떻게 이야기했는지는 알 수 없지만(그렇다기보다 센조가하라는 하네카와 가의 가정 사정을 모르겠지만), 그것을 두 사람이 물어보지 않았던 것이 솔직히 고마웠다.

"파자마 파티 하자, 츠바사 씨!"

"그건 사양할게."

"프로레슬링 놀이라든가!"

"그건 거절할게."

"이야~, 나는 장녀라서 언니라는 것을 동경했었다구. 우리 집에 묵을 동안에는 언니라고 불러도 돼?"

어쩐지 카렌은 센고쿠 같은 소리를 꺼냈다.

츠키히는 그런 카렌을 흐뭇한 듯이 보고 있다. 이래서는 어느 쪽이 언니인지 모르겠다.

그리고 거기서 나는 깨닫는다.

깨달았다고 할까, 처음부터 알고 있었던 것이긴 하지만.

"맞다. 며칠이나 신세를 지게 되는 이상, 역시나 부모님께 인사를 드리지 않을 수 없겠네."

이제까지 아라라기 군의 집에 들렀을 때는 아라라기 군이나 카렌, 츠키히의 의향도 있어서 세 사람의 부모님과는 제대로 만나 보지 못했다. 카렌이나 츠키히가 아무리 나를 재워 주려고 해도 부모님에게 안 된다는 말을 들으면 나는 이 집을 나가야만 한다.

으음, 과연 어떨까.

양식 있는 어른의 판단으로서는 인터넷카페를 전전하는 노숙자처럼 여기저기 묵고 다니는 여고생에게는 설교를 하며 **부모의 품**으로 돌아가라고 설득하지는 않을까.

"그건 괜찮을 거라고 봐요."

그렇게 말하는 츠키히.

"우리들의, 그리고 우리 오빠의 아빠와 엄마니까 성격도 나름대로 비슷해요."

"어…? 그렇지만."

"두 사람 다 뜨거운 정의감의 소유자니까, 곤경에 처한 사람에게 나가라는 말은 하지 않을 거예요."

츠키히는 어쩐지 확신이 있는 듯했다.

그러고 보니 나는 아라라기 군의 부모님이 어떤 사람인지 전혀 모른다.

만난 적이 없으니 당연하다면 당연하겠지만, 아라라기 군이 좀처럼 그 부분을 이야기하고 싶어 하지 않았던 것이 크다. 부모님에 대해서 입을 다무는 것은 남자 고등학생으로서는 자연스러운 모습이므로 특별히 신경 쓴 적은 없지만…. 애초에 아라라기 군은 어쩐지 부모님을 껄끄러워하는 것 같았고.

그런데… 정의감?

그것도… 뜨거운 정의감?

뭔가 부자연스럽다.

"있잖아, 카렌, 츠키히. 참고삼아 물어보고 싶은데, 전에 아버지하고 어머니께서 맞벌이 하신다고 했지?"

"응."

두 사람은 움직임을 맞춰 끄덕였다.

"오늘은 6시 정도에 돌아오실 거야."

"…어떤 일을 하고 계시니?"

두 사람은 목소리를 맞춰 대답했다.

"경찰."

…….

아라라기 군이 한사코 감추려고 할 만하다고 생각하는 동시에, 나는 정말 세상 참 말세라는 생각을 했다.

026

물론 문제는 있었다.

딸들에게 뜨거운 정의감의 소유자라고 평가받은 아라라기 부부였지만, 어른 나름대로의(그리고 경찰 나름대로의) 양식도 가지고 있어서 그것은 좀 그렇다, 하는 의견도 나왔다.

그렇지만 그래도 생각했던 것보다 간단하게 "그런 사정이라면 어쩔 수 없다."라고, 결코 적극적이지는 않았지만 최종적으로는 내 숙박을 허락해 주었다.

카렌이나 츠키히의 필사적인 설득도 있었지만, 그 부분은 역시 아라라기 군의 부모님이 확실하다는 느낌이었다.

두 사람 다, 아라라기 군하고 비슷했고.

참고로 '가족'이 비슷한 것은 물론 유전자적인 문제도 있지만, 생활 사이클이 같기 때문이라는 측면도 크다고 한다. 한 지붕 아래에서 같은 페이스로 생활하고 같은 메뉴를 먹으면, 신체를 만드는 재료가 같으므로 구성이 비슷한 느낌이 된다는 이론은 참으로 알기 쉽다.

반대로 하네카와 가처럼 페이스도 메뉴도 각자 다르면 비슷함이고 뭐고 없다는 얘기다.

그러니까 용모나 성격이 비슷한 가족에는 일정한 일체감이 있다고 말해도 좋을 듯하니… 그런 면으로 보면 아라라기 가는 건전한 가정인 듯했다.

함께하게 된 저녁 식사 자리를 보면서도 그렇게 생각했다.

이것이 가족의 대화인가, 하고.

신선한 마음으로 그 자리에 섞였다. 아라라기 군의 어머니가 아들에 대한 것을 꼬치꼬치 캐물으신 것은 약간 난처했지만.

그리고 입욕.

그러고 보니 욕조 안에 잠기는 것은 사흘 만이었다. 카렌과 츠키히와 같이 욕실에 들어가게 되고 말았다. …역시나 좁다!

"츠바사 씨는 거드름 피우지 않네."

이것은 그 욕조 안에서의 대화.

세 사람이 빼곡하게 들어찬, 마치 전화박스 안에 사람이 몇 명이나 들어가는지 실험했을 때와 같은 모습. 즉 아무런 색기도 없는 답답함 속에서 카렌이 입을 열었다.

"뭐랄까. 이건 내가 바보이기 때문에 생각하는 것일지도 모르겠는데, 학교에서 머리 좋은 녀석하고 이야기하다 보면 너 정말로 머리가 좋은 거냐? 하는 생각이 들 때가 종종 있어. 괜히 어려운 말을 늘어놓거나, 알고 싶지도 않은 인용을 하거나 말이야. 하지만 츠바사 씨는 머리가 좋은데도 나 같은 것하고 같은 시점으로 이야기를 해 주잖아. 그런 건 참 기뻐."

"그렇지."

츠키히도 말했다.

욕실 안에서 땋은 머리를 풀자 상당히 길었다.

아무래도 이 아이는 머리가 자라는 속도가 칸바루 양 이상인 것 같다.

요괴 같다.

"하지만 실제로 그런 법인 모양이야, 카렌. 정말로 머리가 좋은 사람…이라기보다 스포츠든 뭐든 이른바 '일류인 사람'은, 이야기를 나눠 보면 의외로 평범한 사람이고 오라 같은 것도 전혀 없대. 하지만 그건 요컨대 진짜이기 때문에 장식하지 않는다는 얘기일까?"

"……"

어쩐지 치켜세워져서 간질간질한 느낌이지만, 그리고 '일류인 사람'의 의외의 평범함에 대해서는 확실히 츠키히가 말한 그쯤이 정답이라고는 생각하지만, 그러나 내 경우에는 그렇지 않다고 생각한다.

나는 평범하지 않다.

그리고… 머리가 좋지도 않다.

나 정도로 장식에 가득 찬 허세덩어리도 없을 것이다. 그것은 골든위크나 학교 축제 전의 일로 뼈저리게 깨닫고 있다.

진저리 날 정도로.

치가 떨릴 정도로.

"나는 머리가 좋은 사람이 본 풍경은 어떤 느낌일까, 하는 생각을 자주 하는데 말이야."

카렌이 말했다.

"똑같은 것을 봐도 다르게 보이지 않을까 하고. 원주율은 내가 보면 단순한 나열이지만, 아인슈타인이 보면 아름다운 서열이 되는 걸까 하고 말이지."

"글쎄?"

나는 어정쩡하게 대답했다.

대답하기 난감한 의문이다.

실제로 원주율이라든가 황금비율이라든가 하는 숫자적인 기능미에 가치나 의의를 찾아내는 감성은 일부 천재들에게 존재하고 있다. 하지만 나는 그것이 결코 머리가 좋은 것의 요건이라고는 생각하지 않는다.

실제로 머리가 좋은 사람 중에 원주율이 그냥 나열로밖에 보이지 않는다는 사람도 있을 것이다. 그 반대도 분명히 있을 거라고 생각한다.

어디까지나 개체 차이이지 조건은 아니다.

카렌과 아인슈타인이 보는 풍경의 차이는 카렌과 츠키히가 보는 풍경의 차이와 그리 크게 다르지 않을 것이다.

"1인칭 화자의 소설이 있다고 했을 때, 그것을 다른 시점에서 이야기하면 전혀 다른 소설이 되어 버리는 거라고 생각해. 왓슨 박사가 이야기하는 사건이 홈스 본인이 이야기하는 사건과 상당히 다른 맛이 되는 것하고 똑같지."

그러고 보니 셜록 홈스의 사건 기록에는 신神의 시점이라고 할 수 있는 전지적 시점의 단편도 존재한다.

하지만 그것이 객관적인, 올바름을 가진 세계냐고 하면 그것도 아닐 것이다.

신이 틀리지 않는다고 단정할 수는 없다.

예를 들면.

무심코 인간을 만들었듯이.

…그런데 근육 트레이닝으로 단련된 카렌의 탄탄하고 아름다운 몸이나, 대조적으로 앳된 느낌인 츠키히의 귀여운 몸과 밀착되어 있으니, '아라라기 군은 항상 이런 여동생들과 사이좋게 지내고 있는 건가.' 라는 생각이 들어서, 그가 기행을 저지르는 것도 어느 정도는 이해를 해 주어야겠다는 느낌을 받았다.

그런 생각을 하기도 하고.

이윽고 욕실을 나왔다.

100엔 숍에서 사 온 속옷이 다 떨어져서 하룻밤 정도 더 입고 있을까 했지만, 카렌이 새 속옷을 빌려 주었다.

그리고 잠옷도 빌려 주었다.

이 마당에 와서 사양하는 것도 이상해서 양쪽 다 순순히 빌렸다.

"어라? 하지만 이 잠옷, 남자 것 아냐?"

"으음. 아, 그거 오빠 거야."

크핫!

아라라기 군의 잠옷을 입어 버렸다….

거울에 비친 나를 본다.

뭐지, 뭔가 저질러 버렸다는 이 느낌은.

그러나 지금 벗으면 오히려 이상하게 의식하는 것 같으므로…

아니, 이건 핑계인가.

일단 입고 나니 벗는 것에도 거부감이 들어서 그냥 입은 채로 태연하게,

"흐음. 그렇구나. 사이즈는 딱 맞네."

라고 부끄러움을 감추려는 느낌조차 없는 말을 하면서 자기 전의 양치질을 시작했던 것이다.

하지만 역시나 이건 센조가하라에게 얘기할 수 없겠네….

그리고 두 사람에게 안내받은 대로 아라라기 군의 방으로 향했다.

가만히 생각해 보면(생각할 것도 없이) 아라라기 군에게는 아무런 양해도 구하지 않고 아라라기 군의 집에 침입해 버린 것도 모자라서 잠옷을 빌리고 침대를 빌리는 등, 아주 자기 멋대로 행동하고

있다고 해도 과언이 아니었다.

가족의 허락, 그리고 여자친구의 허락만으로 이 정도까지 침범을 당할 거라고는 그도 생각하지 못했을 텐데.

메시지 정도는 보내 줘야 할까 생각했지만, 아라라기 군의 상황이 전혀 짐작되지 않는 현재 상황이라 역시 그것도 꺼려진다.

지금 아라라기 군의 잠옷을 입고 있어~.

그런 내용을 보내고, 설령 제대로 수신된다고 해도, 아라라기 군이 처해 있을 진지한 상황을 현저하게 망가뜨릴 것 같은 기분이 든다.

게다가 시계를 보니(전에 들어왔을 때에 이미 깨달은 것이지만, 어째서인지 아라라기 군의 방에는 시계가 네 개 있다. 그렇게 시간을 잘 지키는 사람은 아니라고 생각하는데…) 벌써 9시가 넘었다. 칸바루 양과 만나고 있을 무렵이라고 생각하니, 그게, 어쩐지, 그렇다… 어쨌든.

꺼려지는 것이다.

"그러면 잘 자, 츠바사 씨. 이 방의 물건은 마음대로 써도 돼."

"잘 자요, 하네카와 씨. 내일 봐요."

그렇게 아라라기 자매가 떠나가자, 나는 아라라기 군의 방에 혼자 남겨져서 뭘 해야 좋을지 알 수 없게 되었다.

뭘 하고 말고, 이제는 잘 수밖에 없지만.

일과였던 공부를 하려고 해도 학교의 교과서 정도밖에 가지고 있지 않고, 그것도 센조가하라에게 빌린 것이고.

내일 도서관에 가서 공부용 책을 빌려 올까? 하는 생각을 하면서 아라라기 군의 책장으로 왠지 모르게 눈길을 보낸다.

책장 체크.

카렌은 마음대로 써도 된다고 말하긴 했지만 역시 아라라기 군의 방이므로 마음대로는 할 수 없다. 그렇지만 책장에 꽂혀 있는 책을 보는 것 정도는 허락되겠지.

전에 이 방에 들어왔을 때하고는 상당히 라인업이 달라져 있다. 책을 버리지는 않는다고 했으니, 아라라기 군은 아무래도 읽지 않은 책을 책장에 꽂고 다 읽은 책은 벽장 같은 곳에 넣어 두는 스타일인 것 같다.

의외로 소설이 많다.

평소의 언동으로 볼 때에는 만화만 읽는 이미지였는데.

적당히 해외 소설 한 권을 꺼내 들고 그 뒤에 책상 앞에 앉아서 한 시간 정도 읽었다. 책상이나 의자에서 전해져 오는 **아라라기 군의 느낌**에 전혀 문장이 머릿속에 들어오지 않았지만.

불을 끄고 침대에 누운 것은 11시를 지났을 무렵이었다.

그렇다고 해도, 지금 아라라기 군의 잠옷을 입고, 아라라기 군의 침대에 들어가서, 아라라기 군의 베개에 머리를 얹고 있다고 생각하니 전혀 잠이 오지 않아서 실제로 잠이 든 것은 자정을 넘겼을 무렵이었다고 생각하지만.

아라라기 군을 나무랄 수 없다.

그런 생각을 하고 마는 나는, 천박하다.

027

12시가 넘었을 무렵 간신히 주인님이 잠들어 주었으므로, 늘 그렇듯 냐의 등장이다냥.

그렇지만 설마 내가 그 인간 놈의 방에서 눈을 뜨게 되다니, 골든위크에는 생각도 하지 못했다냥.

기이한 인연… 인연이란 신기한 것, 재미있는 것이란 말이 있다냥.

게다가 주인님도 참 곤란하다냥.

이곳을 알선한 센조가하라 히타기의 진의가 어디에 있는가는 내가 알 수 없는 것도 아니지만… 아니, 착각하고 있을지도 모르지만, 적어도 냐는 그 부분은 답답하다고 생각하고 있다냥.

그렇다고 해도 냐는 아무것도 할 수 없지만.

냐는 결국 다름 아닌 주인님 자신이니까냥.

주인님 이상의 일은 할 수 없다냥. 생각해 보면 슬픈 무력감이다냥.

"그건 그렇고…."

냐는 침대에서 몸을 일으키고 네 발을 짚고 엎드린 자세로 기지개를 켜고―고양이로서의 동작이다냥―그리고 확인하고 말했다냥.

"…그런데 어떻게 된 걸까냐. 이렇게 내가 냐와 있는 이상, 주인님이 아직 어떠한 스트레스를 품고 있다는 건 확실한데… 그 정체를 또렷하게 알 수 없게 되고 말았다냥. 자택의 화재가 원인이라고 생각하고 있었지만 아무리 시간이 지나도 이렇게 내가 냐오고 있는 이상, 아무래도 화재만은 아닌 것 같은데냥…?"

아무래도 **이번의 냐**는 그런 듯하다냥.

골든위크 때의 냐는 거의 주인님과 같은 존재였고 학교 축제 전에도 이면의 인격이라고 말해도 좋을 정도로는 주인님과 연결되어 있었지만, 지금의 블랙 하네카와는 인격적으로는 거의 분리되어 있는 듯하다냥.

몇 번이냐 냐오는 동안, 괴이로서 독립성이 생겨난 것일까냥? 냐는 머리가 냐쁘니까 잘 모르겠고, 그 불유쾌한 알로하 녀석이라면 또 다른 해석을 하겠지만.

"뭐, 냐올 때마다 편리하게 되어 가고 있다냥. 주인님이 자고 있는 동안만 한정해서 등장할 수 있다는 것은 실로 플렉시블하다냥. 전의 두 번은 냐를 도로 집어넣는 데만도 그 녀석들이 상당히 고생했었으니까냥. 냐하하, 그 쪼그만 흡혈귀의 힘을 빌리고 싶다냥."

"누가 쪼그만 흡혈귀냐."

"냐앙?!"

혼잣말에 대답이 있었다냥.

그쪽을 보니 어느 샌가… 어느 샌가? 그런 것이 아니라 우주 개벽 이전부터 계속 그곳에 있었던 것처럼 방 안… 아니, 방 위… 천장에 쪼그리고 앉아 있는 형체가.

금발의 소녀.

오시노 시노부가 있었다냥.

전에 봤을 때는 고글이 달린 헬멧을 쓰고 있었지만, 그것은 아무래도 그만 쓰기로 한 모양이다냥.

게다가.

전에 봤을 때는, 그리고 골든위크 때도 그랬지만, 무표정했던 그녀가 지금은… 뭐랄까, 처참한 미소를 지으며 냐를 내려다보고 있었다냥.

…어쩐지 지금은 그럭저럭 웃고 있는데도 무표정이었던 쪽이 귀염성 있었다고 생각되는 것은 어째서일까냥.

"흥."

그렇게 흡혈귀는 거만하게 말했다냥.

건방지기 짝이 없는 태도다냥.

실제로 냐는 이 녀석과 두 번 싸워서 두 번 졌으므로 거만해지는 것도 당연하다면 당연하지만. 블랙 하네카와로서도 사와리네코로서도, 괴이로서의 냐는 이야기가 되지 않을 정도로 이 녀석의 발끝에도 미치지 않으니까냥.

"오래간만이로구나, 고양이. 어째서 네놈이 내 주인님의 방에 있는지는 모르겠다만. 뭐, 괴이에게 출현의 이유 따윌 묻는 것이 어리석은 짓이겠군."

그 알로하도 아니니, 라고 말하는 흡혈귀.

흠.

'어째서 여기에'는 냐도 물어보려고 생각했었지만, 그건 서로 마찬가지였던 듯하다냥.

"그렇다기보다, 어라? 원래 넌 그 인간 놈의 그늘에 갇혀 있던 것이 아니었냐옹?"

그렇게 되어 있었을 텐데냐?

주인님의 기억에 의하면.

그러니까 이 녀석이 이곳에 있는 이상, 그 인간 놈도 이곳에 있어야만 할 텐데… 그 녀석이 천장에 달라붙어 있지는 않다냐.

그렇게 무서운 상황은 또 없다냐.

"뭐, 그렇기는 한데…. 좀 이레귤러한 사태가 생겨서 말이지."

흡혈귀는 천장에 앉은 채로 말했다냥.

"현재 나와 내 주인님… 즉 오시노 시노부와 아라라기 코요미의 페어링은 끊어져 있다."

"끊어졌…다니옹?"

냥? 하고 냐는 고개를 갸웃거렸다냥.

의미를 모르겠다냥.

"즉 그 알로하 녀석이 사라지기 전 상태로 돌아갔다는 애기다. 아니, 그 무렵보다도 더 나빠. 어쨌든 나는 지금 내 주인님이 어디에 있는지도 어떤 상황인지도 모르니까. 정말이지 원…."

그렇게 말하며 "흥."하고 흡혈귀는 코웃음 치듯이 냐를 보았다냥.

"네놈에게 말해도 소용없을까."

포기해 버렸다냥.

옳은 판단이라고 생각은 하지만.

냐는 세 줄 이상의 대화는 이해할 수 없다냥.

어쨌든 아무래도 그 인간 놈은 현재 정말로 곤경에 처해 있는 것 같다냥. 아니, 진짜로 이 흡혈귀와 분리되었다는 것은 그 녀석에게 상당히 심각한 사태가 아닐까냥?

원숭이에 관한 일도 그렇고.

대체 지금, 그 녀석 주변에서 무슨 일이 일어나고 있는 걸까냥.

내가 걱정할 만한 사이는 아니지만(오히려 냐는 그 녀석이 싫다냥), 그러냐 주인님이 알면 이것은 역시냐 걱정하겠다냥. 그런 의미에서는 내가 냐올 때, 즉 주인님이 자고 있을 때에 이 녀석이 온 것은 좋은 타이밍이었다고 생각한다냥.

"혹시 내 주인님이 자택에 돌아와 있을지도 모른다고 생각했건만, 덧없는 기대였나 보군. 그런데 네놈이 있었다는 점에서 보면, 이래서 원수는 외나무다리에서 만난다는 얘길 하나 싶군."

"……."

그 속담의 사용법이 잘못된 것은 냐라도 알 수 있다냥.

무슨 말을 하고 싶은지 의미는 알겠지만.

뭐, 그럴 사이는 아니지만 알려 주기로 할까냥.

속담이 잘못되었다는 것이 아니라, 인간 놈에 대해서.

"너의 주인님이라면 오늘밤 9시 무렵에 그 학원 옛터에 있었을 거다냥. 그 원숭이 여자와 만냐자는 약속을 했다냥."

"약속? 그러나 원숭이 같은 걸 이제 와서… 아아, 그런가. 그렇구면, 내 주인님치고는 머리를 굴렸군. 괴이보다도, 그 계집애의 경우에는 혈통의 의식이 있었지."

"혈통의 의식?"

"아니, 좋은 정보를 알려 주었다. 덕분에 헛걸음이 되지 않았어.

칭찬해 주마. 분풀이 삼아 네놈의 피를 빨아 줄까 했었는데, 감사의 표시로 그렇게 하지는 않도록 하겠다."

말도 안 되는 생각을 하고 있었다냐.

위험하다냐, 위험하다냐.

"아니면 답례로 피를 빨아 주는 편이 좋을까? 네놈은 그 여자의 스트레스이니 네놈을 흡수해 버리면 그 여자는 어느 정도 편해진다…고 들었으니 말이다."

"핫. 일단 사양하겠다냐."

듣고 보니 그 말대로고 실제로 이전의 두 번은 이 녀석이 빨아 주어서 주인님은 '살아냔' 것이 되었다냐. 하지만 이번에는 조금 사정이 다르다냐.

이번의 내가 지난번까지의 냐와 다른 것은.

분명히 당당한 사명이 있을 것이라는 점이다냐. 괴이에 상응하는 이유가 아니라 괴이답지 않은 사명. 그것이 무엇인지는 알 수 없지만.

있을 것이다냐.

"흠. 과연 그렇군. 네놈은 신종 괴이 같은 존재라 나도 잘 모르고 알로하 애송이도 잘 모르는 부분이 있었을 터이니… 그 부분은 경솔히 판단해서는 안 될까. 말하자면 지난번까지의 네놈과 이번의 네놈은 〈터미네이터〉와 〈터미네이터 2〉 같은 것이라 보면 되겠군."

"그 예는 이해하기 쉽지만, 흡혈귀인 네가 사용해도 괜찮은 것일까냐…?"

의외로 취향이 평범한 녀석이다냥.

그 인간 놈이 보여 준 것일까?

"뭐, 굳이 말하자면 내가 네놈의 피를 빤다는 것은 일시적인 요법이라고 할까, 어차피 그 상황을 넘기기 위한 임시방편에 지나지 않으니까. 몇 번이고 반복해서 쓸 만한 방법은 아닐 게야."

"그렇다냥."

냐는 동의했다냥.

일시적인 요법, 즉 힘으로 해결하는 것의 무의미함은 다름 아닌 내가 가장 잘 알고 있다냥.

게다가 잊어서는 안 된다냥.

이렇게 당연한 듯이 당당히 겉으로 냐와 있지만, 냐는 어디까지냐 주인님의 이면의 의식이므로 당당하게 있어서는 안 된다는 것이다냥.

조심조심.

몰래몰래 있어야만 한다냥.

"겉과 뒤인가…. 그런 것은 표리일체 같은 것일 터인데. 그것은 과언이었다 해도 최소한의 리버시블reversible인가. 내 주인님도 어지간하지만, 아무래도 네놈도 네놈대로 필요 없는 곳에서 헛수고랄까, 공회전하고 있다는 인상이 있군."

"응?"

"뭐, 네놈 주인의 데이터뱅크에는 당연히 있을 만한 흔한 이야기인데, 이것은 500년을 산 나의 함축된 추억 이야기니 잠자코 들어라. 나폴레옹 황제의 일화인데, 녀석은 하루에 단 세 시간밖에 자지 않았다고 한다."

"으음."

확실히 그런 이야기라면 주인님의 지식 중에 있다냥.

그렇다기보다, 너무 유명해서 정말로 누구라도 알고 있을 만한 이야기다냥. 그 무식한 인간 놈이라도 알고 있을 정도다냥.

그게 추억 이야기라는 것은 정말 말도 안 되는 이야기지만.

"그게 뭐가 어떠냥옹? 내가 이렇게 주인님이 자고 있는 동안에 냐와 있다는 것과 뭔가 관계가 있는 것이냥옹?"

"아니, 딱히 그것과 얽을 생각은 없다. 그러니까 일단 들어라."

"듣겠다냥."

"한편 그 황제는 목욕을 좋아하는 것으로 유명하지. 하루에 여섯 시간 이상 욕탕에 들어가 있었다고 하더군. 요즘 시대로 말하자면 〈도라에몽〉의 이슬이처럼."

"……."

〈터미네이터〉 다음에 〈도라에몽〉을 예로 들다니….

이 녀석의 지식 편향은 문제가 있다냥.

"이런저런 이야기를 듣고 있지만 이슬이도 언젠가는 규제되는 걸까…. 아니, 현실적으로는 이미 규제되고 있는 것 같지만. 그러고 보니 그리운 〈퍼맨*〉의 엔딩 테마 같은 것도 지금 생각해 보면 엄청 위험하지. 퍼코가 계속 팬티를 보이고 있으니…. 허나 이미 '지금 생각해 보면'이라는 이 부분이, 역시 마찬가지로 이미 규제

※퍼맨(パーマン) : 후지코 F 후지오가 1966년부터 연재했던 만화. 1967년과 1984년에 애니메이션으로 제작되었다.

는 조례의 제정을 기다릴 것도 없이 이쪽저쪽에서 시작되고 있다는 것일까. 슬픈 이야기로고…."

"남의 이야기처럼 이야기하고 있어서 미안하지만, 조례가 제정되어서 누구보다 규제될 것은 다름 아닌 너다냥."

감히 후지코 후지오 선생님의 걱정을 하고 있을 상황이 아니다냥.

"그랬던가. 어이쿠, 이야기가 빗나갔군."

"응. 지금 것이 냐를 입 다물게 만들면서까지 들려주고 싶었던 이야기였다면, 틀림없이 이 부분은 조판할 때 편집될 거라냥."

그런데 그렇다면 이 흡혈귀는 무슨 소릴 하고 싶었던 건지를 아직 알 수 없다냥.

……???이다냥.

수면시간의 짧음과 마찬가지로 그 황제의 입욕시간의 길이도 유명한 이야기다냥. 굳이 일화라고 할 정도도 아니다냥.

"그래서 말인데, 나는 이 두 이야기를 알았을 때 생각했던 게다."

흡혈귀는 말했다냥.

아주 과장스런 어조로.

"아니, 잠깐. 그거 분명히 목욕 중에 잤던 거겠지!"

"……."

아아.

과연, 일화와 일화를 이어 보면 그렇게 되는 건가냥. 진실이 어떤가는 상관없이(주인님의 지식에 의하면 그 황제는 목욕 중에도 정무를 봤다고 하고), 하냐의 견해다냥.

"이처럼 어떤 의미에서 비정상적이라고 말할 수 있는 두 가지 습관을 맞춰서 생각해 보면 지극히 상식적인 결론에 도달하게 되는 일도 있어. 마이너스와 마이너스를 곱하면 플러스가 되듯이 이상함과 이상함을 곱하면 정상이라고 생각되는 경우처럼 말이야. 즉 각기 다른 일이라고 생각되더라도 의외로 이어져 있는지도 모른다고 나는 말하고 싶은 거다. 표면과 이면을 분리해서 생각하는 것은 의미 없다. 네놈은 확실히 하네카와 츠바사에게서 인격적으로 잘려 나온 블랙 하네카와일지도 모르지만, 허나 그 양자에 확실한 차이는 없어."

라고 나는 생각한다.

흡혈귀는 그렇게 말하고 처참하게 웃었다.

"내가 보기에는 괴이도 인간도 양쪽 다 비슷한 존재지만."

"…그런가."

그런 말을 듣자.

조금이냐마 마음이 편해지는 듯하고… 그리고 아주 마음이 무거워졌다냥.

냐와 주인님이… 같은가냥.

알고 있고, 인식하고 있고, 자칭하고 있지만 새삼스럽게 그렇게 들으니….

"그렇지만… 그렇다면 점점 더 너에게 피를 빨릴 수는 없게 된다냥."

"그러하겠지. 자연소멸이 사실은 가장 좋다. 전문가적으로도 물론이요, 괴이적으로도."

"그러니까 흡혈귀."

나는 말했다냥.

한 가지를 떠올리고… 조금 전에 들은 흡혈귀의 발언에서 한 가지를 떠올리고.

"답례란 얘기를 한다면, 내 질문에 하냐 대답해 주지 않겠느냐옹?"

"응? 뭐, 상관은 없지만 빨리 부탁한다. 나는 어서 내 주인님 곁으로 가야만 하니까. 오후 9시라고 한다면 계속 같은 장소에 있을 거라고 볼 수만은 없어. 서두르지 않으면 그 칠칠치 못한 놈은 이번에야말로 죽게 될 게야."

태평스러운 듯 보이지만 이 녀석도 이 녀석 나름대로 다급한 듯하다냥.

그래서 들은 대로 냐는 단적으로 물었다냥.

"호랑이의 괴이를 알고 있냐옹?"

"호랑이?"

"그래, 호랑이다냥."

호랑이.

식육목 고양잇과의 포유류.

"지금 이 마을을 어슬렁거리고 있다냥."

"호랑이의 괴이 같은 건 얼마든지 있다. 내가 아는 것만으로도 상당한 숫자이니 하물며 그 알로하 애송이의 지식도 합하게 되면…"

오십 가지는 간단히 넘는다고 말하는 흡혈귀.

냐아.

그건 곤란하다냐.

"뭐, 냐도 주인님의 지식은 있지만… 그렇지만 그래서는 특정할 수 없다냐. 위험한 괴이라는 것은 알 수 있지만, 그 정체가 전혀 짐작이 가지 않는다냐."

"이름을 붙인다는 것은 정체를 고정하기 위해 하는 것이니까. 나의 오시노 시노부란 이름을 봐도 네놈의 블랙 하네카와를 봐도 그렇지. 이름을 모르기에, 정체를 알 수 없기에 무섭고 두려운 법이지. 그런 것이다. 누구도 아닌 녀석이 누구보다도 무서워. 익명 사회의 공포는 어제 오늘 시작된 것이 아니야. 호랑이라는 것 이외에 뭔가 단서는 없느냐?"

"커다란 호랑이다냐."

"호랑이는 대개 커다랗지. 작은 호랑이라면 어떨지 몰라도."

"으음. 엄청 빠르다냐. 눈 깜빡하는 사이에 추월당했다냐."

"호랑이는 대개 빠르지. 움직이지 않는 호랑이라면 어떨지 몰라도."

"으음. 그리고 말을 한다냐."

"말한다?"

이것에는 흡혈귀가 반응했다냐.

그것도 상당히 노골적으로 반응했다냐.

"동물 형태인데도 말하는 괴이인가…. 그것은 뭐랄까, 별일이구먼. 그렇지만 그 이야기를 듣는 것으로 더욱더 정체를 알 수 없게 되어 버린 느낌이 드는군.”

흡혈귀는 말하고 일어섰다냥.

천장에 발을 붙이고 있으니 일어섰다는 표현은 이상하지만.

원피스의 자락이 뒤집혀 내려가지 않도록 능숙하게 넓적다리로 잡아 두고 있는 부분이 정숙하다고 할지 뭐라고 할지….

금발은 전부 뒤집혀 있지만.

“애초에 그런 정체불명의 괴이가 마을을 어슬렁거리고 있다면 내가 깨닫지 못할 리가 없잖느냐.”

“응?”

듣고 보니 그렇다냥.

냐 같은 피라미가 멋대로 움직이고 있는 것이라면 몰라도, 그렇게 너무냐도 강력한 괴이가 배회하고 있다면 이 괴이의 왕, 노 라이프 킹의 눈에 들어가지 않을 리가 없다냥.

철혈이자 열혈이자 냉혈의 흡혈귀.

모든 괴이는 이 녀석의 식량이니까냥.

“…아니, 하지만 너는 지금 그런 상황이 아니잖냐옹? 잘 모르겠지만, 그 인간 놈한테 큰 문제가 있는 상황이라서 페어링도 끊어지고….”

“그렇기에 더 그렇다. 이 상황에서 내가 괴이를 못 보고 놓치겠냐? 청천벽력 같은 소리라니까? 어디보자, 즉 네놈이 그 호랑이를 봤다는 거냐?”

“그렇다냥.”

아니, 아니다냥.

냐도 봤지만, 그 이전에….

"내 주인님이 봤다냐. 그러니까 냐도 본 것이다냐."

"그렇다면… 그 부분이 초점일지도 모른다. 즉, **네놈들에게만 보이는 괴이**… 네놈들에게만 보이는 호랑이."

"……."

"가능성이지만. 힘이 되어 줄 수 없어 미안하군."

답례는 나중에 생각해 두지, 라고 말하고 흡혈귀는 느긋하게 천장을 걸어서 창을 통해 밖으로 냐가려고 했다냐. 그 학원 옛터로 가려는 것이겠지웅.

…흠, 하고 냐는 생각했다냐.

뭐, 괴이의 정체도 알려 주지 않은 이 녀석에게 이 이상의 친절을 베풀 이유는 없지만, 그래도 쓸데없이 시간을 쓰게 만든 것은 확실하니까냐.

그 몫은 제대로 갚아 줄까냐.

딱히 인간 놈을 위해서가 아니다냐.

"어이, 흡혈귀."

"왜 그러느냐, 고양이."

"바래다주겠다냐. 냐라면 그 폐허까지 한 달음이다냥."

"……."

"경계하지 말라냐. 지금의 너는 하늘을 날 수 없을 거다냐. 게다가 날 듯이 뛸 수도 없을 거다냐. 냐에게는 큰 수고도 아니다냐. 하지만 30분은 단축할 수 있을 거라냐."

"…흠."

흡혈귀는.

한순간이냐마 망설이는 듯(이라기보다는 싫은 듯)한 얼굴을 하긴 했지만, 훌쩍 천장에서 바닥으로… 아니, 침대 위로 내려왔다냥. 스프링이 강한 침대라서 괜히 튀어 올라서 한 바퀴 돌게 되었지만 제대로 착지하는 부분은 과연 대단하다냥.

"부탁해도 되겠냐?"

어쩌면… 이라기보다 상당히 높은 확률로 이 자존심 높은 흡혈귀는 내 제안을 거절할 거라고 생각했는데, 거의 즉시 판단을 내렸다고 말해도 좋을 정도였냥.

그 정도로 사태는 심각한 건가냥.

그렇다냥.

생각해 보면, 선뜻 말하긴 했어도 이렇게 그 인간 놈과의 페어링이 끊어졌다는 것은 그냥 큰일이랄 정도가 아니라 엄청나게 위험한 일이 아닐까냥.

그도 그럴 것이, 그것은 즉 그 인간 놈이 불사신성을 상실했다는 이야기잖나뇽?

천장에 앉거냐 서거냐 했던 것을 보면 반대로 이 흡혈귀에는 흡혈귀성이 돌아왔는지도 모르지만, 그 녀석에게 불사신성이 사라졌다는 것은 아주 위험하다냥.

그 녀석은 불사신이었기에 이제까지 살아남아 왔던 것이니까냥.

그런데도.

"…물론 부탁해도 된다냥."

냐는 고개를 끄덕였다냥.

"그 대신, 어디까지나 근처까지다냥. 내 주인님의 의향으로는 곤경에 처했을 인간 놈의 방해는 하고 싶지 않은 모양이다냥."

"호오…. 뭐, 그 여자답다고 말할 수는 없지만, 좋은 판단이군. 아, 그런가. 그 녀석은 봄방학에 한 번인가 두 번인가 쓴맛을 봤지. 독선적인 행동으로 내 주인님을 보다 깊은 곤경에 빠뜨렸었지."

"음…."

그 기억은 냐에게도 있다냥.

당시에 냐라는 냐는 존재하지 않았지만 그 기억은 있다냥.

냐의 입장에서 말하자면 단순히 곤경에 빠졌다고 말할 수 없다는 기분도 들지만, 그렇지만 뭐 대충 그런 느낌이다냥.

"질렸다면 어쩔 수 없지. 마음대로 해라. 그래도 충분히 도움이 된다."

"오케이다냥."

냐는 흡혈귀를 안았다냥.

공주님을 품에 안아 드는 듯한 모습이다냥.

내가 이 흡혈귀를 건드린 시점에서 에너지 드레인이 발동하고 있지만, 흡혈귀는 그런 것 따윈 신경도 쓰지 않는다.

유들유들하다냥.

냐는 창문을 열고 창틀에 발을 댔다냥. 늘 그렇듯 맨발이지만 뭐, 돌아올 때에 닦으면 된다냥. 다행히 이 방에는 인간 놈이 청소할 때 쓰는 듯한 물티슈가 있는 것 같다냥(청소를 잘한다냥).

그러고 보니 이 흡혈귀는 어디를 통해 방으로 들어왔을까냥? 그런 생각을 문득 해 보지만 괴이를 상대로 그런 생각을 해 봤자 소용없으므로, 냐는 아무 생각 없이 뛰었다냥.

날았다냥.

에이코 학원 옛터를 향해서… 그렇지만.

냐와 흡혈귀는 그 건물에 도착할 수 없었다냥. 아니, 그 장소에 도착하는 것 자체는 가능했다냥.

실제로 냐는 그곳을 향해서, 목표를 정하고 점프했기 때문이다냥.

그저.

그저… 도착할 수 없었다냥.

우리들이 착지하고 도착한 그곳에는 있어야 할 건물, 학원 폐건물이 없었다는 이야기다냥.

있던 것은 불타고 남은 잔해였다냥.

예전에 아라라기 코요미와 오시노 시노부가 은신처로 삼고, 오시노 메메가 몇 달에 걸쳐 생활하고, 주인님이냐 센조가하라 히타기, 칸바루 스루가나 센고쿠 나데코에게 추억 깊은 학원 옛터의 폐허가… 전소되어 있었다냥.

052

무슨 일이 있었던 거야!

052라니!

하룻밤 만에 더블 스코어 수준으로 장이 건너뛰었어!

이건 아무리 그래도 신경 쓰인다고!

그냥 못 넘겨, 못 넘겨, 못 넘긴다고!

내가 잠들어 있는 사이에 대체 무슨 일이!

어느 수준의 대모험을 전개해야 장을 스물다섯 개나 건너뛰는 거야!

소설 한 권 분량에 상당하는 이야기가 이야기되고 있지 않아!

"……."

…라고나 할까.

뭐, 그런 장난스런 메타 시점은 접어 두고, 역시나 이런 상황에 이르면 나도 부자연스럽다고 생각한다.

폐허의 침대는… 뭐, 그렇다고 할 수 있겠지.

직접 고생해 가며 손수 만든 잠자리에는 남들만큼의 애착이 솟으니까, 그런 부분에서 감각이 보정되어서 푹 잘 수 있다. 적어도 그랬던 것 같은 기분이 들 수도 있을지 모른다. 그리고 센조가하라의 집에서 푹 잘 수 있었던 것에 대해서도, 전날에 폐허에서 노숙이라는 가혹한 행동을 했기 때문에 그 반동으로 보정되었다는 식으로 생각할 수는 있다.

전자와 후자가 모순되어 있다고도 보이지만, 합쳐서 생각하면 양쪽 다 납득할 수 없는 것도 아니다.

딱, 나폴레옹의 두 가지 일화처럼.

…그런 황제의 에피소드를 내가 언제 생각했는가는 접어 두고 (내 발상으로는 있을 수 없는 일이란 기분이 든다), 그러나.

아라라기 군의 침대에서 숙면했다?

내가?

하루의 피로가 깨끗하게 가시고.

정신적으로도 안정되어 있어?

그럴 리 있겠는가.

이렇게 말하면 뭣하지만, 이불 속에 들어간 뒤로 긴장해 버려서… 부끄러운 표현을 쓰자면 현저하게 흥분되어 버려서 도무지 잠을 잘 수 있는 상황이 아니었다.

아버지의 잠자리에서는 잘 수 없다는 센조가하라의 말을 체감하는 모습으로, 그런 의미에서 이 잠자리는 최악이었다고 해도 좋을 것이다. 게다가 지금의 나는 아라라기 군의 잠옷을 입고 있다.

말하자면 온몸으로 아라라기 군을 느끼고 있는 것이나 다를 바 없다.

그런데도 푹 잘 수 있었다면, 나는 여자로서 영면永眠하고 있는 것이다.

한숨도 잘 수 없다는 건 심한 과장이라고 해도, 잠을 깊게 자지 못했어야 정상이다.

그런데도… 이 상쾌함.

상쾌한 아침.

명백히… 비정상이다.

명백히… 괴상하고, 이상하다.

괴이하다.

"…흐음."

나는 천천히 몸을 일으키고 자신의 몸을 검사했다. 만약 나에게 **무슨 일**이 있었다면 그 흔적이 반드시 남아 있을 것이다.

기분 탓일까.

단순히 내가 자신의 생각 이상으로 유들유들한 인간인가, 아니면 그렇지 않은가를 확실하게 만들 증거 같은 뭔가.

남아 있을 것이다.

그리고 그것은 바로 발견되었다.

우선은 빌려 입은 아라라기 군의 잠옷이다. 내 땀에 젖어 있는 것은 둘째 치더라도 흐릿한 흙냄새가 느껴진다.

흙냄새라는 말로 알기 힘들다면 **바깥 냄새**라고 하는 편이 알기 쉬울까.

"…자고 있는 동안 집 밖으로 나갔다?"

몽유병자처럼?

나는 중얼거리면서 몸을 굽히고 자세 나쁜 책상다리를 하듯이, 러닝 전의 유연체조를 하는 듯한 자세를 하고 이번에는 발을 조사한다. 주로 발바닥이다.

다만 발바닥에는 아무것도 없었다.

235사이즈의 발.

깨끗하다.

"…하지만."

그렇게 말하며 나는 아라라기 군의 학습용 책상(이라고 해도 그 책상이 공부를 목적으로 사용되기 시작한 것은 극히 최근이겠지만) 위에 있는 물티슈 상자에 눈길을 주었다.

역시 어제와 위치가 달라져 있다.

3밀리미터 정도.

나는 침대에서 내려와 책상 옆에 있는 쓰레기통을 들여다보았다. 아니나 다를까. 사용한 듯 보이는 몇 장의 물티슈가 버려져 있었는데, 그것들은 흙이나 모래로 더러워져 있었다.

그렇다는 이야기는, 하고 생각하며 나는 자신의 손을 보았다.

손도 발바닥과 마찬가지로 깨끗했지만… 손톱 밑까지 그런가 하면 그렇지는 않았다.

손톱 밑에 미약하게 흙이 끼어 있다.

아주 야성적인 네일 아트다.

"범죄자의 증거는 손톱 밑에 남아 있다고들 하는데… 정말 우습게 볼 수가 없네."

그렇게 말하면서 이번에는 창가로 향했다.

뭐, 창문을 통해 밖으로 나갔다고만은 볼 수 없지만, **골든위크 때를 생각하면** 일부러 예의 바르게 복도로 나와서 1층으로 내려가 현관을 열고 집 밖으로 나갔다고는 생각할 수 없다.

가장 가까운 출구인 창문을 합리적인 루트로 선택할 것이다. 어림짐작이었지만 그 추측은 들어맞았다. 창문의 자물쇠가 열려 있었던 것이다.

물론 어젯밤에 잠자리에 눕기 전에 문단속은 했다.

센조가하라에게 그렇게나 야단맞은 입장이니 당연한 일이다. 그런데도….

즉 내가 자고 있는 동안에 누군가가 이 창문의 문을 열었다는 이야기이며 이 방 안에는 나밖에 없었던 이상, 그 누군가는 나밖에 없다.

"범죄자인지 어떤지는 몰라도, 명탐정에 의해 궁지에 몰린 범인 같네."

다만 추리소설에 등장하는 범인은 이런 노골적인 증거를 줄줄이 남기지 않겠지만. 이래서는 명탐정도 의욕이 나지 않을 것이다. 스코틀랜드야드*의 제군들에게 그대로 던져 버릴 것 같다. 다만.

범인이 괴물 고양이라는 사건은, 의외로 옛 시대의 명탐정 취향일지도 모른다. 그런 생각을 하기도 했다.

결정타를 날리듯이, 나는 침대로 돌아와서 베개를 집어 들었다.

아라라기 군의 베개…라는 점은 이 경우에는 관계가 없고.

내가 **그렇게** 되어 있는 동안에 아주 조금이라도 이 침대에 누워 있었다고 한다면.

"…찾았다. 결정적 증거."

나는 베개에서 한 올의 머리카락을 집었다.

머리카락이란 남녀를 불문하고 빈번하게 자라고 빠지는 것이라 자는 동안에 몇 올인가는 떨어지는데… 당연한 일이지만, 문제는 그 머리카락이 '하얗다' 라는 점이다.

백발.

…이 아니라, 이것은 하얀 털이라고 해야 할까?

그렇다, 인간의 머리카락이 아니라 동물의 털 같은….

※스코틀랜드야드 : 영국 런던 경찰국의 별칭.

"그렇구나…. 나, 또 되었구나. 사와리네코… 블랙 하네카와가."

믿고 싶지 않지만, 생각하고 싶지도 않지만 이렇게까지 상황이 굳어져 버리면 현실도피를 하는 의미가 없다.

설마 학교 축제 전의 그날처럼 내 머리에서 직접 고양이 귀가 돋아날 때까지 계속 부인하고 있을 수도 없다… 라는 생각이 들었을 때, 설마 하는 마음에 나는 책상 위의 거울을 확인했다.

괜찮다, 돋아나지 않았다.

아직, 돋아나지 않았다.

…그런데 지금 상황에 전혀 관계없는 딴생각이지만, 책상 위에 거울을 상비해 두는 아라라기 군은 의외로 나르시시스트일지도 모른다는 생각도 들었다.

이상한 애네.

그건 일단 접어 두고.

"다만 정리해서 생각하면… 고양이 귀뿐만이 아니라 여러 가지로 예전의 두 번과는 다른 것 같네. 그 전조이던 두통도 없고, 아라라기 군이 없는데도 이렇게 원래대로 돌아올 수 있다는 점을 보면…."

여기서부터는 단순한 추측이 되어 버리지만, 아마도 폐허에서 하룻밤을 났을 때도 센조가하라의 집에서 묵었을 때도 나는 분명히 '블랙 하네카와 화化'했던 것이다. 단순한 추측이지만 9할은 그럴 것이 틀림없다.

그렇게 생각해야 간신히 이 '상쾌함'을 설명할 수 있기 때문이다.

그런데도… 원래대로 돌아와 있다.

나는 나로 돌아와 있다.

"블랙 하네카와가 **되는 것에 익숙해졌다**는 얘기일까…. 아라라기 군이 흡혈귀의 불사신성을 사용하는 것에 익숙해져 있는 것처럼."

불사신성….

뭘까, 그 단어도 머릿속 어딘가에서 조금 걸리는 기분이 드는데… 아니, 확실하지 않다.

내가 자는 사이에 정말로 무슨 일이 있었던 걸까.

뭔가 일어난 건 확실하다.

뭔가, 아주 중대한 일이….

"…하지만 어째서 내가 또 블랙 하네카와가 되었는가 하는 건, 상상이 가네…."

집의 화재.

그것밖에 없다.

블랙 하네카와는 내 스트레스가 구현된 모습이니까. 내가 다 품을 수 없는 마음을 품어 주는, 내 이면의 인격이니까.

"또 스트레스를 발산하기 위해서 날뛰었다든가 하지는 않았겠지…. 그렇다면 더욱 화려하게 흔적을 남겼을 테니까."

그러나 그것은 희망적 관측이라는 기분도 든다.

어쨌든, 자신의 기억에 공백이 있다는 것은 기분 나쁜 일이다.

"큰일이네…. 이 스트레스도 블랙 하네카와가 떠안아 줄지도 모르는데."

장난스럽게 말하면서 나는 옷을 갈아입기 시작했다.

　현실 도피를 하는 게 아니라면, 블랙 하네카와 화의 사실이 판명되었다고 해도 현재로서 취할 방법이 없다는 것 또한 흔들림 없는 현실이므로 나는 학교에 가야만 하는 것이었다.

　상의할 수 있는 아라라기 군도 오시노 씨도 없다.

　집에 불이 난 정신적 피로로 인해 다시 결석한다… 라는 방법도 생각할 수 없는 것은 아니었지만, 그 정신적 피로를 **자신 이외**에게 떠넘기고 있음이 밝혀진 지금은 그러기도 어렵다.

　게다가 본심을 말하자면 칸바루 양에게 어제 제대로 아라라기 군하고 만났는가, 그리고 아라라기 군은 무사했는가를 물어보고 싶기도 했다. 나는 그녀의 전화번호도 메일 주소도 모르기 때문에 묻고 싶으면 직접 접촉하는 수밖에 없다.

　"센조가하라를 통해서 물어보는 방법도 없지는 않겠지만…. 센조가하라는 예리하니까 내가 블랙 하네카와가 되었던 것을 눈치채 버릴지도 모르고."

　아니.

　그녀라면 이미 눈치챘을지도 모른다.

　어쩐지 변죽 울리는 말을 했던 것 같은 기분도 들고.

　그렇게.

　교복으로 다 갈아입었을 즈음.

　"하네카와 씨~."

　츠키히의 목소리가 문 너머에서 들려와 나는 깜짝 놀랐다.

　난처하게 됐다.

남의 집인데 혼잣말이 너무 컸던 걸까?

들렸나?

그러나 다행히 그런 것은 아니었는지 츠키히는,

"일어났어~? 안 일어났으면 일어나~. 밥 먹을 시간이야~."

라고 말을 이었다.

"우리 집에서는 아침밥은 다 같이 먹는다는 규칙이 있어~."

"…응, 알았어~."

나는 대답을 했다.

"괜찮아, 일어났으니까. 금방 갈게."

"네~."

귀여운 목소리가 들리고 복도를 걸어가는 발소리가 났다.

뭐야.

김이 샌다고 할까.

아라라기 군은 매일 아침 여동생들이 깨우는 걸 '두들겨 맞고 일어난다'라고 표현하며 상당히 민폐처럼 말했는데, 이렇게 귀엽게 깨우는 것의 어디가 민폐일까.

정말, 안 좋네.

아라라기 군의 표현으로는, 마치 자고 있는데 크로우바를 들고 습격해 오는 듯한 오해가 생긴다고.

그런 생각을 하면서 나는 다시 한 번 거울을 확인하고, 거실로 가기 전에 세면실에 들르려고 콘택트렌즈를 한 손에 들고 아라라기 군의 방을 뒤로했다.

냥.

053

같이 밥을 먹는다는 규칙.

…을, 내가 알기로는 아라라기 군은 신나게 깨고 있던 것 같은 기분이 들지만 그것은 뭐, 지금은 묻지 않도록 하자.

나에게 듣고 싶지 않겠지만, 그리고 나도 말하고 싶지 않지만 그는 아무래도 가족과의 거리감을 잘 잡지 못하고 있는 것 같으니까. 카렌하고 츠키히하고의 거리감에 대해서는 말할 것도 없고, 아버지와 어머니와의 거리감도.

뭐, 부모님이 둘 다 경찰이라는 정보를 가미해서 생각해 보면, 그것에는 조금 다른 의미가 나올 것 같은 기분도 들지만.

그리고 그 어머니 쪽에서.

학교에 가기 전—카렌과 츠키히는 다니는 중학교가 멀기 때문에 30분 전에 먼저 나갔다—현관 근처에서 "다녀오겠습니다."라고 내가 말하며 문손잡이에 손을 댔을 때.

"하네카와."

그렇게.

말을 걸어왔다.

"너희 가정에 어떤 사정이 있는지 모르고 지금은 물을 생각도 없단다. 하지만 지금 이렇게 부모님 곁을 떠나서 우리 집에서 '다녀오겠습니다'라고 말하는 상태가 정상이라고는 생각하지 말려무

나. 그런 생각만은 하지 마."

"……."

"우리들은 너를 잘 대접해 줄 수는 있지만 너의 가족이 되어 줄 수 있는 건 아니야. 카렌이나 츠키히가 아무리 너를 언니처럼 따른다고 해도. 아, 오해하지 마. 폐가 된다는 얘기는 아니야. 카렌하고 츠키히도 기뻐하고 있고, 코요미의 친구인 너에게는 성심성의껏 대해 주고 싶어. 코요미가 공부를 열심히 하게 된 것도 듣고 보면 네 덕택이라고 하고 말이야."

"…그렇지는."

않아요, 라고 나는 대답했다.

뭐랄까, 아라라기 군의 어머니는 아라라기 군과 비슷한 듯하면서도 어딘지 모르게 깨달은 듯한 눈을 한 사람이고.

달관한 듯한 사람이라.

과연. 경찰이란 점을 제외해도, 아라라기 군이 어머니를 부담스럽게 여기는 이유를 알게 된 것 같은 기분이 들었다.

"죄송해요. 뭔가 괜한 걱정을 끼친 것 같아서…. 하지만 저의 가정 사정 같은 건 그리 대단한 게 아니에요. 뭐랄까, 조금 사이가 안 좋다고 할까…."

불화라고 할까.

일그러짐이라고 할까.

"…그것뿐이라."

"부모가 자식과 사이가 나쁘다는 건, 그것만으로 학대나 다를 바 없는 거야."

그러니까, 라며.

아라라기 군의 어머니는 말을 이었다.

"곤란할 때에는 언제라도 도움을 청하렴. 공공기관이라도 좋고, 뭐하다면 코요미에게 말해도 괜찮아. 그 녀석은 그래 봬도 의지가 되기도 하니까."

"네…."

그건… 알고 있다.

아라라기 군이 얼마나 의지할 수 있는 사람인지, 잘.

나는 줄곧 알고 있었고… 그런데도.

최대한 그를 의지하지 않고 있다.

의지하지 못하고 있다.

"가족은 반드시 있어야만 하는 것은 아니지만, 있다면 즐거운 것이어야 해. 나는 그렇게 생각해. 어머니로서는."

"어머니…로서."

"하네카와. 사람은 싫은 일이 있으면 계속 도망쳐도 괜찮지만, 눈을 돌리고 있는 것만으로는 도망친 것이 되지 않아. 네가 현재 상황을 용인하는 한 외부에서는 관여할 수 없으니까, 우선 그 부분부터 '말해 주면' 되지 않겠니?"

그런 말로, 아라라기 군의 어머니는 나를 배웅해 주었다. 상당히 긴 '다녀오세요'였다.

아니, 이거 참….

어머니란 강하구나… 라는 얼빠진 생각을 하고 말았다.

신나게 두들겨 맞은 듯한 느낌이었지만.

그래도 나쁜 기분은 아니었다.

… '어머니'인가.

나는 이 나이가 될 때까지 그것이 어떤 것인지도 모른다.

나는 대체.

지금까지 뭘 해 온 걸까.

밤뿐만 아니라… 낮에도, 아침에도.

"눈을 돌리고 있기만 해서는 도망친 것이 되지 않는다…. 함축이 있는 말이네."

진심으로 감복해 버렸다.

아라라기 군보다 오히려 오시노 씨 쪽이 할 듯한 말이다.

그래서 나는 그 말을 음미하면서 학교로 향했는데, 그러나 그 도중에 말 그대로 '눈을 돌리고 싶어지는' 광경을 정면에서 보게 되었다.

아니, 정말로 그 자리에서 뒤로 빙글 돌아서 오던 길을 되돌아가고 싶어질 정도였으니까.

내 앞쪽에서 금발금안의 소년이 걸어왔던 것이다. 체격으로 보면 내 또래이겠지만, 동안이라는 표현으로는 부족한, 앳된 느낌을 또렷하게 남기고 있는 그 베이비페이스 때문에 중학생 정도로 보일 정도다.

다만 남자 중학생이라고 하기에는 항상 앞을 노려보는 듯한 금색의 눈동자를 품고 있는 그 눈매가 너무나도 나쁘다.

다만, 그래도 봄방학처럼.

은으로 만들어진 거대한 십자가를 어깨에 짊어지고 있지는 않은 만큼 외관상으로는 나을지도 모른다.

"…어."

정말로 나는 방향전환을 할까 생각했을 정도였지만, 그 결단을 내리기 직전에 저쪽에서 이쪽을 깨달아 버렸다.

으음.

너무 나쁜 눈매의 금색 눈동자가 나를 포착한다.

눈과 눈이 맞았다.

딱, 하고.

"어, 어, 너…. 어디보자, 뭐였더라…. 요전에 나한테 죽을 뻔한 녀석이지. 크크크…. 완전 웃기네."

그 남자.

뱀파이어 하프이자 뱀파이어 헌터이기도 한 그 남자, 에피소드 는 그렇게 말하고 정말 유쾌하다는 듯이 나를 손가락으로 가리켰 던 것이다.

"…안녕하세요."

나는 꾸벅 고개를 숙였다.

"오래간만이에요…. 에피소드 씨."

그 남자에게 그런 갈등은 없는 듯했지만, 나로서는 참으로 어색 한 느낌이어서 말에도 그것이 그대로 드러나 버렸다.

하지만 그럴 만도 하다.

그가 말하는 대로 나는 바로 얼마 전, 봄방학에 그에게 죽을 뻔 했으니까.

아니, 실제로 **죽었다**고 말해도 과언은 아닐 것이다. 어쨌든 뱃속의 내장이 절반 정도 날아가 버렸으니까.

옛날에 그는 전설의 흡혈귀인 시노부를 쫓아서 이 마을에 왔고, 시노부를 퇴치하기 위해서 시노부의 권속이 된 아라라기 군과 결투를 하게 되었는데, 그때에 벌어진 참혹한 일이다.

남자간의 결투에 멋대로 고개를 들이민 건 내 잘못이지만, 그도 전혀 거리낌이 없었다.

"그 뒤로 당신은 고국으로 돌아갔다고 들었는데… 어째서 다시 이 마을에 왔나요, 에피소드 씨?"

나는 조심조심 물었다.

혹시 또다시 아라라기 군이나 시노부를 '퇴치' 하기 위해서 찾아온 것은 아닐까 하고 생각했기 때문이다. 어쩌면 아라라기 군이 지금 휘말린 트러블이란 것도 그것에 기인한 것은 아닐까, 하고.

확실히 오시노 씨가 전문가로서 그 부분은 잘 처리해 주었을 테지만, 오시노 씨도 만능은 아니다.

뭔가 실수가 있어서 두 사람에 관한 것이 노출되었을 가능성도…. 그러나 나의 물음에 대해 이 뱀파이어 하프(태양 아래서도 멀쩡하고 이른 아침부터 활동 가능)는 씨익 흉악하게 웃으며.

"완전 웃기네."

라고 말했다.

"에피소드 씨라고 부르지 말라고. 나는 그렇게 '씨' 자가 붙을 만한 나이가 아니고, 정중한 말투를 들을 입장도 아니야."

"네?"

하지만 하프라고 해도 뱀파이어이니 수명은 나름대로 길지 않나?

"수명이 길다고 해서 꼭 늙은이라는 법은 없잖아, 완전 웃기네. 이건 비밀이지만 재미있으니까 알려 주겠는데, 실은 나보다 당신이 훨씬 연상이라고. 나는 오늘 이 시점에서는 여섯 살이니까."

"여섯 살?!"

노골적으로 놀라고 말았다.

그게 기대대로의 반응이었는지 에피소드 씨… 아니, 에피소드 **군**은 즐거운 듯한 표정을 지었다.

"다음 달이 생일이니까, 다음 달이면 일곱 살이지. 내 흡혈귀 쪽 부모란 녀석은 성장이 빠른 타입의 괴이였던 모양이라, 나에게는 그 영향이 나타나고 있는 거야."

"……."

"뭐, 사람을 겉모습으로 판단하지 말라는 얘기지. 나는 사람이 아니지만."

그 말로 에피소드 군이 이야기를 마무리해 버려서, 상황의 진위를 확인할 수단이 없어져 버렸다.

단순히 놀림 받은 것뿐일지도 모른다고 생각하지만.

그런데 겉모습으로 판단하지 말라는 말이 나와서 얘긴데, 나이보다 더욱 설명해 줬으면 하고 바라는 것이 있었다. 어째서 그는 햇살이 쨍쨍 내리쬐는 8월인데도 봄방학 때와 똑같은 하얀색 차이나칼라의 교복을 입고 있는 걸까.

뱀파이어 하프니까 더위를 느끼지 않는 것일지도 모르지만.

그런가….

고교생도 아니고 중학생도 아니라 나이로는 초등학생, 시노부나 마요이보다도 연하가 되는 걸까….

에피소드 군은 고사하고 여차하면 에피소드야, 라고 불러도 이상하지 않을 정도이니, 요컨대 베이비페이스가 아니라 오히려 겉늙은 부류일까?

이제 와서 그런 설정이 밝혀져도 대응하기 곤란하다는 느낌을 부정할 수 없다.

말도 안 되는 비실재청소년이다.

"그보다, 그 십자가는 안 가지고 있어?"

"응? 아아. 당연하지. 그런 걸 가지고 다니면 눈에 띄잖아."

흠.

역시 그런 부분의 배려는 일단 하고 있는 듯하다.

"…그건 그렇고 왜 이 마을에 다시 찾아왔나 하는 질문에, 나는 대답을 들을 수 있을까?"

"응? 아주 그것에 연연하네. 뭐, 너에게는 빚이 있으니까 대답해 주고 싶지만."

그렇게 말하는 에피소드 군.

아무래도 나를 죽이려고 했던 것을 '빚' 정도로 생각해 주는 것 같다.

가볍게 안도한다.

"하지만 나도 내가 무엇을 위해서 이 마을에 왔는지는 아직 몰라. 갑자기 호출을 받아서 오늘 아침에 야간버스를 타고 도착했거든."

"야간버스라니…."

은근히 서민파네.

관광객이야? 라고 한마디하고 싶어진다.

"게다가, 호출이라니…."

"호출 받기도 해. 나는 기본적으로 프리 뱀파이어 헌터니까. 드라마투르기나 기요틴커터하고는 달라. 돈만 지불하면 누구에게도 고용되는, 개인의 사정으로 움직이는 용병이야."

"용건도 듣지 않고 고용되는 거야?"

"선불이었으니까. 게다가 받아들일 수밖에 없는 사정도 있었어. 뭐, 용건이 뭐든 상관없어. 나에게 맡겨 주면, 이놈이고 저놈이고 후유증이 남지 않을 정도로 죽여 줄 거니까."

"…그러면 혹시, 호랑이 퇴치 같은 거라도 떠맡은 거야?"

"호랑이 퇴치?"

멀뚱하게, 소박한 얼굴을 하는 에피소드 군.

"저기 말이지…. 아니, 나는 흡혈귀 전문 사냥꾼이니까 호랑이 같은 건 좀…. 뭐야, 그 소린? 쇼군 님이 말도 안 되는 요구라도 한 거야?"

"쇼군 님이라니…."

어떻게 잇큐 소준*의 이야기를 알고 있는 거지.

문부성 추천을 받았다고 하는 애니메이션*은 해외에서도 대인기인가?

흐음.

결국 질문의 대답은 돌아오지 않았지만(어떻게든 듣고 싶었지만 모르면 어쩔 수 없다), 그래도 의외로 말이 통하네, 하고 나는 생각했다.

봄방학에 아라라기 군과 얽혀서 이런저런 일들이 있었지만 실제로 접촉한 것은 단 몇 시간 정도였다. 에피소드 군에 대해서는 여러 가지 외면적 인상만이 강하게 남아 있었는데, 태양이 떠 있는 시간에 만나 보니 이런 인물이었구나.

'유령의 정체 알고 보니 마른 참억새'란 말이 있지만.

김이 샐 정도로 평범한 아이였다.

역시나 여섯 살이나 일곱 살로는 보이지 않는다고 해도, 이렇게 길가에서 이야기를 나눠 보니 정말로 연하의 남자아이를 상대하는 느낌밖에 들지 않는다.

하얀 교복은 어디까지나 자의식의 산물로 선택한 패션이고….

"그런데 너, 하네카와 츠바사였던가?"

그런데.

내가 생각했던 것과 거의 같은 감상을, 그도 그 나름대로 품고 있었던 것 같다.

"어쩐지 요전하고 비교해서… 무지 평범해져 버렸네."

"…어?"

※잇큐 소준(一休宗純) : 무로마치 시대의 승려. 병풍 속의 호랑이 퇴치에 관한 일화가 유명하다. 잇큐는 쇼군에게 '밤마다 병풍에 그려진 호랑이가 나와 날뛰니 퇴치해 달라'라는 시험을 받게 되는데, 이에 잇큐는 호랑이를 잡아 줄 테니 우선 호랑이를 병풍에서 나오게 해 달라는 대답을 해서 쇼군을 감복시킨다.

※문부성 추천 애니메이션 : 애니메이션 〈잇큐 씨〉를 말함. 잇큐 소준의 어린 시절 설화를 바탕으로 만든 애니메이션. 1975년부터 1982년까지 전 296화가 방영되었다. 중국 등 해외로도 수출되었다.

아무런 꾸밈 없이 직설적으로 내뱉은 그 말은 내 마음에 강하게 울렸다.

"그도 그럴 것이… 조금 전에도 내가, 다른 사람도 아닌 내 뱀파이어의 '시력'이 한순간 너인지 아닌지 구분을 못했으니까. 아니, 머리카락을 잘랐다든가 안경을 끼지 않았다든가 하는 그런 게 아니라 좀 더 본질적인 곳에서… 요전의 너에게서 느꼈던… 뭐랄까, 굉장함 같은 것이 아주 깨끗하게 소실되었다고. 소실되었다기보다 잘려 나간 것처럼 아무런 흔적도 없이…."

"……."

말하고자 하는 바는 알았다.

들을 때까지는 생각도 하지 않았던 일이었다. 그도 그럴 것이 에피소드 군이 아는 나는 봄방학 때의 나다.

아직 블랙 하네카와가 내 안에서 태어나지 않았을 무렵의 나, 내 안의 검은 부분을 괴이로서 나에게서 잘라내기 전의 나.

그렇기에… 아니.

하지만 잠깐만.

평범해졌다든가 굉장함이 없어졌다든가. 그건 마치….

그러고 보니, 하며 나는 어제 욕실에서 카렌에게 들은 말을 떠올렸다.

츠바사 씨는 거드름 피우지 않는구나… 라고. 하지만.

그것은 거드름 피우지 않는 게 아니라, 지금의 나는 **거드름 피울 수 없는 것뿐**이 아닐까. 거드름 피우고 뭐고, 자기 개성을 스스로 잘라 내 버리고 있으니까, 그것이 아주 당연한 일이라고 말해야 할 정도고….

아니, 아니.

아니다. 훨씬 다르다.

이 사고의 다음 흐름은… 아마도 **위험하다.**

아마도 눈을 덮고 싶어질 진실이 이 뒤로….

"어?"

나에게는 충격의 한마디였지만 에피소드 군에게는 별 생각 없는 말 한마디에 지나지 않았는지, 그는 이미 그 일에는 흥미를 잃은 눈치를 보이다가 내 어깨너머로 뭔가를 발견했다.

흡혈귀의 시력인가 하는 것으로, 뭔가를.

내 뒤의 누군가를 발견한다.

"저 녀석이야, 저 녀석. 용건도 말하지 않고 나를 불러낸 녀석이야. 뭐, 듣기로는 그 오시노 메메란 알로하의 대학 시절 선배라는 모양이야. 그래서 인연도 연고도 있는 나는 떠맡지 않을 수 없었던 거지만."

나는 뒤를 돌아보았다.

054

가엔 이즈코臥煙伊豆湖라고 그 사람은 자기소개를 했다.

작은 몸에 큼직한 옷을 적당히 흐트러뜨려 입은 언니였다. 다만, '언니'라고 말하긴 했지만 에피소드 군의 나이를 전혀 짐작할 수 없었던 직후였으므로, 나이의 추측에 대해서는 그리 자신이 없다.

이십대란 말을 들으면 이십대로 보겠지만, 오시노 씨의 선배라는 말이 사실이라면 적어도 서른이 넘지 않으면 이상하다. 하지만 솔직히 말하면 십대로도 보인다.

그렇다기보다 여기까지 말해 놓고서 뭐한 얘기지만, 나이를 특정하는 것에 별 의미가 없어 보이는 태연한… 초연한 분위기가 그 사람에게는 있었다.

예를 들자면 그것은 뛰어난 예술 작품이 툭 하고 눈앞에 놓였을 때에 언제 어느 시대에 어느 지역에서 만들어진 것인지를, 혹은 작가가 누구인지를 생각하는 것이 무식하고 무의미한 일인 것처럼, 그런 유무를 가리지 않는 분위기가 그녀에게는 있었다.

그런 의미에서는 옷을 흐트러뜨려 입은 것도 아주 잘 어울렸다. S사이즈의 몸에 XL의 옷을 걸치는 것은 보통 사람이 하면 그저 '칠칠치 못하다'라는 인상을 줄지도 모르는 패션이지만, 그것이 참으로 멋스럽게 느껴졌다.

야구 모자를 옆으로 돌려쓰고 스니커 뒤축을 완전히 꺾어 신고 있지만, 그런 예의 없는 모습 또한 촌스럽지 않고 훌륭하게 패션의 일부로 흡수되어 있는 느낌이었다.

"야아, 소드. 아무리 기다려도 약속 장소에 오지 않으니까 이쪽에서 마중을 나왔어. 그랬더니 아무래도 헌팅 중이었던 것 같은데, 방해해 버린 거라면 미안해."

그런 말이 첫 한마디.

붙임성 있는 웃는 얼굴로 그녀는 말했다.

어쩐지 스스로 자기 행동을 해설하는 듯한, 그런 위화감이 드는 말투였다.

위화감을 웃는 얼굴로 얼버무리고 있는 듯한 느낌이다.

"응? 어라, 그쪽의 아가씨는….."

그리고 나를 본다.

"…하네카와, 츠바사 양…인가?"

"아, 네."

자기소개를 하기 전에 그런 말을 듣고 나는 당황했다.

안 그래도 에피소드 군에게 오시노 씨의 선배란 이야기를 듣고 놀라고 있던 참이란 이유도 있다. 가령 에피소드 군이나 오시노 씨에게 이야기를 들었다고 해도, 그야말로 '흡혈귀의 시력'이 아닌 한, 머리카락을 자른 나를 보고 하네카와 츠바사라는 걸 바로 알 수는 없을 텐데.

"…그런데요."

"이거 참. 이런 우연도 다 있네. 우연히 내가 변덕을 일으켜서 직접 움직인 덕분에 너와 만날 수 있어서 기뻐, 츠바사. 메메에게 듣지 못했을 거라고 생각하는데, 나는 메메의 선배인 가엔 이즈코라는 사람이야. 메메에게는 가엔 선배라고 불리고 있었어. 대개는 선배라고 불리는 케이스가 많은 나야."

그녀는 말했다.

역시 이상한 말투라고 할까.

이것도 어쩐지 이상한 자기소개다.

"헌팅이라고 하지 마, 가엔 씨. 나는 그리운 얼굴과 만나서 추억

이야기로 이야기꽃을 피우던 것뿐이야."

에피소드 군이 불만스럽게 말하자(그러나 '뿐'이라고 해도 그렇게 생각하고 있었던 것은 놀랄 일이다), 가엔 씨는 "뭐, 어떻든 상관없어, 그런 건."이라고 말했다.

정말로 어떻든 상관없는 것 같다.

"그 추억 이야기긴지 뭔지가 끝났다면 가지 않겠어? 일은 각일각, 일각을 다툰다고. 이제 곧 요츠기도 오겠지만 그걸 기다리고 있을 수 없어."

"요츠기? 누구야, 그건?"

"누구라도 상관없어, 소드에게는. 그렇지 않은 녀석도 있다고 말하는 것뿐이고, 예를 들어 나에게는 그렇지 않아. 아니, 사실은 메메나 데이슈 중 어느 한쪽이 있으면 좋았을 거란 생각은 해. 다만 그 두 사람은 아무래도 떠돌이니까. 참고로 요즈루는 있기를 바라지 않아, 조금도."

"정말, 당신은 자기 상황밖에 이야기하지 않는구나. 자기가 아는 것을 상대가 알고 있다고 전제하고 이야기하는 거냐고."

에피소드 군은 어이없다는 표정을 감추려고도 하지 않았지만, 가엔 씨는 그런 리액션을 아랑곳하지 않는 느낌으로,

"츠바사."

라고 나에게 말을 걸었다.

말투가 너무 자유롭다.

"원래라면 소드와 너와의 대화에 어울리면서 뭣하다면 어른으로서 너희 둘에게 자동판매기에서 주스라도 뽑아다 줘야 할 나이

지만, 지금 이야기했던 사정이 있거든. 미안하지만 소드는 데려갈 게."

"아… 네."

그것은 상관없다.

그렇다기보다, 데려가 주겠다고 한다면 속으로 가슴을 쓸어내리고 싶을 정도였다. 이러쿵저러쿵해도 에피소드 군은 무섭고(실제로 죽을 뻔했을 때의 내 기억은 날아갔지만, 몸은 기억하고 있는 거겠지. 배가 쑤신다), 나는 등교 중이므로 학교에 가야만 하니까.

주스를 사 주면 오히려 곤란하다.

"그러니까 네가 지금 품고 있는 호랑이 문제에 대해서도 거들어 줄 수는 없어. 그건 자기 혼자서 어떻게든 해."

"네?"

호랑이… 문제?

아니, 이 사람은 어째서 그런 것을?

조금 전에 에피소드 군에게 흘끗 말한 것을 듣고 있었던 걸까…. 아니, 거리로 볼 때 그것은 부자연스럽다.

그것은 조금 전에 내 이름을 맞힌 것과는 마치 다른 차원의… 부자연스러움.

마음을 읽혔다는 것과도 다르다.

나는 가엔 씨를 만난 뒤로는 그런 생각을 전혀 하지 않았으니까.

"응? 뭐야, 이상한 얼굴을 하고. 호랑이에 대해서 알고 있는 것 정도로 그렇게나 놀랄 건 없잖아. 내가 모르는 건 없어."

"모르는 건… 없다."

"응."

그녀는 말했다.

"나는 뭐든지 알고 있어."

자신만만하게.

정말로 모든 것을 알고 있다는 듯이.

이야기의 전부를 자기 손아귀에 쥐고 있다는 듯이.

말했다.

"뭐, 너는 분명히 오늘내일 중에 그 호랑이와 마주하게 될 거야. 너 자신이 이제 곧 '가호苛虎'라고 이름 붙이게 되는, 그 고금무비古今無比로 강력한 괴이하고 말이야. 하지만 그것은 누구도 거들 수 없어. 아무도 너를 도와주지 않아. 왜냐하면 그건 너 자신의 문제이니까. 그건 내 문제가 아니고, 물론 네가 사랑하는 남자애의 문제도 아니야."

"무…."

무슨 소릴, 하고 나는 말을 잃었다.

사랑하는 남자애?

"아라라기 코요미 군 말이야. 설마 모르는 거야?"

가엔 씨는 아주 당연하게, 그게 상식이라는 듯이 말했다. 나 이외의 인간이라면 누구라도 알고 있는 일이라는 것처럼.

실제로,

"너는 아무것도 모르는구나, 츠바사."

그렇게 경멸하듯이, 멸시하듯이 말했다.

불쌍히 여기듯이… 동정하듯이.

불쌍한 아이를 보듯이.

그렇게 말했다.

"자신이 아무것도 모른다는 것조차, 몰라. 무지의 지*가 아니라 무지의 무지라고 해야 할까. 아하하. 너를 보고 무지, 무지, 하고 자꾸 말하다 보니 너의 무시무시하게 풍만한 몸매가 떠올라서 부끄럽네. 나는 마른 체형이니까 참 부러워."

"……."

"그렇지만 무지의 지 같은 건 모르는 편이 낫다고 생각하는데 말이야. 자기가 바보라는 사실만큼 재미없는 것은 없다며, 뇌가 없는 허수아비도 한탄했으니까."

"…당신은."

나는 말한다. 떨리는 목소리로.

왜 목소리가 떨리는지는 알 수 없다.

에피소드 군과 마주했던 봄방학에도 이런 식으로 목소리가 떨린 적은, 몸이 떨린 적은 없었는데.

"당신은… 저의 뭘 알고 있나요?"

"뭐든지 알고 있어. 그러니까."

나는 뭐든지 알고 있어, 라고 가엔 씨는 반복했다.

몇 번이고 몇 번이고.

이제까지 그 대사를 끝없이 반복해 왔던 것처럼.

'안녕히 주무셨어요' 나 '안녕히 주무세요' 나 '잘 먹겠습니다' 나

※무지(無知)의 지(知) : 소크라테스의 말. 자기의 무지함을 아는 것 자체가 진실한 앎을 얻는 근원이라는 뜻.

'잘 먹었습니다' 처럼.

반복한다.

반복하고.

반복한다.

"네가 아무것도 모른다는 것도, 나는 알고 있어. 그렇지만 그건 부끄러워할 일은 아니야, 세상 사람이란 녀석들은 모두 아무것도 모르니까. 저도 모르는 사이에 속고 속이고 살아가는 거지. 너는 예외가 아니야, 너는 특별하지 않아."

"예외가 아니다…. 특별하지 않다."

"그런 말을 들으면 기쁘지?"

가엔 씨는 말했다.

역시, 경멸하듯이.

"알고 있어."

"……."

"물론 어젯밤에 메메를 포함한 너희들에게는 추억의 장소라고 해야 할 그 학원 옛터의 폐허가 불타 버린 것도 나는 잘 알고 있어. …아아, 이것 또한 아직 네가 모르는 정보였던가? 아무것도 모르는 츠바사."

055

칸바루 양은 결석이었다.

결국, 수업종이 울리기 직전에 아슬아슬하게 교실에 뛰어드는 모습이 되어 버려서(물론 이것은 비유다. 나는 복도에서 뛰거나 하지 않는다. 경보 같은 걸음걸이라서 이것은 이것대로 수상… 아니, 그것은 보이는 그대로 수상한 거동이지만), 2학년인 칸바루 양의 교실을 방문한 것은 1교시가 끝난 뒤의 쉬는 시간이었다.

"어, 하네카와 씨다." "하네카와 선배야." "정말이다, 하네카와 선배야." "칸바루가 자주 이야기하던 하네카와 선배야." "센조가하라 선배하고 같은 반인 하네카와 씨야." "아니, 아라라기 선배의 은인인 하네카와 씨라고."

…어째서인지 발군의 지명도였다.

얼굴을 가리고 도망치고 싶어졌지만, 그것을 꾹 참고 칸바루 양에 대해 물어보았다. 그리고 대답은 앞서 말한 대로다.

담임선생님에게도 반의 사이좋은 친구에게도(생각해 보면 당연한 일이라고 해도, 칸바루 양에게 제대로 동급생 친구가 있는 것에 안심하고 말았다) 아무런 연락이 없다고 한다.

"칸바루는 아주 성실한 아이니까, 무단결석 같은 건 정말로 드문 일이라서…. 다들 걱정하고 있어요."

"……."

자기가 아는 어떤 사람이 다른 커뮤니티에서는 평가가 다르더라는 것은 흔히 있는 일이지만, 칸바루 양의 이미지는 그중에서도 우리들의 그것과는 엄청난 차이가 있는 것 같다.

…아니.

역시 그것은 옳은 걸까.

나처럼, 누가 봐도 판에 박은 듯이 똑같은 인간 쪽이 이상한 것이다.

당연하지 않으며.

평범하지 않은 것이다.

누가 봐도 우등생…이 비정상인 것처럼.

"하네카와 선배, 뭔가 알고 있나요?"

그런 질문을 듣고서 나는.

"아니."

그렇게밖에 말할 수 없다.

"미안, 아무것도 몰라."

아무래도 그 말은 차갑게 울려 버렸는지 그 아이가 아주 미심쩍은 표정을 지었고, 그것이 부끄러워져서 나는 도망치듯이 칸바루 양의 반을 뒤로했다.

그런 일이 있었던 탓에, 수업을 하고 계신 선생님에게는 미안하기 이를 데 없지만 2교시 이후의 수업은 완전히 건성으로 받았다고 해도 좋다. 역시나 걱정이다.

아라라기 군 역시 오늘도 학교에 나오지 않았고. 어젯밤에 대체 무슨 일이 있었던 걸까.

아니, 사실을 말하자면 1교시도 제대로 수업을 듣지 않았다. 가엔 씨에게 에이코 학원이 전소되었다는 정보를 듣고서 냉정하게 있을 수 있는 내가 아니다.

우리들이 애착을 가지고 있을 뿐 아니라, 아라라기 군과 칸바루 양이 만나기로 약속했던 장소에 화재가 일어나다니.

물론 가엔 씨와 에피소드 군과 헤어진 뒤, 나는 휴대전화로 인터넷 뉴스를 검색해서 그것이 거짓말이 아니라는 것을 확인했다.

꼼꼼하게 사진까지 첨부되어 있었다.

콘크리트가 그대로 드러난 그 건물이 문자 그대로 무참하게 무너져 있는 사진을 나는 목도하게 되었다. 수많은 일들이 있었던 추억의 땅은.

멋지게, 이 세상에서 사라져 버렸던 것이다.

센조가하라는 이 일을 알면 어떻게 생각할까 하고 생각하는 한편으로, 또 나도 뭐라 말할 수 없는 무상관*에 사로잡혔다. 그렇지만 현재 상황을 돌아보면 그런 감상적인 기분이 되어 있을 상황이 아니란 것도 확실했다.

대체, 어젯밤에 무슨 일이 있었던 걸까.

아라라기 군과 칸바루 양은 무사할까.

너무너무 걱정되어서 오늘은 수업 중에도 쉬는 시간에도 계속 안절부절못했다.

…다만 그래도 조퇴하지 않고 하루 내내 수업을 계속 받을 수 있었던 것은, 마음속 어딘가에서 나는 두 사람의 무사함을 확신하고 있었기 때문이다.

두 사람은 그 화재로 아무런 피해도 입지 않았다고 단언할 수 있는 자신을, 내 안의 어딘가에서 발견했다.

처음에 나는 그 기분을 신뢰인가? 라고 생각했다.

※무상관(無常觀) : 불교 용어로 인생이 덧없다고 보는 견해.

나는 아라라기 군이나 칸바루 양이라면 걱정할 필요 없다, 그 두 사람이라면 어떤 곤경이라도 극복해 보일 것이 틀림없다고 믿고 있는 건가, 하고.

다만, 숙고할 것도 없이 **그것은 아니다.**

아라라기 군은 그런 의미에서는 전혀 안심하고 지켜볼 수 없는, 언제 죽어도 이상하지 않을 위태로움을 가진 남자이며, 자기희생적이라기보다는 거의 자벌적인 경향까지 있다. 그를 잘 알고 있기에, 이렇게 되어 버리면 나는 그의 무사함을 믿기 어려워진다.

그리고 칸바루 양에 대해서는, 아쉽게도 나는 그녀의 무사함을 순진하게 믿을 수 있을 정도로 그녀와 친하지 않다(센조가하라와의 문제도 있으므로 자칫 적대되고 있을 가능성도 있다).

그런데도 어째서 내가 그 두 사람이 괜찮은가, 적어도 그 화재로 피해를 입지 않았는가를 확신할 수 있는가 하면.

"…알고 있기 때문이야."

나는 중얼거린다.

학교에서의 귀갓길.

아니, 이것은 귀갓길이라고 말할 수 없다. 나는 아라라기 가로 직접 돌아가지 않고 다른 곳에 들를 생각이니까.

"그래, **나는 알고 있어.** 그 화재가 아라라기 군이나 칸바루 양하고는 아무런 관계도 없이 일어난 일이라는 걸."

알고 있다.

나는 모르지만.

내가 아닌 내가, 알고 있다.

아마도 어젯밤, 내가 블랙 하네카와가 되었을 때에 봐서 알고 있다. 그 두 사람이 무사하다는 것을 알고 있다. 아라라기 군과 칸바루는 분명히 합류한 뒤에 장소를 다른 곳으로 옮겼으리란 것을 알고 있다. 그것과 화재와는 **거의** 다른 문제라는 것을 알고 있다.

그러니까 가엔 씨의 말대로.

이것은… 내 사건이다.

"…애초에 화재라는 것부터가 이미… 나야."

하네카와 가가 전소되었던 것이 사흘 전.

그리고 에이코 학원 옛터가 불탄 것이 하루 전.

고작 사흘 사이에 나와 깊이 관련된 건물 두 채가 전소되었다.

이것을 관련지어 생각하지 않는 것은 말도 안 되는 일이겠지.

게다가 두 사건 모두, 내가 호랑이를 본 직후에 일어났다. 그 부분을 염려하지 않을 수 없다.

하네카와 가의 화재 원인은 알 수 없었고, 인터넷 뉴스를 보기로는 학원 옛터의 화재도 마찬가지로 원인 불명이라고 되어 있었다. 불을 쓰지 않는 장소이니만큼 역시 방화가 의심되긴 하지만….

"방화라…."

최악의 가능성이 머리를 스친다.

블랙 하네카와가 된 내가 범인, 즉 방화범일 가능성이다.

골든위크에 블랙 하네카와가 저지른 방약무인한 짓들을 생각하면, 그것은 실로 현실적인 가능성이다.

실제로 나는 하네카와 가에 대해서 '저런 집은 없어져 버렸으면 좋겠어.'라고 바란 적이 없었던 것은 아니다. 지금 상황은 그 바람이 이루어졌다고 말할 수 없는 것도 아니니까.

가능성은 높다고 해도 좋다.

다만 이것은 다르다는 기분이 든다.

이 패턴이 일어날 리 없다는 것이 아니라, '최악'이라는 부분이 다르다.

잘 설명할 수 없지만, 더욱 최악의 결론이 이 이야기 다음에 준비되어 있다는 기분이 든다. 내가 눈을 돌리고 있는 결론이, 쩍 하고 커다란 입을 벌리고 용서 없이 기다리고 있는 듯한.

그렇다, 진실이.

나에게 좋지 않은 진실이… 기다리고 있다.

이 길은 그런 길이다.

"그만두려면, 지금이겠지."

지금.

아주 잠시 동안 눈을 감으면, 눈을 돌리면.

분명히 내일이 되면 나는 그 진실과 조우하지 않을 수 있다.

평소대로.

지금까지와 같은 하네카와 츠바사로 계속 있을 수 있다.

아라라기 군의 최고의 친구, 하네카와 츠바사인 채로… 나인 채로.

나는 나로 있을 수 있다.

아무것도 변하지 않고.

"…하지만."

하지만.

하지만, 하지만.

아라라기 군이 지금, 무엇과 싸우고 있는지는 모른다.

그렇지만 틀림없이 무언가와 싸우고 있겠지. 마요이며 칸바루와 함께, 분명히 시노부의 도움도 빌리면서, 평소처럼 목숨을 걸고.

그렇다면 나도 싸운다.

도망친 것이 되지 않는다면 눈도 돌리지 않는다.

이제는 맞서자. 나하고.

잘라 내 왔던 내 마음하고.

아마도 **이것**은, 그런 이야기다.

"그래…. 그 호랑이야."

그날, 신학기가 시작되던 그날.

등교 중에 내가 봤던 거대한 호랑이.

"내가 그 호랑이를 보고 난 뒤로 이번 일이 시작된 거야."

그런 기분이 든다.

그곳에 확신 같은 건 없다.

하지만 **그렇다**는 것을 나는 알고 있다.

나는, 알고 있다.

"가호苛虎…라고 했던가, 가엔 씨는?"

우선 접근한다면 그 부근부터라고 생각하며.

나는 도서관에 도착했다.

056

우리 동네 자랑이 되어 버리는데, 우리가 사는 이 동네의 도서관은 매우 충실하다. 건물의 규모에 비해서 상당한 장서량을 자랑하고, 게다가 사서의 취향인지 전통적인 경향인지 베스트셀러보다는 마니악한 서적을 서가에 늘어놓는 데 힘을 싣고 있어서 왠지 모르게 도서관이라기보다는 박물관이라는 양상을 띠는 느낌도 있다.

여담이지만 오시노 씨가 머무를 때에, 몇 번인가 부탁을 받고 이곳의 책을 빌려다 준 적이 있다(오시노 씨는 이 동네 사람이 아니라서 카드를 만들 수 없다).

일요일에 쉬는 것이 옥의 티지만, 나는 어릴 적부터 계속 이 도서관에 들르고 있다. 보습학원에 가거나 뭔가 배우러 다닌 적은 없지만, 인생에 필요한 일은 모두 이 도서관에서 배워 왔다고 해도 좋다.

부모가 가르쳐 주지 않았던 것을.

나는 이 도서관에서 배웠다.

혼자서.

최근에는 아라라기 군과 공부하는 장소로 사용하는 일이 많은데, 아라라기 군의 가정교사를 센조가하라가 담당하고 있을 때도 역시 나는 혼자서 들르고 있었다.

사실을 말하자면 수납되어 있는 장서는 열다섯 살 무렵에 대부분 읽어 버렸지만 이 시설의 분위기, 이 시설의 공기가 마음에 들어서 볼일이 없는데도 오곤 한다.

공부하기에는 딱 좋은 장소고.

나에겐 '내 집'은 아니라고 해도, 마음이 차분해지는 장소 중 하나다.

물론 오늘은 '볼일도 없는데 와 버렸다'고 할 상황이 아니라, 볼일이 있어서 온 것이다.

"어서 오렴, 츠바사."

"안녕하세요, 실례하겠습니다."

안면이 있는 직원 분에게 인사를 하고 나서, 미리 점찍어 둔 책을 우선 다섯 권 정도 골라 거의 지정석처럼 되어 있는 창가의 의자에 앉는다.

현재 이곳에서는 이곳저곳의 도서관에서 이루어지고 있다는 서적의 전문全文 데이터베이스화 작업이 이루어지고 있지 않으므로 이렇게 차분히 한 권 한 권 조사하는 수밖에 없다.

어느 것이나 한 번 읽은 적 있는 책이지만 내 기억력도 완벽하지는 않고, 그 이전에 이 일에 관해서 내 기억력은 의지할 수 없다.

나는 나에게 좋지 않은 것을 마음에서 잘라 내 버릴 수 있으니까.

그럴 수 있게 되어 버렸다.

아라라기 군 어머니의 말투를 따라하자면, 나는 모든 것으로부터 마음대로 **눈을 돌릴 수 있다.**

골든위크의 사건을 놓고 봐도, 그만한 일을 저질러 놓고도 완전히 잊고 있었고 지금에 이르러서도 완전히는 기억하지 못한다. … 아니, 기억해 내고 싶지도 않다고 생각하고 있다.

괴로운 추억이나 울고 싶어질 만한 스트레스를 자신 이외의 존재에게 떠넘기고 있다.

블랙 하네카와에게 떠넘기고 있다.

…그러니까 내 기억, 내 지식, 더 말하자면 나의 사고도 아무런 의지가 되지 않는 것이다. 그래도 뭔가 하려고, 어떻게든 하려고 발버둥 치려면 이렇게 총 복습을 하는 수밖에 없다.

한 줄 한 줄, 한 글자 한 글자를.

눈을 돌리지 않고.

눈에 새기듯이 읽는 수밖에 없는 것이었다.

"…으음."

그러나 폐관시간이 다가올 때까지 달라붙어 있어 보긴 했지만, 첫 다섯 권뿐만 아니라 최종적으로 열다섯 권의 전문서적을 뒤져 보았지만 가호라는 괴이나 요괴에 대해 기술된 서적은 없었다.

내가 잘못 들었을 가능성도 고려해서 비슷한 이름의 요괴도 없는지 주의해서 봤지만—예를 들어서 화재가 일어나는 이상, 한자가 다른 '화호火虎' 같은 것도 있을 만하지 않을까—그것도 허탕이었다(그 관련으로 '수호水虎'라는 괴이를 찾기는 했지만, 그것은 캇파이므로 관계가 없을 것이다).

흠.

아무래도 의도는 좋았지만 결과가 이래서는 모양새가 나지 않는다.

틀림없이 이쯤에서 오시노 씨 같은 적당한 박인방증*이 가능할

※박인방증(博引旁證) : 널리 예를 인용하여 그것을 증거로 사물을 설명함.

거라고 생각했지만… 일이 그리 쉽게 풀리지는 않는 것 같다.

그보다, 혹시 그것에 대한 기술은 있었지만 내가 못 읽었을 가능성은 없을까? 적혀 있지만 그것을 알고 싶지 않으니까 눈을 돌려 버렸을 가능성….

"…하지만 그런 이야기를 하기 시작하면 아무것도 신용할 수 없게 되어 버려."

아니.

내가 나인 이상, 원래부터 아무것도 신용할 수 없는 상황이다. 그런 가운데 뭘 할 수 있는가, 뭘 하려고 하는가의 이야기다.

아무것도 신용할 수 없다면, 그 신뢰성 없음을 반대로 취할 수도 있을 것이다.

도서관에서 소득이 없었다면 인터넷을 조사하게 되겠는데, 그쪽으로의 접근은 솔직히 별로 내키지 않는다. 인터넷은 지금 뭐가 일어나고 있는지를 수집하는 데는 아주 뛰어난 미디어이지만, 과거의 정보를 조사하는 데는 잘못된 정보가 너무나 많다.

있는 그대로 말하자면, 괴이담에는 약하다.

그렇다고 해도 그 밖의 구체적 수단이 없는 이상, 어떠한 단서 정도는 잡을 수 있을지 모르므로 쓸데없이 전자정보를 꺼리고 있을 수도 없다. 그것은 기계를 다루는 데 서툴렀던 오시노 씨는 할 수 없는 접근 방식이자 수단이니까.

관내이므로 휴대전화의 전원은 꺼 두고 있지만, 밖에 나가면 검색해 볼까?

그렇게 생각하고 나는 빼온 책을 전부 원래 자리에 꽂아 두러 간다. 내 기억이 어디까지 올바른지는 알 수 없지만, 적어도 이 도서관의 책이 있던 장소는 전부 기억하고 있는지 그 작업은 간단했다.

"츠바사, 오늘은 혼자니?"

그렇게, 처음에 인사했던 직원이 아닌 다른 직원이 도중에 말을 걸어왔다. 이 사람은 아라라기 군과 같이 있는 것을 몇 번이나 보았으니까 그걸 포함한 질문이겠지. 아무래도 나와 아라라기 군을 커플이라고 생각하는 구석이 있는데… 뭐, 아라라기 군은 그걸 깨닫지 못하고 있고 나도 별로 그것을 정정하지 않고 있다.

"네, 오늘은 혼자예요."

앞서 말한 대로 지금도 나는 이곳에 혼자 오는 일이 많지만, 그때는 그리 (이 사람의) 눈에 띄지 않는 거겠지.

"흐음. 이제 곧 폐관시간인데, 조사하는 건 다 끝났니?"

"끝났어요."

결과는 나오지 않았지만, 조사할 수 있는 한도에서는 끝났다.

직원은 내가 안고 있는, 이제부터 돌려놓으려는 책을 흘끗 보더니 "무거워 보이네."라고 말했다.

"전자서적이 보급되면 사람은 그 무거움과 무관해지는 걸까. 아니, 그렇게 되면 도서관의 필요성도 의심스러워지려나."

"글쎄, 어떨까요? 전자서적이 디지털사진의 영역을 넘어가지 않는 한에는 안전하다고 생각하는데요. 책은 이 무게도 포함해서 책이니까요…. 책이란 평면이 아니라 입체죠. 디지털 카메라가 보급되었다고 해서 피겨 수집가가 '사진으로 충분하다'라는 말을 하지 않는 것과 마찬가지로, 뒤표지가 있기에 책이라고 저는 생각해요."

서적을 디지털화한다, 라는 사고방식이 이상하다.

서적과 전자서적은 서적과 영상 정도로 다른 것이라고 생각하는 편이 좋다. 이행도 진화도 아닌, 요컨대 신종이라고.

"그렇다면 좋겠는데."

여고생과 깊은 의논을 할 생각은 없는지, 직원은 가볍게 웃은 뒤에 내가 품고 있는 책의 타이틀을 보고서,

"괴물에 흥미가 있니?"

라고 신기하다는 듯 물었다.

하긴, 뭘로 보나 꽃다운 여고생이 열심히 읽을 만한 책은 아니므로 이상하다면 이상할지도 모른다. 베테랑 직원이라면 나의 그런 기호(남독하는 스타일)도 알고 있겠지만, 이 직원은 아직 신참이다.

"네, 조금…. 학교 숙제 때문에."

아무래도 전부를 설명할 수는 없으므로 나는 적당히 무난한 대답으로 얼버무렸다.

"그렇다면 신간 코너에 그런 책이 한 권 들어와 있었어. 그건 읽었니?"

"아뇨…. 아직이에요."

그러고 보니 아직 신간 코너는 체크하지 않았다.

"지금부터 읽을 시간은 없겠지만 빌려 가도 돼."

"그러네요, 그렇게 할게요."

말은 그렇게 했지만 기대는 별로 하지 않았다.

못 보고 있던 최후의 한 권에 내가 찾는 괴이의 정보가 있다니, 역시나 그건 전개로서 너무 편의주의적이겠지. 그렇지만 밑져야 본전이란 말도 있다.

나는 권유받은 대로 그 책을 빌려서 퇴관했다.

"…응? 잠깐. 신간…이라."

신간. …신종.

빌린 책을 가방 안에 넣을 때, 문득 나는 깨달았다. 아니, 깨달았다는 것은 이상하다.

왜냐하면 가엔 씨는 처음부터 말했으니까.

나 자신이 이름 붙이게 되는 괴이, 라고.

"이렇게나 조사해도 힌트조차 잡을 수 없다면, 블랙 하네카와가 그랬던 것처럼 그 호랑이가 **신종 괴이**라고 한다면…."

057

계기가 생기니 그 뒤로는 저절로 이어져 나갔다.

그것은 문자 그대로 열쇠가 되는 키워드로, 그런 것이라고 깨달아 버리면 더 이상 이거 보란 듯한 박인방증 따윈 필요 없었다.

애초에 가엔 씨에게 그 말을 들은 시점에서 깨달았어도 괜찮을 정도였다.

그렇다. 도서관에 갈 것도 없이, 그것은 중학교 국어 교과서에 실려 있을 만한 문장이다. 그것은 누구나 한 번은 들어 봤을 구절이다.

가정맹어호苛政猛於虎. 가혹한 정치는 호랑이보다도 무섭다.

『예기禮記』, 단궁하편檀弓下篇에서 나오는 한 구절이다.

필요 없다고는 생각하지만 복습의 의미에서 해설하자면, 그것은 이런 이야기다.

사나운 호랑이에게 시아버지와 남편을 잡아먹힌 여자가 있었는데, 그 여자는 이번에 자식까지 잡아먹혔다고 한다. 그렇다면 어째서 사람을 잡아먹는 호랑이가 있는 이곳을 떠나지 않느냐고 묻자 그 여성이 대답하기를, "아무리 사나운 짐승이 있다 한들, 가혹한 정치가 이루어지는 나라보다는 낫습니다."라고 하였다.

가정苛政이란, 요컨대 무거운 세금이나 징병 등에 여념이 없는… 뭐, 문자 그대로의 가혹한 정치라는 의미로 봐도 이 경우에는 상관 없을 것이다.

만약 가엔 씨가 말한 대로 내가 그 호랑이를 가호라고 이름 붙인 다면, 소재는 틀림없이 이 구절에 유래한다. 왜냐하면 나는 이 말을 알게 된 초등학생 때에, "그렇지는 않은 게 아닐까?"하고 어쩐지 납득이 안 된다는 생각을 했기 때문이다.

어떠한 정치라도 사람을 잡아먹는 호랑이보다는 나을 거라고 생각했던 것이다.

문장의 분위기를 알아차릴 수 없는 어린아이였기 때문이란 이유도 아니다. 당시의 내가 가장 납득할 수 없었던 것은, 아버지나 남편이라면 어떨지 몰라도 자기 자식에게까지 그런 사상을 적용하는 그 여성, 어머니의 마음을 정말로 이해할 수 없었기 때문이다.

다만 지금 와서는 호랑이보다 더욱 혹독하고 악랄한 정치형태가 있음을 알아 버렸으므로 그녀의 마음을 전혀 이해할 수 없다고는 할 수 없지만, 그래도 어딘지 모르게 납득이 안 되는 기분은 여전히 남아 있다.

"그러니까 가호라는 것은 단순히 '가혹한 정치는 호랑이보다도 무섭다'를 약칭해서 가호인 것이 아니라 **'가혹한 정치보다도 무서운 호랑이'**라는 의미의, 호랑이를 넘어선 호랑이로서의 '가호'가 아닐까 하고 생각하는데… 어떻게 생각해?"

그렇게.

나의 가설을 듣고서 전화 너머의 센조가하라는 잠시 묵묵히 있다가 [글쎄?]라며 부정적인 반응을 했다.

그것도 노골적으로 부정적으로.

[어쩐지 그 가엔이란 사람의 입맛대로 유도되는 기분도 드는데. 이야기만 들어 보면 하네카와가 이름 붙인 게 아니라, 아무리 생각해도 그 사람이 이름 붙인 거잖아.]

"응. 뭐, 그렇지만."

그 부분은 설명하기 어렵다.

가엔 이즈코라는, 오시노 씨의 선배라는 그 사람의 사람됨을 말로 설명해서 이해시킬 수 있을 것 같지는 않다. 직접 보고, 만나고, 이야기한 나조차도 잘 알 수 없다는 것이 솔직한 심정이다.

설명이 가능할 리 없다.

다만 그 사람에게 나를 유도해야만 하는 확실한 이유는 없었을 것이다. 예를 들면 파이어 시스터즈를 유도해 보인 센조가하라 같은 이유는.

그 사람은 나를.

무관계하다며 내쳤다.

[그런 건 알 수 없잖아. 거짓말을 하고 있는 것뿐일지도 몰라. 뭔가 말 못 할 이유가 있을지도 몰라.]

"말 못 할 이유라니."

[참고로 말하는데, 아마도 그 사람은 칸바루의 뭔가일 것이라고 봐.]

"뭐?"

깜짝 놀랐다.

여기서 칸바루 양의 이름이 나올 거라고는 생각도 하지 못했던 것이다.

[확실히 칸바루의 어머니 쪽 성이 '가엔' 이었을 거야. 중학교 시절에 들은 적이 있어. 칸바루 본인은 옛날에 가엔 스루가란 이름이었다고 했었어. 참고로 어머니의 이름은 토오에遠江. 본인에게 물어볼 때까지는 단정할 수 없지만, 관계가 없다든가 우연이라든가 먼 친척이라고 하기에는 너무 절묘하다는 기분이 들어.]

"그렇구나…."

스루가, 토오에, 그리고 이즈가 되면, 관련성을 의심하지 않는 쪽이 이상하다*.

그렇게 흔한 성도 아닌 것 같고.

※스루가 · 토오에 · 이즈 : 토오에(遠江)는 시즈오카 현 서부를 뜻하는 옛말인 토오토우미(遠江)와 같은 한자를 쓰며, 시즈오카 현에는 스루가(駿河) 만과 이즈(伊豆) 반도가 있다.

즉.

[칸바루가 지닌 원숭이의 손도 원래 어머니에게 물려받은 것이라고 했었어. 내가 보기에는 수상쩍어. 그 가엔이란 사람.]

"응. 물론 나도 수상쩍지 않다고는 하지 않았어."

그건 진심으로 그렇게 생각한다.

어쨌든 그 에피소드 군을 턱으로 부리는 느낌이었기 때문이 아니라, 또한 여러 가지를 척척 맞혀 댔기 때문도 아니라.

…뭐든지 알고 있다.

그 대사다.

그 대사가… 마음에 박혀 있다.

가시처럼.

말뚝처럼.

[그리고 보니 '가엔' 에는 불을 끄는 사람*이란 의미가 있었지. 그렇다면 너희 집 화재도 학원 옛터의 화재도, 그 사람이 범인이라고 해도 되지 않을까? 뭐랄까, 반대로.]

"아니, 아니."

뭐랄까, 반대로… 라니.

좋지 않아, 좋지 않아.

"그리고 보니 말인데, 센조가하라. 저기, 칸바루 양에게 연락은 해 봤어?"

학원 옛터가 전소된 것도 조금 전에 내가 알려 줄 때까지 몰랐던

※불을 끄는 사람 : 가엔(臥煙). 에도 시대의 소방수를 지칭하는 말.

센조가하라이지만, 소중한 후배인 칸바루의 안부는 신경 쓰고 있었을 것이다. 꾀병으로 쉬고 있던 몸이다. 얼마든지 시간이 있었으므로 전화를 걸어 봤어도 이상하지 않다.

[응.]

역시나 긍정하는 센조가하라.

과연 대단한 행동력이다.

[하지만 연결되지 않았어. 자동응답 서비스로 넘어가는 것을 보면, 전원이 꺼져 있거나 전파가 닿지 않는 곳에 있기 때문에 연결되지 않는 것 같아. 물론 저쪽에서도 감감무소식이야. 저런 애들이 장래에 명절에도 집에 돌아오지 않는 대학생이 되는 거야.]

"아주 가까운 장래 이야기네."

게다가 묘하게 생활감이 묻어나는 예상이다.

하지만 그 두 사람, 본가에서 나가려나?

특히 아라라기 군.

여동생들이 내보내 줄 것 같지 않다는 기분이 든다. 하숙하겠다는 얘길 꺼냈다간 〈미저리〉에서처럼 감금당할 거라는 기분이 든다.

[뭐, 아라라기 군과 칸바루가 제대로 합류할 수 있었다면 큰일은 없을 거라고 생각하지만…. 하지만 어떨까? 그렇게 되면 가엔 씨가 이 마을에 온 이유는 칸바루와 얽혀 있을 가능성이 높아 보이네. 즉 아라라기 군과 그 뱀파이어 하프 꼬마가 재회, 그리고 재대결을 벌일 가능성도 생기나…. 하아.]

뭐 하고 있는 거야, 그 남자, 라며 센조가하라는 한숨을 쉬었다.

으음, 위로할 말을 못 찾겠다.

그 두 사람에 대해서는 나도 물론 생각하는 바가 있지만, 입장 상으로는 센조가하라 쪽이 괴로울 것이라고 생각한다.

"뭐, 그건 됐어."

그러나 그녀는 그 부분을 꾹 참고, 하고 싶은 많은 말들을 삼킨 듯했다.

이 부분의 인내력은 행동력에 필적할 정도로 굉장하다.

2년도 넘게 괴이와 계속 접해 왔던 그녀이기에 가능한 일이라고 말할 수 있겠지.

[나, 포기하는 건 잘 못하지만 기다리는 건 잘해. 여기서는 어른 스럽게, 성인 여성으로서 그들의 귀환을 기다리도록 하겠어.]

"오오…."

[돌아오면 혼내 줄 거야.]

"오오?"

어른스럽지 못하지 않아?

아무래도 아라라기 군과 칸바루에게는 지금 처해 있을 곤경을 벗어난 뒤에도 또 하나 넘어야 할 곤경이 생길 것 같다.

[그건 접어 두고, 이쪽 문제지. 하던 이야기로 돌아가자.]

그렇게 말하는 센조가하라.

[저쪽도 큰일일지도 모르지만 이쪽도 큰일이야. 가호라고 했던 가? 만일 용기를 내서 그 가엔 씨를 믿어 본다고 해도.]

'만일'을 강조하는 그녀의 조심스러움은, 예전에 다섯 명의 사 기꾼에게 속았다는 경험에 근거하고 있는 걸까. 그러고 보니 그녀

를 속인 사람 중 한 명인 카이키 데이슈 역시 오시노 씨와 마찬가
지로 가엔 씨의 후배가 되는 것이었다.

[나로서는 가호라고 들으면 past, 일본어로 가호와 발음이 같은
과거過去를 떠올리게 되는데 말이야.]

"옛날이란 의미?"

[응. 불의 호랑이라고 쓴 화호*보다는 그럴듯하지? 트라우마 같
은 의미도 포함해서 말하자면.]

"트라우마?"

[어머, 뭐람. 생각해 보니 일본어로 호랑이를 뜻하는 '토라' 하고
발음이 비슷해서, 이건 이것대로 말장난이 되어 버리네.]

이런 일이 흔히 있지, 라며 센조가하라는 부끄러운 듯 말했다.

그녀는 그런 말장난을 평소에도 전혀 거리낌 없이 하고 있었다
는 기분이 들지만, 오히려 더할 나위 없이 사랑하고 있었다는 기분
이 들지만, 그래도 일부러 그렇게 말했다고 여겨지기는 싫은 모양
이다.

다만, 확실히 말하고자 하는 바는 알겠다.

과거와… 가호인가.

[…하지만 웃고 있을 수만은 없네.]

아무도 웃지 않았지만, 센조가하라는 과도하게 진지한 말투로
말했다.

[네이밍은 치워 두고, 신종 괴이인지 뭔지도 일단 치워 두고, 그

※화호(火虎) : 가호(苟虎), 과거(過去), 화호(火虎)의 일본어 발음은 '카코(かこ)'로 모두 같다.

건 상당히 실질적인 위기를 동반한 괴이 아냐? 그래. 나의 게나 마요이의 달팽이와는 달리 지향이 내부가 아니라 외부로 향하고 있는, 말 그대로 칸바루의 왼팔과도 비슷한…]

"어? 무슨 얘기야?"

[무슨 얘기냐니…. 네가 그걸 모를 리 없잖아.]

센조가하라는 어이없다는 듯이 말했지만 나는 정말로 알 수 없었다.

센조가하라는 뭘 말하고 있는 거지?

나는 그저 가엔 씨가 알려 준 가호라는 나의 명명(구조가 약간 복잡하지만)이, 외부에서 보면 어떤 식으로 생각되는지를 듣고 싶어서 전화해 본 것뿐이다. 그것에 대해서 센조가하라가 상당히 부정적이었으므로, 오히려 나는 냉정해진 느낌이지만.

[아니, 아니. 그런 게 아니라. 하네카와의 집과 학원 옛터가 이렇게 연속으로 화재를 당했잖아?]

"응, 맞아. 뭐, 그것들하고 호랑이를 만난 것을 관련지을 증거는 유감스럽게도 지금은 없지만…."

[그곳에 관련성이 있는지 어떤지는 상관없어. 다만 그 두 곳에는 하네카와가 잘 알고 있는 장소라는 매크로macro한 장기적인 공통점 이외에도 또 하나, 아주 미크로micro한 단기적인 공통점도 있잖아?]

"어?"

여기까지 듣고도 아직 알 수 없었다.

아니, 사실은 알고 있을 것이다.

그저 나는.

눈을 돌리고 있는 것이다.

"그러니까 그건 내가 그날 호랑이를 본 직후에 화재를 당했다는…."

[그게 아니라, 이건.]

센조가하라는 말했다.

말하기 껄끄러운 듯했지만—사실은 말하지 않은 부분을 내가 깨달아 주길 원했을 테지만—똑똑히 말했다.

[네가 직전에 잠자리로 삼았던 장소가 연속으로 불탔다는 얘기잖아.]

"……!"

[즉 이대로라면, 우리 집도 아라라기 군의 집도 오늘 밤에 불타 버릴지도 모르는 것이 아닐까?]

쿨하게 말했지만 그것은 확실히.

더할 나위 없을 정도로 실질적인 위기였다.

058

내가 센조가하라에게 전화를 건 것은, 그 공원 벤치에 앉은 뒤였다. 참고로 이 공원은 아라라기 군이 마요이와 처음으로 만났던 장소이기도 하다.

또한, 그러고 보니 아라라기 군과 센조가하라가 사귀게 된, 그런 의미에서도 그들에게는 그 학원 폐건물 이상 가는 추억의 장소가 되겠지.

다만 나에게는 각별한 애착이 없는 평범한 집 근처의 공원일 뿐이고, 옛날부터 산책하던 산책코스 도중이므로 여기서 전화를 건 것에 그리 깊은 이유는 없다.

불탄 하네카와 가의 집터를 봐 두려고 생각하고 도서관에서 이 근처까지 오기는 했지만, 막상 가까이 와서 생각하니 무서운 기분이 들어서 먼저 센조가하라에게 전화하기로 했던 것이다.

그것도 역시 무서움을 느꼈다기보다는 눈을 돌렸다는 것일지도 모르겠지만, 이미 나는 뭐가 어떻게 눈을 돌리는 행동이라는 것인지 잘 알 수 없게 되어 버렸다.

혼란스러워한다기보다는.

곤혹스러워하고 있다.

실제로 센조가하라에게 생각지도 못한 지적을 받았는데, 그것도 확실히 그녀가 말한 대로 들을 것도 없이 깨달아도 좋았을 일이었다고 생각한다.

하네카와 가를 '내가 직전에 잠자리로 삼았던 장소'로 생각하는 것에는 약간 발상의 비약이 필요하겠지만(자택이니까 잠자리로 삼는 것은 너무나도 당연하므로 그 정의에는 좀처럼 이를 수 없을 것이다), 그래도 적어도 학원 옛터의 폐허에 대해서 나는 '어제 묵었던 곳인데'라고 생각했었다.

내가 묵었으니까 불탔다… 라고 생각하지는 못하더라도 만약 하루라도 어긋났으면 나는 불타 죽었을지도 모른다, 같은 두려움을 느껴도 괜찮았을 것이다.

그렇지만 전혀 그런 발상을 하지 않았다는 것은, 상상력의 결여라기보다는….

…눈을 돌리고 있다.

현실에 등을 돌리고 있다.

그런 것일지도 모른다.

그런 것이겠지.

물론 그렇다고 해서 센조가하라의 지적을 그대로 받아들일 수는 없다. 그리 쉽게 따를 수 없다. 그 결론을 내기에는 역시나 데이터가 너무 부족하다.

단 두 건의 샘플로는 논리적인 결론을 이끌어 낼 수 없다.

하지만 그렇다고 해서 세 건, 네 건째의 샘플을 기다리고 있을 수도 없다.

센조가하라와의 통화를 끝낸 뒤, 나는 다시 각오하고 자택의 화재현장으로 향했다. 다만 뭔가 있을 거라고 생각한 그곳에는 아무것도 없었다.

다시 한 번 말하지만.

어이없을 정도로 아무것도 없었다.

지금은 구경꾼 한 사람도 없는, 15년 전부터 계속 그랬던 것 같은 허허벌판이었다. 범죄 현장처럼 테이프나 펜스가 둘러쳐지지도 않은, 말하자면 그냥 공터였다.

아무것도 없고… 아무것도 느껴지지 않는다.

이 '느껴지지 않는다'라는 감각조차도 지금의 나는 간단히 믿을 수 없지만, 그러나 나는 땅에 살고 있었던 것이 아니라 집에 살고 있었으므로 절반 정도는 이 감각을 믿어도 괜찮을 거라고 생각한다.

그렇다, 여기에는 확실히.

아무것도 없다.

"……."

너무 오래 빤히 보고 있으면 주목을 받게 될지도 모르므로, 나는 그 자리에는 1분 정도밖에 머물러 있지 않고 재빨리 이동하기로 했다.

[네가 직전에 잠자리로 삼았던 장소가 연속으로 불탔다는 얘기잖아. 즉 이대로라면, 우리 집도 아라라기 군의 집도 오늘 밤에 불타 버릴지도 모르는 것이 아닐까?]

센조가하라의 그런 걱정은 화재 현장을 보기 전에도 본 후에도, 역시 억지스런 느낌은 부정할 수 없었다. 그런데 그 말을 듣고서 한 가지 떠오르는 사례가 있었다.

채소가게 오시치*의 이야기다.

큰 화재를 겪은 뒤에 만난 남성과 사랑에 빠지고, 사랑하는 그 사람과 다시 만나기 위해서 이번에는 스스로 집에 불을 질렀다는 그녀…. 열기가 아니라 한기가 느껴지는 오싹한 발상이지만, 그 정

※채소가게 오시치(八百屋お七) : 에도의 대화재로 집을 잃고 절로 피난한 채소가게 딸 오시치는, 절에서 만난 심부름꾼 소년과 사랑하는 사이가 되었다. 집으로 돌아가게 된 후로도 소년을 그리던 오시치는, 집이 불타면 다시 절로 피난을 가게 되어 소년과 만날 수 있다는 생각에 집에 불을 질렀다가 붙잡힌다. 당시 방화는 중죄여서 오시치는 사형장에서 화형으로 생을 마감한다. 이 이야기는 이후 노래나 가부키 등으로 만들어졌다.

념은 말하자면 일반적인 연심이라는 느낌도 든다.

오시치가 병오년에 태어났으니 병오년에 태어난 여성은 기가 세다는 이야기는 괴이담보다는 미신의 영역… 아니, 편견일 뿐이겠지.

그런 마음은 누구나 동등하게 갖고 있으니까.

누구에게나 해당되는 별자리 점이다.

다만 이 경우에는 병오丙午, 일본어로 히노에우마라는 단어가 의미 깊다.

아니, 의미 따위 없다는 건 알고 있다.

우마馬.

즉, 일본어로 말이란 뜻인 우마란 발음이 들어 있다.

트라우마라는 단어를 센조가하라는 말장난으로 생각했는지 부끄러워하고 있었지만, 괴이담 같은 것은 대개 말장난으로 성립되는 법이며, '불을 본 말은 미친다' 라고 풀어 이야기하곤 하는 히노에우마도 그것은 마찬가지다.

호랑이란 뜻의 토라와 말이란 뜻의 우마를 연결하여 토라우마… 트라우마.

Trauma. 심적 외상.

"가능성만으로 말하면 여러 가지 생각할 수 있지. 아직 결론은 내릴 수 없어."

다만 결론은 보이기 시작한 듯 생각되기도 한다.

문제는 내가 그 결론과 마주할 수 있는가 어떤가이다. 설령 그것이 억지스런 걱정이라도, 센조가하라의 연립주택이나 아라라기 군의 집이 불타 버릴 가능성을 시사해 버리면 나로서는 초조함을 느끼지 않을 수 없다.

그렇다.

이제 결판을 내야만 하는 것이다.

화재를 둘러싼, 나를 둘러싼 이 이야기에.

"…저기, 실례하겠습니다."

하네카와 가(흔적)에서 아라라기 군의 집까지는 버스를 타도 될 정도의 거리였지만, 결국 나는 교통기관을 사용하지 않고 자기 발로 걸어서 돌아왔다.

열쇠를 따로 받아 두고 있어서 인터폰을 울리지 않고도 들어올 수 있지만(신용해 주고 있다), 역시나 꺼려진다. 자기 집이라고 생각하라는 말을 들어도 그렇게 행동할 수 없었다.

자기 집처럼… 이라니.

자기 집 같은 거, 나는 모르니까.

그러기는커녕 나는.

자신을 모른다.

애초에, 만약 내가 잠자리로 삼은 장소가 차례차례 불타는 구조가 되어 있다면 나는 더 이상 아라라기 군의 집에 돌아와서는 안 될지도 모르지만, 그러나 그렇다면 이미 하룻밤 자 버렸으므로 이미 때가 늦었다. 그렇다면 돌아가도 괜찮을 거라고, 이상한 이론이 내 안에서 성립되고 있다.

…그러나.

다만 숙박처로 돌아갈 뿐인데도 그것에 이유를 찾는 나 자신의 빈곤한 마음에, 조금이지만 죽고 싶어진다.

"어서 와~, 츠바사 씨. 늦었네~. 어디 들렀다 왔어?"

신발을 벗고 있는데 거실에서 나온 카렌이 맞아 주었다. 어서 와, 라고 말해도 대답할 말이 없어서 곤혹스럽지만.

"잠깐 근처의 공원에 들렀다 왔어."

"흐음."

"아라라기 군에게 연락은 있었어?"

"전혀 없더라구. 그 오빠, 방탕함에도 정도가 있어. 돌아오면 걷어차 날려 버릴 거야. 있는 힘껏."

그렇게 말하며 실제로 발차기 동작을 해 보이는 카렌.

쓸데없이 화려한 이단차기다.

아무래도 아라라기 군은 지금 관련된 사건을 해결하고 설령 무사히 돌아온다고 해도 그 뒤에 넘어야 할 곤경이 한두 개가 아닐 듯 보였다.

아니, 남의 일처럼 이야기할 상황은 아니다. 전혀 아니다.

나도 아라라기 군에게 한마디 할 수 있도록.

자신의 문제를 해결해야만 한다고 강하게 생각한다.

돌아올 수 있는 곤경을.

준비해 주고 싶다.

"뭐, 어떻게 되든 상관없는 그런 오빠는 어떻게 되든 상관없어. 츠바사 씨, 기다리고 있었다구. 목 빠지게 기다리고 있었다고 말해도 과언이 아냐. 아니면 기다리다 지쳤다고 말해야 할까?"

"별로 의미가 다르지 않은데?"

"츠키히도 돌아와 있으니까 뭔가 게임을 하며 놀자. 이미 거실 테이블에 트럼프를 준비해 뒀어."

"트럼프?"

텔레비전 게임 같은 게 아니구나.

어쩐지 의외다.

"아, 하지만 미안해, 카렌. 나, 방에서 생각하고 싶은 게…."

"괜찮아, 괜찮아."

제안을 거절하려고 하는 나의 팔을, 카렌은 억지로 잡고 거실로 연행하려고 했다.

"괘, 괜찮다니…."

"생각 같은 건 안 하는 게 좋다구, 인간은."

"뭐야, 그거?! 무슨 이론이야?!"

"이론 같은 건 그냥 머리가 아파질 뿐이잖아. 인간은 생각하는 갈대라고들 하는데, 생각하지 않는 갈대가 나쁘다고 누가 정한 거야."

"대범한 의견이다!"

하지만 생각하지 않는 갈대는 그냥 갈대 아냐?!

그냥 갈대라도 괜찮은 거야?!

"자, 얼른얼른. 나에게 저항할 수 있을 거라 생각하지 마~."

"잠깐. 알았어, 알았어. 그러니까 벗게 해 줘, 신발 좀 벗게 해 줘! 할게, 트럼프 할게!"

"와~아!"

만세를 하는 카렌.

정말 천진난만하다.

생각하고 싶은 것이라기보다는 생각해야만 하는 것이 있는 나에게 카드 게임을 즐길 시간 따윈 정말로 없지만, 그러니까 아무리 억지로 청해도 그런 시간은 없다고 거절했어야 할지도 모르지만, 그러나.

그러나 그렇게 하지 않은 것은 혼자서 생각하는 것의 무의미함 또한 뻔했기 때문이다. 생각하지 않는 갈대가 나쁘다고 누가 정했냐는 카렌의 의견에 동의하는 것은 아니지만.

그냥 갈대는 싫다.

하지만 생각하는 나와 생각하지 않는 나도 똑같이 싫다. 왜냐하면.

생각하고.

생각하고 생각해서 어떤 것을 깨달았다고 한들, 나는 그 깨달은 것이 자신에게 좋지 않은 것일 경우 눈을 돌리고, 마음에서 잘라 내 버리고, 결국 잊어버리고, 궁극적으로는 생각조차 하지 않게 되어 버릴지도 모르니까.

그렇다면 조금 전에 센조가하라가 그렇게 해 준 것처럼 대화 중에, 이야기 중에 힌트를 얻는다는 방식이 재치 있는 방식이라는 견해도 가능하다.

중학생인 카렌이나 츠키히를 말려들게 해서는 안 된다는 생각도 작용했지만, 이미 폐를 끼치고 있는 현재 상황에서 어설픈 배려는 역효과이고…. 무엇보다 화재에 관련된 상의를 할 거라면 어떤 의미에서 그녀들 이상으로 어울리는 상대는 없지 않을까.

어쨌든 그녀들은 츠가노키니 중학교의 파이어 시스터즈.

그 이름 안에 불이 깃들어 있는 두 사람이니까.

059

"불? 불이란 단어에서 연상되는 거? 그런 건 빤하잖아. 내 가슴에 깃든 뜨거운 마음이지."

카렌은 내 질문에 약간 멋 부린 표정을 짓는 느낌으로 대답했다. 그 망설임 없는 말투로 보면 지금까지 몇 번이나 대답해 온 질문일지도 모른다.

상상 이상으로 빠른 대답이었다.

기분 상으로는 거의 질문하기 전에 대답을 들은 느낌이다.

"즉 한마디로 말하면 정열이란 얘기지."

"흐음….'

트럼프라고 해서 포커나 블랙잭이나 시치나라베七竝べ 같은 게임을 하는 건가 생각했는데, 츠키히가 제안한 것은 예상 외로 셋이서 각자 트럼프 타워를 만드는 놀이였다.

열 세트 준비된 트럼프를 다 같이 사용해서 가장 빨리 가장 높은 트럼프 타워를 완성시킨 사람이 승리한다는 룰이다.

미안한 이야기지만, 이 놀이는 즐겁지 않다.

나무블록 쌓기 놀이에 가까운 느낌이고, 그러면서도 창조성이 전혀 없다.

적어도 많은 사람이 함께할 만한 놀이는 아니라고 생각하는데…
이게 세대 차이라는 걸까?

그렇지만 어디까지나 이 자리는 셋이서 트럼프로 놀기 위한 시
간이므로 건성으로 하지도 못하고, 나는 트럼프로 삼각형을 만들
면서 잡담의 형식을 가장해서 두 사람에게 질문을 했다.

"그렇다면 불꽃이란 단어에서 연상되는 건?"

"뜨거운 정열이 더욱 뜨겁다는 거지."

카렌은 단언했다.

역시 망설임이 없다.

"정의. 한마디로 말하면 정의겠네."

"으음, 그렇구나."

나는 어정쩡하게 고개를 끄덕였다.

대조적이라고 말해도 좋은, 망설임을 담아서.

적어도 지금의 내 심경으로는 도저히 동의할 수 있는 이야기가
아니었기 때문이다.

"그래서 카렌하고 츠키히는 파이어 시스터즈란 이름을 내걸고
있는 거야?"

"그래!"

힘차게 말하는 카렌.

"파이어 시스터즈란 즉 정의의 자매라는 뜻이지!"

"정확히 말하면 전혀 다르지만."

그 힘찬 카렌의 대사를 옆에 앉아 있던 츠키히가 간단히 부정했
다.

웃는 얼굴로 부정했다.

정말이지 가차 없다.

"우리가 파이어 시스터즈라고 불리는 건 그냥 두 사람 다 이름에 불 화火 자가 들어 있기 때문이에요. 정말로 별것 없어서 미안하지만. 초등학생 때부터 그렇게 불렸어요. 둘이서 정의 활동을 하기 전부터."

"그랬던가?"

고개를 갸웃거리는 카렌.

기억이 확실하지 않은 모양이다.

뭐, 대충 그렇겠지만, 발할라 콤비처럼 스스로 붙인 것이 아닌 만큼 아직 괜찮은 건지도 모른다.

"참고로 나는 '불'이라든가 '불꽃'이라는 말에서는 사랑이 떠올라요."

"사랑."

확실히 그렇다.

실제로 채소가게 딸 오시치의 이야기도, 이야기로서는 다소 일탈해 있기는 해도 역시 사랑이 기초가 되어 있을 테고…. '불타는 사랑'이라는 표현도 있고.

……

그렇다기보다 츠키히, 엄청난 스피드로 트럼프 타워를 쌓아 올려 가네. 정밀작업에 너무 뛰어나다.

겉으로 티가 나지 않지만, 아주 뛰어난 집중력의 소유자인 것 같다.

사실 이 '불'에서 시작된 연상 게임은 공원에서 돌아오는 내내 혼자서 하고 있었다. 하지만 혼자서 할 때에는 아무런 수확도 없었다.

'빨강'이라든가 '열'이라든가 '문명'이라든가, 아무래도 엉뚱한 것밖에 떠오르지 않는 것이었다.

인간 한 사람이 생각할 수 있는 패턴에는 한계가 있으니까 수확이 없었다—나는 상상력이 결여되어 있으니까—라는 그런 일반론 같은 이유로 수확이 없었던 것은 아닐 것이다.

나는 아마도 의도적으로 결정적인 단어를 피해서 생각하고 있다.

힌트를 피해서 사고를 진행하고 있다.

그렇기에 그대로 혼자서 숙고하는 것이 아니라, 카렌이나 츠키히와 놀면서 답을 찾아 가는 방식을 취한 것인데.

"사랑이라…."

그것은 뭐, 내 머릿속에서는 '불'에서 연상할 수 없었던 단어지만—오시치를 염두에 두면서도 생각하지 못했던 단어지만—정의와 마찬가지로 별로 와 닿지 않는다.

아무래도 핀트가 어긋나 있는 기분이 든다.

"응."

그런 나에게 츠키히는 귀엽게 고개를 끄덕였다.

"저기 말야, 하네카와 씨는 모를지도 모르지만 파이어 시스터즈는 정의 활동뿐만 아니라 연애 상담 같은 것도 받고 있어요."

"그래?"

아라라기 군이 '정의의 사자'로서의 측면만을 강조하고 있어서 그게 메인이라고만 생각하고 있었는데, 생각해 보면 이 두사람은 이 동네 여중생들의 얼굴 격인 입장이므로(그건 정말 굉장하다고 생각한다), 그렇다면 오히려 그 활동 쪽이 메인이란 기분도 든다.

"응. 오빠의 연애 상담도 받아 준 적이 있을 정도예요."

"어? 아라라기 군의?"

그렇구나.

여동생에게 연애 상담 같은 것을 했었구나, 아라라기 군….

그건 좀 많이… 별로네.

"오~. 그리고 보니 뭔가 있었지, 그런 일이. 5월쯤이었던가?"

츠키히의 대사를 받고 카렌이 기억을 더듬어 보듯이 말했다.

"좋아한다는 것은 어떤 것인가 라는, 그런 풋내 나는 질문을 받은 기분이 들어."

"오호…. 그건 즉, 센조가하라에 대한 일로 카렌이나 츠키히에게 상담했던 걸까?"

카렌의 기억이 얼마나 정확한지는 제쳐 두고라도, 5월 무렵이라면 그렇겠지.

그 두 사람은 어머니의 날에, 조금 전에 들렀던 공원에서 사귀게 되었으니까. 처음에 나는 착각해서 훨씬 전부터 사귀고 있다고 생각해 버렸지만.

…응?

뭐지, 이 부자연스러운 감각은?

기억이 날아갔다…기보다 사고가 우격다짐으로 닫힌 듯한, 재빨리 그럴싸한 결론으로 건너뛰어 버린 듯한 안이한 감각.

나는 지금 또 무언가로부터 눈을 돌린 건가?

"으음. 어땠더라? 이미 꽤 오래 전이라서 오빠가 무슨 소리를 했는지는 잊어버렸어요. 우리들이 뭐라고 대답했는지도."

츠키히가 태연히 매정한 소리를 했다.

그러나 그 어조를 보니, 잊었다기보다도 얼버무렸다는 느낌도 든다.

…그렇다기보다, 카렌과 달리 츠키히 쪽은 내 질문에 대해서 어쩐지 미심쩍게 여기는 표정을 짓고 있다… 까지는 아니어도 이상하게 여기는 듯한 분위기가 있다.

헤아리고 있는 듯한.

그럴 만하다고 할까. 하긴 집이 화재로 불타 버린 사람이 '불이라는 단어에서 무엇을 연상하는가' 라는 질문을 하면, 아무리 참모 담당이 아니어도 부자연스러움을 느끼겠지.

"분노도 '불' 이라는 느낌이지만, 그것은 카렌이 말하는 정의와 통하는 거겠지. 카렌에게 정의란, 분노니까."

"맞아!"

카렌이 다시 힘차게 말했다.

너무 힘이 넘치는 바람에 카렌이 만들던 트럼프 타워가 무너졌다(겨우 2단째였지만).

참 별난 블록 무너뜨리기도 다 있다.

"즉 분노가 불꽃이고 정의야!"

"어느 쪽이 됐든 '뜨거운 기분' 이라고 이해하고 있다는 얘기가 되려나. 나하고 카렌은."

"뜨거운 기분….."

으음.

뭐, '차가운 정의'나 '얼어붙은 사랑' 같은 것은 '수술대 위에서의 재봉틀*' 같은 표현과 가까운 느낌이니, 적어도 츠키히가 하는 말은 카렌의 말보다는 이해가 가지만.

내 안에 '뜨거운 마음' 같은 게 있을까?

뜨겁다… 뜨겁다… 뜨거움… 안 되겠다.

아무래도 엇나가는 기분이 든다.

"아니, 어느 쪽이 됐든, 이라니. 무슨 소리야, 츠키히. 뜨거운 마음이 곧 정의잖아."

츠키히의 말을 물고 늘어지는 카렌.

아무래도 정의에 보다 강하게 경도되어 있는 것은 카렌 쪽인 듯하다. 얼핏 연하의 츠키히 쪽이 활동에 열중하고 있을 것 같지만, 굳이 말하자면 그녀가 언니를 상대해 주고 있는 듯한 관계 같다.

뭐, 언니가 여동생에게 영향력을 가진다는 구도는 알기 쉽다. 나에게는 자매가 없으니까 그 알기 쉬움도 알기 어렵지만.

"응, 그러네."

그래서일까, 우선 카렌에게 그렇게 동의해 보았더니.

"하지만 말이야, 카렌. 미즈도리 군에 대한 카렌의 마음은 정의

※수술대 위에서의 재봉틀 : '수술대 위에서의 재봉틀과 우산의 우연한 만남처럼 아름다운'. 19세기 프랑스의 상징주의 시인인 로트레아몽의 유명한 시의 한 구절. 초현실주의 문학에 커다란 영향을 끼쳤다.

는 아니지만 뜨거운 마음이잖아?"

츠키히가 그렇게 말했다.

"으음. 뭐, 그렇지. 미안, 내가 착각했어."

사과했다.

이상하게 솔직했다.

아라라기 군이 걱정하는 것도 이해가 될 정도의 이해력이다. 이래서는 카이키 씨에게 마음대로 휘둘리고 속는 게 당연하다.

어, 하지만 미즈도리 군이라니?

"카렌의 남자친구."

물어보니 츠키히는 감추지 않고 알려 주었다.

"참고로 내 남자친구는 로소쿠자와 군."

"…어? 어라? 두 사람 다 남자친구가 있어?"

그거야말로 처음 듣는 얘기다.

깜짝 놀랐다.

"아라라기 군에게 그런 얘긴 들은 적이 없는데."

"아아. 오빠 안에서 그 두 사람은 없는 존재가 되어 있으니까."

카렌이 그렇게 말했다.

과연, 간단해서 알기 쉽다.

아라라기 군답다고 하자면 아라라기 군답다. 이러쿵저러쿵해도 그는 두 여동생을 끔찍이 아끼고 있으니까.

발언의 구석구석에서 그것이 느껴지고, 카이키 씨가 카렌을 속였을 때에 그가 격노한 모습은 말로 다 형용할 수 없었고 말이야.

정말, '오빠'구나.

"참고로 어떤 사람이야?"

그렇게.

그 부분을 캐내 봤자 현재의 문제와는 아무런 관련도 없어 보였지만, 단순히 파이어 시스터즈의 남자친구란 남자아이에게 흥미가 있었으므로 나는 물어보았다.

그러나 그 대답이,

"오빠 같은 녀석."

"오빠 같은 사람."

이었기 때문에 물어본 것을 후회했다.

이 남매, 역시….

하지만 뭐, 그것이 만약 사실이라면 아라라기 군이 '없는 존재'로 삼고 싶어 하는 것도 어쩔 수 없을지 모르겠네. 틀림없이 동족 혐오에 시달리고 있을 테니까.

아라라기 군이 파이어 시스터즈의 활동에 부정적인 것도 틀림없이 동족 혐오, 더 나아가서는 자기혐오에 가까운 것이 있음은 확실하다.

그렇다.

그는 망설이면서, 후회하면서 싸우고 있다.

"참 곤란하지."

그렇게 카렌이 곤란하다는 듯 고개를 흔들었다.

"어떻게든 해서 오빠의 공인을 얻고 싶은데, 어째서인지 오빠는 미즈도리 군과도 로소쿠자와 군과도 만나 주지 않아. 그런 부분이 쪼그맣다고 할지."

"그렇지. 그런 주제에 자기는 약삭빠르게 센조가하라 씨를 우리들에게 소개했으니까 정말 깍쟁이라니까."

"아하하. 귀엽잖아."

미안하지만 정말로 난처하다는 듯한 카렌과 츠키히를 보고 있으려니 조금 재미있어서, 나는 현재 내가 처한 상황도 잊고 웃어 버렸다.

순수하게 웃어 버렸다.

"이러니저러니 해도 요컨대 아라라기 군은 귀여운 여동생들을 빼앗기는 기분이라서 그 두 사람을 질투하고 있는 것뿐이잖아? 질투심을 불태우고 있다고 할까…"

움찔, 하고.

자기 말에 섬뜩했다.

질투심을… **불태운다?**

불태운다고?

질투.

아아, 그렇다.

그것도 역시, 명백히, 맨 처음에 연상되어도 괜찮았을 '불'에 연결되는 키워드가 아닌가.

불타는 듯한 질투.

그것은 농담이라고 해도 아라라기 군의 안에 없는 것이라고는, 바꿔 말하면 아라라기 군이 진실에서 눈을 돌리고 있던 것이고… 나와 마찬가지다.

그 부분만큼은 똑같다.

눈을 돌리고.

현실에서 눈을 돌리고 있다.

그것이 무엇에 기인하는가 하면, 사람의 가장 강한 감정 중 하나이자 일곱 가지 죄악 중 하나로도 알려져 있는… 바로 질투가 아닌가.

뜨거운 마음, 몸을 타게 만들 듯한 질투.

그러니까 질투심을… 불태우고 있다.

눈을 돌릴 방법이 없을 정도로 갑작스럽게 눈앞에 들이밀어진 진실에 떨린 내 손이, 만들던 트럼프 타워를 덧없이 무너뜨렸다.

060

인간의 뇌를 컴퓨터의 하드 디스크처럼 조작할 수 있다면 좋을 텐데, 하는 생각을 한 적 없는 사람은 아마도 현대 사회에는 없을 것이다.

즉 그것은 어떤 이야기냐면, 잊고 싶은 기억(기록)이 있으면 바로 소거해서 없었던 일로 할 수 있고, 눈을 돌리고 싶은 현실이 있으면 다시 기록해서 트라우마나 공포가 갑자기 떠올라 언짢아지는 일도 없어진다. 그런 두뇌가 있으면 얼마나 훌륭할까! 하는 이야기다.

그리고 어떻게 된 인과인지 나는 그 훌륭한 능력을 가지고 있는 듯했다.

기억을 잘라 내고, 마음을 잘라 낸다.

가까운 사례를 들자면, 오늘 아침 통학로에서 에피소드 군과 이야기했을 때를 생각하면 알기 쉽다. 나는 나라서, 내 나름대로 봄방학 때의 일을 떠올리면서, 무서워하면서도 그와 이야기를 나누었지만 다른 사람이 보면 그런 기행은 또 없을 것이다.

나는 자기를 죽이려고 했던 상대와 환담을 하고 있었던 것이다.

그런 이상한 이야기가 또 있을까?

의외로 말이 통하네, 가 아니다. 만화나 드라마의 등장이라면 모를까, 현실의 인간인 내가 그런 무시무시한 기행을 어떻게 할 수 있을까?

명백히 이상하지 않은가.

본인만이 그것을 깨닫지 못한다.

그러니까… 나는 잊고 있는 것이다.

내장이 찢겨져 나간 순간을 잊고 있는 것은 물론이요(쇼크로 기억이 상실되었다고만 생각했는데, 그렇지 않았던 것이다), 그때 그에게 품었을 공포나 두려움을 잊고 있다.

몸은 기억하고 있어도.

마음이 잊고 있다.

아니, 분명히 몸조차도 잊고 있는 것이다.

그러니까 **그런 일**이 있어도, 하루하루를 건전하게 살아갈 수 있는 것이다. 아라라기 군처럼 하루하루를 후회에 시달리면서 살아가는 일이, 나는 전혀 없는 것이다.

언제부터인지는 알 수 없다.

언제부터 그런, 컴퓨터 같은 일을 할 수 있게 되었는지는 알 수 없다.

다만, 현재 상황으로 추측하건대 내가 **하네카와 츠바사가 되기 전부터,** 철이 들기 전부터 무의식적으로 그렇게 할 수 있었다고 생각하지 않으면 앞뒤가 맞지 않는다.

어째서 그런 편리하기 짝이 없는, 어쩐지 '스킬'이라고 해도 좋을 정도로 괴이 빼치는 능력을 익히게 되었는지는 알 수 없다.

아마도 그 계기가 되는 기억을, 나는 가장 먼저 자신으로부터 잘라 냈다.

별것 아니다. 사와리네코라는 괴이와 만나기 전부터 나는 괴이 같은 존재였던 것이다. 누구보다도 요괴 같은 것이 바로 나. 요괴는 어디까지나 계기에 지나지 않는다는 오시노 씨의 말이 새삼스럽게 내 몸을 짓눌러 온다.

아니, 사와리네코 같은 건 사실은 없는지도 모른다.

그런 게 아니라 블랙 하네카와는 옛날부터 줄곧 내 안에 있었는지도 모른다.

그리고 어쩌면.

가호도.

아무리 잊었다고 생각하고 없었던 일로 하더라도 과거가 언제까지나 인간의 삶에 따라붙듯이.

들러붙어 있는지도 모른다.

언제까지나 계속될지도 모른다.

오시노 씨는 스무 살을 기준으로 했지만, 그러나 그런 기준조차도 의지가 된다고는 생각하지 않는다. 적어도 내가 바라는 한.

내가 나인 채로 있는 한.

영원히… 나는.

나인 채로 계속 있을 수 있을지도 모른다.

셜록 홈스가 죽는 것도 허락받지 못하고 은퇴한 뒤에도 어쩔 수 없이 활약하게 되었던 것처럼… 계속된다.

계속될지도 모른다.

계속되겠지.

…하지만 이제 끝이다.

끝으로 하자.

끝으로 하는 수밖에 없다. 한계다.

15년간, 혹은 18년간 계속 그렇게 해 올 수 있었던 게 이상하다.

속고 속이기도 이만한 게 없다.

결국 그런 말도 안 되는 짓을 계속해 올 수 있었던 지금까지가 이상한 것이다. 끝에 이르게 되면 파탄날 수밖에 없다.

여기까지 와서 얼버무릴 수 없게 된 것이다.

한계인 것이 아니라, 종점이다.

나는 그 뒤에도 아라라기 자매와 트럼프 타워 만들기에 매진하고(결국 츠키히의 승리였다. 괜찮은 상황까지는 갔지만, 나는 도무지 탑을 쌓아 올릴 수 없었다. 하네카와 씨도 할 수 없는 게 있구나, 라고 츠키히가 말했다), 일에서 돌아온 아라라기 군의 부모님과 같이 저녁을 먹고, 그 뒤에 2층 아라라기 군의 방으로 혼자 들어갔다.

아직 이틀째인데도 묘하게 익숙한 기분이 드는 것은 역시 이곳이 아라라기 군의 방이기 때문일까.

우선 예의 나쁘게, 교복차림으로 침대에 푹 쓰러지며 베개에 얼굴을 묻었다.

"후우…."

나는 맥 빠진 소리를 냈다.

기운이 빠졌다…는 건 아니다.

오히려 긴장된 기분이다.

"더 이상 만날 수 없을지도 모르겠네…. 아라라기 군하고는."

하지만 그것도 어쩔 수 없겠지.

왜냐하면 만약 내 추리가 옳다면—옳겠지만—**아라라기 군이 없는 지금이기에 가호가 이 마을에 나타날 수 있었으니까.**

그리고 5분 정도, 계속해서 침대 위에서 뒹굴뒹굴하는 나.

의미 없이 하는 행동은 아니다. 의미는 있다.

이것은 동물들이 하는 마킹이다. 아라라기 군의 침대에 내 흔적을 남기고 있다.

하네카와 가에는 남기고 싶지 않았던 흔적을.

아라라기 군의 방에는 남기려 하고 있다.

분명히 아라라기 군이라면 깨닫겠지.

설령 두 번 다시 만날 수 없다고 해도, 이 침대에서 잘 때에 조금 정도는 나를 떠올려 줄 거라고 생각한다.

그걸로 족하겠지.

만족하자. 자기만족.

내 추리가 옳고, 내가 이제부터 하려는 일이 순풍에 돛단 듯 잘 흘러간다 하더라도, 나는 더 이상 아라라기 군과는 만나지 않으려고 생각하니까.

만약 아라라기 군이 무사히 돌아오고 내가 그런 아라라기 군을 맞이할 수 있다고 해도, 그때의 나는 더 이상 아라라기 군이 아는 내가 아니게 되어 있겠지.

에피소드 군이 봄방학 때의 나와 지금의 나를 다른 사람 같다고 말한 것 이상으로, 다른 사람 같은 나와 아라라기 군은 만나게 될 것이다.

과거와 대치한다는 것은.

가호를 퇴치한다는 것은… 그런 일이다.

"좋았어. 이젠 됐어."

마지막에는 자기 냄새를 묻히고 있는 건지 아라라기 군의 냄새를 맡고 있는 건지 알 수 없게 되기 시작했지만, 나는 일곱 시 반쯤 될 무렵에 간신히 활동을 개시했다.

"이런. 조금 서둘러야겠네."

너무 뒹굴뒹굴하고 있었다.

뭐, 하네카와 가가 불탄 것이 낮인 이상, 호랑이가 고양이처럼 야행성이라는 것은 그다지 근거가 없는 것이 될지도 모르지만… 다만 하나의 기준으로 참고해도 괜찮겠지.

우선 나는 교복을 벗어 옷걸이에 걸었다.

그리고 옷장 서랍을 뒤져서 아라라기 군의 사복 중에서 비교적 활동하기 쉬워 보이는 옷을 꺼내 입었다.

잠옷이라면 몰라도 외출복까지 멋대로 빌리는 것이 조금 꺼려지지 않는 것은 아니지만… 뭐, 그렇게나 내 사복차림을 보고 싶어 했던 아라라기 군이라면 이건 오히려 바라던 바라고 생각해 줬으면 좋겠다.

문득 장난기가 발동해서, 지금의 내 사진을 찍어서 사진메일로 아라라기 군에게 보내 줄까 하는 생각이 들었다. 아라라기 군이 지금 어떤 상황에 있는지는 여전히 알 수 없지만.

하지만 그에게 폐가 될지도 모르니까 연락을 취하지 않는다는 것도, 생각해 보면 허울 좋은 핑계다. 이해심 있는 척하는 것뿐이다. 정말로 걱정이라면 센조가하라처럼 즉시 접촉을 시도하는 것이 자연스러운 행동이 아닐까?

그러니까 뻔뻔스러워지자. 격려의 의미로 한 장 찍어 보내자. 지금의 나는 아직 그를 격려할 수 있는 존재일 테니까.

나는 옷걸이에 걸린 교복 주머니에서 휴대전화를 꺼냈다. 그리고 팔을 뻗고, 찰칵 하고 나를 찍었다. 나도 여고생이므로 휴대전화를 사용하게 된 지 나름대로 오래되었지만, 셀카를 찍는 것은 첫 경험이었다.

몇 번 실패했지만, 금방 요령을 익혀서 내가 보기에도 썩 괜찮은 한 장을 찍었다.

그 사진을 첨부해서 본문에는 아무것도 적지 않고 아라라기 군에게 송신한다. 그리고 휴대전화 전원을 껐다.

다음에 이 전원이 켜질 무렵.

나는 이 세상에 없는 것이다.

그러니까 장난을 친다기보다는 괴롭히는 것에 가깝다.

영정사진을 보낸 것이나 다를 바 없다.

우등생이라고 불려 왔던 나의, 친구 괴롭히기라고 할까.

내가 보기에도 참 잔혹하다.

그렇지만 이것으로 못 다한 일은 없다.

마음에 남은 것은 없어졌다.

걱정 없이, 준비를 시작한다.

나는 가방에서 노트와 연필을 꺼내서 아라라기 군의 책상 앞에 앉았다. 그렇다고 오늘의 복습이나 내일 예습을 하려는 것은 아니다.

그렇다, 나는 편지를 쓰려는 것이다.

편지를 쓴다.

어떻게 시작할지 망설였지만, 여기서 괜히 격식을 차려 봤자 소용없다고 생각하고, 평범하게,

'블랙 하네카와 씨에게'.

라는 한 줄부터 시작하기로 했다.

…사실 이것은 필요 없는 과정일지도 모른다.

무의미한 짓을 하고 있을지도 모른다.

나에게는 블랙 하네카와로서의 기억은 없지만, 블랙 하네카와에게는 나로서의 기억이 있을 테니까.

그래도 나는 어디까지나 나로서, 내가 아닌 독립된 나인 **그녀**에게 내 마음을 전하고 싶었던 것이다.

이제까지의 나를 대신해서 나의 어두운 부분을, 내 검은 부분을

전부 짊어져 준 그녀에게 답례의 마음을, 그리고 마지막 부탁을 전하고 싶었던 것이다.

그리고.

061

《블랙 하네카와 씨에게.

처음 뵙겠습니다.

이렇게 말하는 것도 이상합니다만, 하네카와 츠바사입니다.

우선 먼저 감사인사를 받아 주세요.

골든위크 때도, 학교 축제 전 때도 저 대신 여러 가지로 고생해 주셔서 감사했습니다.

이번에도 아마 저 때문에 많은 고생을 하고 있을 거라 생각합니다.

당신에게는 폐만 끼치고 있어서 정말로 죄송하다고 생각합니다.

지금은 그때 길가에서 차에 치여 죽어 있던 당신을 매장한 것이 제 주제 넘는 에고가 아니었을까 하고 통절히 느끼고 있습니다. 그 탓에 저에게 묶여 버린 당신에 대한 책임은 무슨 수로도 보상할 수 없겠지요.

오시노 씨가 자주 말하던 '사람은 혼자 알아서 살아날 뿐'이라는 말의 진의는, 어쩌면 그런 부분에 있을지도 모르겠네요.

그곳에서 생겨나 버린 인연이나 책임을 제대로 떠맡을 수 있는지 어떤지를 생각하지 않는다면, 그것은 어디까지나 임시방편밖에 되지 않으니까요.

아라라기 군이 시노부를 구했기 때문에 시노부가 아라라기 군에게 묶여 버린 것처럼, 저는 당신을 블랙 하네카와로서 저에게 속박해 버렸습니다.

게다가 아라라기 군과 달리, 그 일로 전혀 고민하지도 않고 태연히 평화롭게 지내고 있었습니다.

어찌 이렇게 죄가 무거울 수 있을까요.

그러니까 저는 사실 당신에게 이런 것을 부탁할 수 있는 입장이 아닙니다만, 이대로라면 저는 제 소중한 친구를 상처 입히는 결과가 되고 말 것 같습니다.

당신에게 의지할 수밖에 없습니다.

당신밖에 의지할 수 있는 상대가 없습니다.

그러니까 태어나서 처음으로 누군가에게 말합니다. 구해 줘요.

구해 주세요.

저를 구해 주세요.

두 번 다시 당신에게 폐를 끼치지 않을 것이고, 두 번 다시 당신을 외톨이로 만들지도 않을 테니.

부탁드립니다.

부디, 부탁드립니다.

당신은 저를 지키기 위해서 저를 따라 줄 수밖에 없겠지만, 이런 말을 들어도 아무것도 달라지지 않을지도 모르겠지만… 부디, 정말로, 잘 부탁드립니다.

참고가 될지 모르므로 이번 일에 대해 제가 알고 있는 것을 적어 둡니다.

저와 기억을 공유하고 있다고 해도 이번의 당신은 아무래도 저하고는 완전히 잘려 나가 있는 것 같으므로(그 이유도 상상이 가므로 뒤에 이야기하겠습니다), 그 부근의 사정에 대해서는 문면으로 읽는 쪽이 이해하기 편할 거라 생각하니까요.

저의 기억은 당신과 달리 구멍투성이라 확실한 것은 아무것도 말할 수 없지만, 그래도 아마 이것이 진실입니다.

뭐든지 아는 건 아니다, 알고 있는 것만.

아라라기 군에게 제가 핑계처럼 하던 말입니다만, 당신에게도 말하겠습니다.

제가 아는 한 모든 것을 전하겠습니다.

그러면, 이건 말할 것도 없고 괴이인 당신은 들을 것도 없이 이미 잘 알고 있으리라 생각합니다만 그 거대한 호랑이, 가호의 정체는 당신과 마찬가지로 제 마음이 낳은 신종 괴이입니다.

보다 정확히 말하면 제 마음이 새롭게 낳은 새로운 괴이.

이것은 단언할 수 있습니다.

당신과 크게 다른 점이라면, 당신이 사와리네코라는 오래된 괴이를 베이스로 하고 있는데 반해서 가호에는 베이스가 되는 **기반**이, 매체가 존재하지 않는다는 점입니다.

굳이 말하자면 베이스는 당신입니다.

당신이 고양이라서, 가호는 호랑이입니다.

보다 원천적인 야성.

보다 원천적인 생물로서, 보다 사나운 야수로서 저는 고양이 다음으로 호랑이를 상정했던 것입니다.

발전형이라고 말해야 할까요.

더 빨리 깨달아야 했습니다만, 저는 당신을 포함한 괴이에 이 몇 개월간 너무 익숙해졌던 거겠지요.

괴이를 알면 괴이에 이끌린다.

오시노 씨의 말입니다.

아라라기 군이 봄방학 이후로 자신의 불사성의 사용법을 숙지하고 있는 것처럼, 저는 골든위크 이후로 자신의 마음을 괴이로서 잘라 내는 것에 익숙해져 버렸던 거겠지요.

마치 콘택트렌즈를 끼우는 것처럼, 뭐든 익숙해지면 잘할 수 있게 된다.

제가 숙련된 결과가.

바로 가호입니다.

골든위크의 당신과 학교 축제 전의 당신과 지금의 당신에게 각각의 차이가 있는 것은, 개체 차이라기보다는 저의 숙련도 차이가 드러난 것이라고 생각합니다.

오시노 씨나 아라라기 군, 시노부에게 '처리' 될 것도 없이, 자고 있는 동안만 블랙 하네카와가 등장하고 제가 자고 있는 동안에 스트레스를 해소해 주며 잠에서 깨어날 때에는 저로 돌아온다는 것은 아마도 괴이치고는 매우 편의주의적이며, 제 입장에서는 어떻게 생각하더라도 정말 고맙기 짝이 없습니다.

그러나 그것도 당연한 것이.

제가 저이기 위해서 낳은 괴이가 바로 당신이니까요.

편의주의적일 만도 합니다.

다만 이것도 이미 깨닫고 있을지도 모릅니다만… 아니, 그보다 이것에 대해서는 저도 처음에는 착각하고 있었습니다만 이번의 당신은, 질리지도 않고 제가 당신을 불러내 버린 것은 단순히 집이 불탔다는 스트레스를 발산하기 위해서만은 아니라고 생각합니다.

칸바루가 '낙심하고 있을 줄 알았지만 그렇지도 않다' 라고 저를 본 것은 당연히 당신 덕분이겠습니다만 그것은 어디까지나 부가 효과.

화재 자체는 관계없고, 화재의 원인이야말로 원인.

그것은 무의식…이라기보다는 기억에 없는 부분이므로 남의 일 처럼 말할 수밖에 없어서 죄송합니다만, 아마도 그날 봤던 가호에 대한 대항수단으로서 저는 당신을 의지한 거겠지요.

옛날부터 계속, 사와리네코에 접하기 전부터 계속, 항상 당신에게 의지했던 것처럼.

이번에도 당신에게 의존한 것입니다.

일반적으로 이중인격이라 불리는 증상, 전문적으로 말하는 해리성동일성 장애에 대해서 현대 의학은 부정적이고 저 또한 그것을 긍정하는 사람은 아닙니다. 하지만 설령 표현으로서 올바르지는 않더라도 저라는 인간을 표현할 때에 그 정도로 알기 쉬운 예는 없겠지요.

이전에 아라라기 군에게,

"너, 무서워."

라는 말을 들은 적이 있습니다.

오시노 씨에게,

"반장의 성인 같은 모습은 기분 나빠."

라는 말을 들은 적이 있습니다.

그런 말을 듣고도 저는 정말로 대체 그 사람이 무슨 말을 하는지 전혀 이해할 수 없었습니다.

저는 언제나 항상 자연체인 저 자신으로 있었다고 생각했기 때문입니다.

아라라기 군의 말로 하자면 저는 평범한 여자아이이기 위해서 무리해 왔다, 과도하게 윤리적이려고 해 왔다는 이야기가 되겠지요. 그것은 진상에 상당히 근접한 추론이겠습니다만, 다만 어째서 제가 그런 대단한 일을 할 수 있었는가에 대한 답은 되지 않습니다.

하려고 마음먹어서 할 수 있는 일은 아닐 것입니다.

그런데도 어째서 저는 그런 일을 할 수 있었는가.

간단합니다.

저는 어릴 적부터 저에게 좋지 않은 현실에서 눈을 계속 돌리며 마음을 잘라 내 왔기 때문입니다.

센조가하라는 그저께 그것을 '어둠에 둔감하다' 라고 말했습니다만, 정말 그 말대로입니다. 아니, 그러기는커녕 저는 '어둠을 보지 않고 있다' 고 해야 할 것입니다.

악의나 불행에서 눈을 돌리고 살아왔습니다.

그것은 결코 자기방어가 아니라 오히려 자기희생이었다고 생각합니다. 저에게 좋지 않은 저를 잘라 내서, 저는 저를 유지해 왔던 것입니다.

교실의 창문에서 집이 보이지 않았던 것처럼.

싫은 일이 있으면 그것을 자신과는 관계없다며 잘라 낸다. 참혹한 일을 당해도, 그것을 자신과는 관계없다며 잘라 낸다.

이래서는 성격이 꼬일 수가 없겠지요.

걱정이 있을 수가 없습니다.

세상에 닳고 닳을 수도 없습니다.

그렇지만 그 비틀림은 사람이 살아가기 위해서 반드시 필요한 것이었는데, 저는 그것을 전부 날려 버리며 살아왔습니다.

무섭고 기분이 나빠질 만도 하지요.

기적은 지나친 말이라고 아라라기 군에게 반론했지만, 저의 존재방식은 기적보다도 더욱 참혹한 피투성이의 성과였으니까요.

부모에게 사랑받지 못한, 요컨대 학대당하며 자란 아이를 카운슬링할 때 가장 곤란한 과정은 우선 그 아이 자신에게 자기가 학대당하고 있음을 인식시키는 일이라고 합니다.

자기가 가혹하게 학대당하고 있는 것.

부모에게 사랑받지 않고 있음을 받아들이는 것은 보통 일이 아닙니다.

대부분의 경우, 아이는 학대 사실 자체를 '없었던 일'로 해 버립니다. 사실에 대한 해석을 왜곡하든가, 아니면 사실 자체를 없었던 것으로 하는 등, 증상은 다양합니다만 현실에서 눈을 돌린다는 점은 똑같습니다.

그렇습니다, 이제는 인정하겠습니다.

저는 부모에게 학대당하며 자랐습니다.

이제까지 모든 부모에게 학대당했습니다.

사랑받은 적은 한 번도 없었습니다.

사랑받은 적은 한순간도 없었습니다.

그렇지만 저는 그것에 대한 자각이 없었습니다.

이런 일은 어느 가정에서나 많든 적든 일어나는 일이라며 자신의 아픔을 무시해 왔습니다. 얼굴을 얻어맞았을 때도, 그것을 학대라고는 생각하지 않았습니다. 생각할 수 없었습니다. 그런 스트레스는 눈 깜짝할 사이에 고양이로 만들어 잘라 내서 없었던 일로 만들어 버렸습니다.

애초에 학대란 무엇인가 하는 이야기를 하자면, 이것은 아주 알기 쉬운 동시에 아주 어려운 것이기도 합니다.

폭력이란 형태가 아니라도 학대는 성립합니다. 극단적으로 말하자면—아니, 이것조차도 일반론입니다만— '응석 받아 주기' 라는 형태의 학대도 있습니다.

교육이라는 학대. 예의범절이라는 학대.

육아라는 학대. 친자관계라는 학대.

부모가 자식에게 하는 행동은 전부 학대라는 의견도 궁극적으로는 성립하므로, 주장 여하에 따라서는 무조건 부정하지 말고 들어 볼 만한 점은 있을지도 모릅니다. 본인이 받아들이고 있다고 해서 학대가 되지 않는다는 이론은 통하지 않을 테고요. 애매모호한 말투가 됩니다만, 종합적인 판단에 따를 수밖에 없습니다.

그러므로 주장할 수는 있습니다.

나는 학대 같은 건 당하지 않았다고, 눈을 돌리는 것은 얼마든지 가능합니다.

나는 학대당하지 않았다.

방치당한 적은 없다.

그런 일은 기억에 없다.

부모로서 최소한의 할 일은 해 주었다.

그런 소린 궤변도 되지 않습니다.

최소한의 할 일밖에 해 주지 않았다.

최소한의 할 일조차 해 주지 않았다.

그렇게 생각해야 했던 것입니다.

'사랑하지 않는다'라는 최악의 학대를, 저는 받고 있었습니다. 물론 그 사람들이 할 말도 있겠지요.

하지만 그런 주장은 아이에게는 전혀 관계없습니다.

부모가 자식을 사랑하는 것은 마땅히 해야 할 의무가 아닌 당연한 마음이며, 그럴 수 없다면 결혼 같은 것은 해서는 안 되고 자식을 가져서도 안 됩니다.

괴로움을 느끼지 않으며 슬픔과도 인연이 없이 있을 수 있다면, 공부를 해도 운동을 해도, 윤리적으로도 도덕적으로도 스트레스 없이 항상 최고의 퍼포먼스를 발휘할 수 있겠지요.

실패에 대한 압박감도 느끼지 않고 몹쓸 꼴을 당할 불안도 느끼지 않고, 육체적으로도 정신적으로도 아픔을 느끼지 않을 수 있다면 사람은 얼마나 완벽해질 수 있을까요.

이것이 우등생 하네카와 츠바사의 진실입니다.

어째서 제가 저였는가 하는, 재미없는 답입니다.

무미함을 무시할 수 있다.

모든 사람이 짊어지고 있는 어둠이나 고통을, 다른 이에게 전부 떠맡기고 있으니 이렇게 비겁한 일은 또 없겠지요.

센조가하라가 들으면 격노할 만한 이야기입니다.

그녀의 2년간의 고뇌를 생각하면, 아픔을 얻기 위함이었던 그녀의 2년간의 싸움을 생각하면 저는 고뇌하지도 않고, 고통을 느끼지도 않고, 싸우지도 않고 모든 것을 당신에게 떠맡겨 왔으니까요.

답답하다는 얘기 정도가 아닙니다.

그런 제가 사와리네코라는 괴이와 관계되어서 블랙 하네카와라는 형태를 만든 것은 아주 흥미롭습니다만, 그러나 앞서 말한 대로 괴이는 어디까지나 계기에 불과합니다.

당신은 당신입니다.

다만 세 번째가 되는 이번의 당신은 지금까지의 두 번째보다도 강하게 저로부터 분리되어 있는 듯합니다. 그 원인은 앞서 말한 대로 횟수가 늘어나면서 제가 '익숙해졌기 때문에'.

트럼프 타워 만들기 요령을 물어보았더니 츠키히는, "말하자면 이런 건 그냥 익숙해지는 게 답이야. 테크닉 같은 건 없고, 몇 번이나 반복해서 노력했느냐 하는 게 문제야. 하네카와 씨도 스무 번만 하면 할 수 있게 될걸?"이라고 알려 주었습니다. 그것은 널리 모든 것에 통하는 이야기입니다. 그래서 저는 첫 번째보다도 두 번째보다도 능숙하게, 당신을 마음에서 분리했던 거겠죠.

당신을 개성으로서 성립시켰습니다.

오히려 지리멸렬하다고 말해도 좋을, 참혹한 이야기입니다.

아니, 참혹한 이야기보다 더 참혹합니다.

왜냐하면, 제가 이번에 독립성이 있는 괴이로서 마음에서 잘라 낸 것은 당신뿐만이 아니었으니까.

또 한 사람, 이라고 해야 할까요.

또 한 마리라고 해야 할까요.

당신보다 먼저, 저는 가호를 잘라 냈습니다.

당신이 스트레스의 권화權化라고 한다면 가호는 질투의 권화입니다.

도서관의 직원과 이야기하지 않았다면 '신종 괴이'라는 발상에 도달하지 못했던 것과 마찬가지로 카렌이나 츠키히와 이야기하지 않았다면 저는 그 키워드에 영원히 도달하지 못했겠습니다만, 생각이 미치고 보니 그것밖에 없다고 생각될 정도로 어울리는 말입니다.

질투.

다만 정직하게 말하면 저는 그저께까지 이 질투라는 단어와는 무관했습니다.

잘라 낼 것도 없이.

저는 확실히 질투한 적이 없었던 것입니다.

무엇을 할 때도 스트레스 없이 의욕적으로 할 수 있었던 저는, 치가 떨릴 정도의 우등생이었으니까요.

남을 시샘한 적은 없었습니다.

오히려 느끼고 있던 것은 '다들 어째서 더 열심히 하지 않는 걸까', '다들 더욱 노력하면 좋을 텐데' 라는 불만과도 비슷한 기분.

이것은 아라라기 군에게 혼난 적도 있을 정도의, 지금 와서 생각하면 아주 자기중심적인 생각이었습니다. 저와 달리 모두 스트레스와 싸우면서 하루하루를 보내고 있으니까, 꾀를 부리고 있는 저에게 그런 말을 들을 생각은 없겠지요.

'노력하면 뭐든 할 수 있어'.

노력하지 않고, 노력하지 않기에 뭐든지 해내 왔던 저에게 그런 말을 들은 아라라기 군의 마음으로부터도 저는 눈을 돌리고 있었던 거겠지요.

그렇기에 질투와는 무관히 있을 수 있었습니다.

아니, 완전히 무관했다고까지는 말할 수 없지만, 이제까지의 인생에서 느끼고 쌓아 왔던 질투는 평범한 사람 이하였다는 것은 확실합니다.

마음에서 잘라 내 왔던 질투의 총량은 빤했습니다.

그러나 그 질투의 총량이 단숨에 역치를 넘은 것이 사흘 전입니다.

기억났습니다.

그날, 새 학기 첫날.

평소처럼 자동 청소기가 깨워서 일어나고, 세수를 하고 옷차림을 정돈하고 나서 아침 식사를 만들려고 거실로 나갔던 제가 본 것은 저의 아버지라고 불려야 할 사람과 저의 어머니라고 불려야 할 사람이 먼저 아침 식사를 하고 있던 모습이었습니다.

저는 그 광경을 평소처럼 받아들이고 자신의 아침 식사를 만들기 시작했습니다. 하지만 금방 기억에서 잘라 내 버렸을 뿐, 기억을 다시 써 버린 것뿐… 사실 저는 그때 또렷하게 목격했던 것입니다.

그와 그녀가, 같은 메뉴의 아침 식사를 하고 있었던 것을.

같은 집에 살면서도 따로따로 지내고 있던 우리 세 사람이었을 텐데, 어떤 이유에서인지 명백히 그들 중 어느 한 쪽이 두 사람 몫의 식사를 만들고 둘이 함께 식사를 하고 있었습니다.

기억해 보면… 그렇습니다.

그날 아침, 저는 아침 식사를 만들 때에 자신의 조리도구를 **골랐습니다.** 이것은 이상한 일입니다. 왜냐하면 가장 나중에 부엌에 들어온 제가 조리도구를 고를 필요는 없으니까요. 다른 두 개가 모두 사용되어 있었다면.

즉 그것은.

어느 한쪽이 다른 한쪽을 위해서 두 사람 몫의 요리를 만들었다는 것밖에 의미하지 않습니다. 둘이 함께 아침 식사를 하고 있었다는 이야기일 뿐입니다.

나를 따돌리고.

그것을 저는 시샘했습니다.

분명히 질투했습니다.

…이상한 이야기를 하고 있다는 것은 알고 있습니다. 자기를 학대해 왔던 부모 따위, 같은 집에 살면서도 가족이라고도 할 수 없는 두 사람 따위, 같이 식사를 하든 말든 상관없지 않느냐고 여길

거라 생각합니다.

하지만 그 부분은 이론이 아닙니다.

하네카와 가가 전소된 그날 밤에 긴급히 그들이 호텔에 숙박하게 되었을 때, 어째서 그렇게까지 거절하고자 하는 기분이 제 안에 생겨났는가, 이론이 아닌 그 뭔가로 설명이 됩니다.

좁은 방 안에서 고립되고 싶지 않았던 것입니다.

한 사람과 한 사람과 한 사람이라면 몰라도.

두 사람과 한 사람이 되고 싶지는 않았습니다.

세 사람이 되고 싶다고 생각했던 것이 아니라… 두 사람과 한 사람이 되고 싶지 않았던 것입니다.

노숙을 하는 한이 있더라도 그런 것은 보고 싶지 않았습니다.

눈을 돌리고 싶었습니다.

그 두 사람이 이것을 계기로 서로 다가설 수 있으면 좋겠다는 사람 좋은 마음은, 완전히 그런 마음이 반대로 나타난 모습이었을 뿐이었던 것입니다.

어지간히 미친 정도가 아닙니다.

완전히 미쳤습니다.

무섭고 기분 나쁘고… 어리석습니다.

그런 자신의 마음도 깨닫지 못하고, 깨달아도 잘라 내고, 오히려 두 사람이 더욱 서로 다가서기를 바라고 마는 자신의 마음은 이미 인간의 그것이 아니라.

괴이의 그것이라고 말해야겠지요.

겉치레가 아닌 본심, 뒤편으로 눈을 돌리고 있었기에 나온 본심이었던 것입니다.

물론 그 두 사람 사이가 식어 있던 이유는 저에게 있으며 그 이유인 제가 반년 뒤에는 일본에서 없어지게 되니까, 본래 인연이 있어 부부가 된 두 사람이므로 그 관계에 변화가 일어나도 이상할 것은 없습니다. 혹은 괴이가 아닌 계기라고 하면 골든위크에 둘이 같이 입원한 것이 있을지도 모릅니다.

그렇다면 더욱 저에게서 원인을 찾아야 하는데도 불구하고 두 사람의 사이를 질투했던 것이니, 이것은 사리에 맞지 않습니다.

그러니까 이론이 아닙니다.

헤어져 버리면 좋겠다고 말하면서도.

식어 버린 관계에 다시 불이 붙기를 바라기도 하고.

그렇지만 사이좋은 두 사람을 보고 싶지는 않다.

어쨌든 저는 그 두 사람의 관계가 회복된 것이 미웠습니다.

이제 와서 가족으로 돌아가려고 하는 그들을 진심으로 질투했습니다.

질투심에 불타올랐습니다.

그것만으로 저의 질투는 역치閾値를 넘어, 가호를 낳았던 것입니다.

골든위크에 당신을 낳았던 것과 마찬가지로, 새 학기에 호랑이를 낳았던 것입니다.

사와리네코 같은 베이스가 되는 괴이를 필요로 하지 않고 오리지널 신종 괴이를 만들 수 있었던 것은, 이것도 역시 반복해서 하다 보면 어떤 일이라도 잘할 수 있게 된다는 이야기겠지요.

군이 말하자면 거기에는, 가혹한 정치는 호랑이보다도 무섭다는 말에 대한 애착이 있었다고 생각합니다만, 그것은 센조가하라의 말대로 약간 가엔 씨에게 유도된 느낌도 있습니다.

덧붙여 말하자면, 만약 그날 등굣길에서 마요이와 만나지 않았더라면 가호는 태어나지 않았을 거라고 추측할 수 있습니다.

마요이와 대화하면서 **현재 아라라기 군의 소재를 알 수 없다는 것을 알았기 때문에,** 즉 이제까지 당신이 등장한 두 번처럼 **아라라기 군에게 가호가 퇴치당하지 않을 거라는 걸 알았기 때문에** 그 호랑이는 태어난 것입니다.

아라라기 군은 저에게 있어 마음의 브레이크였던 것이겠지요. 새 학기인 그날, 학교 교실에서 아라라기 군과 만나는 것을 저는 의외로 기대하고 있었던 것일지도 모릅니다.

정말이지 타이밍이 안 좋았습니다.

다만 이것이 마요이와 헤어진 직후에 그 호랑이가 나타난 이유임은 틀림없습니다.

결국 전부, 저의 책임입니다.

가호는 저의 약한 마음이 낳은 요괴.

모든 것을 불사르는 질투의 불꽃.

하네카와 가가 불탄 이유는 물론 부모에 대한 질투이고, 학원 폐건물이 불탄 이유도 역시 마찬가지로 질투입니다.

혼자만 아라라기 군에게 도움 요청을 받은, 칸바루 양에 대한 질투.

저는 그때 아라라기 군에 대해 화를 내고 있었습니다만, 그렇다고 생각하고 있었지만 실제로는 센조가하라와 마찬가지로 칸바루 양를 강하게 질투하고 있었다고 생각합니다.

그래야 합니다.

한 번 알아 버린 질투라는 감정은 저에게 아주 어울렸습니다.

하지만 그런 질투는 이윽고 잘려 나가서 가호로 이동했던 거겠지요. 저의 질투에는 사전에 안성맞춤의 도주로가 마련되어 있었던 것입니다.

조금 전에 가호를 가리켜 당신과 마찬가지로 독립성을 가진 괴이라고 표현했습니다만, 가호에게 그것은 독립성이 아니라 자율성이라고 불러야 할지도 모릅니다.

당신이 저의 육체에 묶여 있는 것과 달리, 가호는 자유롭게 이동하고 행동할 수 있으니까요.

그리고 그 결과.

모두의 추억이 어린, 학원 옛터의 건물은 불타서 사라졌습니다.

제가 숙박한 직후에 그 건물이 불탔다는 센조가하라의 추리는 결과적으로는 빗나갔습니다만, 그것이 정답인 편이 훨씬 나았을 거라고 말할 수 있을 만한 가호의 특성이라 할 수 있겠지요.

요컨대 제가 밉다고 생각한 대상을, 그 호랑이는 차례차례 불살라 가는 것이니까요.

센조가하라의 연립주택도 아라라기 군의 집도, 그렇다면 언제 불길에 휩싸여도 이상하지 않습니다. 제가 숙박했기 때문이 아니라, 제가 미워했기 때문에.

이미 저에게 그 기억은 없습니다만, 가족도 가정도 모르는 제가 아버지와 딸이 확고한 유대관계를 갖고 있는 센조가하라 가나 신뢰관계가 뒷받침되어 있는 가정을 이루고 있는 아라라기 가를 우연히 내부에서 보고 나서 질투하지 않았을 리 없기 때문입니다.

그런 질투에서 눈을 돌리고, 질투를 가호에게 떠맡기고.

'가족의 일원으로 받아 준 것 같아서 기쁘네.' 라는 태평스런 생각을 했던 자신을 저주해 죽이고 싶을 정도입니다만, 제가 품은 저주는 다른 곳을 향하고 있었습니다.

지금 그 점에서 유일한 위안이라고 말하자면, 골든위크 때의 당신과 마찬가지로 가호가 일으키는 화재의 대상은 건물에 한정되며 사람을 불태우는 류의 괴이가 아닌 듯하다는 점일까요. 사람을 죽여서는 안 된다는 가치관은 아무래도 제 안에 확고한 듯합니다.

그것은 아마도 봄방학 때에 아라라기 군이 인명人命과 구명救命의 틈새에서 얼마나 괴로워했는가를 알고 있으니까.

아니, 그게 아닙니다.

그것은 겉치레입니다.

골든위크 때의 저는 본질적으로 타인 따윈, 부모도 끼어 있는 피해자 따윈 전혀 보지 않고 그저 눈을 돌리고 자신의 스트레스를 발산하는 것만 기를 쓰고 있었으므로 목숨에 대한 것은 다음 문제였을 뿐이고(실제로 최종적으로 저는 아라라기 군을 죽이려고 했습니다), 단순히 자기 본위입니다.

이번에도 그렇습니다.

제가 정말로 부러워하고 질투한 것은, 사람이 아닌 장소였던 것이겠지요.

거주지로 삼을 수 있는 장소.

그래서 대상은 건물이라기보다는 집입니다.

사람이 사람과 사는 장소.

자기 방도 없이 복도에서 자는 저이기에 하네카와 가라는 장소, 학원 옛터라는 장소를 불태워 버린 것입니다.

그런 호랑이를 낳았습니다.

저는 자신이 있을 곳을 원하고 있기에, 그것을 당연하다는 듯 가지고 있는 사람이 밉습니다.

그래서 사람보다도 집을 불태웁니다.

저런 집은 없어져 버렸으면 좋겠다는 파괴충동을, 부러움을 넘은 질투를 전부 떠맡아 줘서… 저렇게나 건물을 불태웁니다.

저렇게나 마음을 불태웁니다.

그렇습니다. 남들만큼의 파괴충동은 가지고 있다든가, 저런 집 따윈 없어져 버렸으면 좋겠다고 생각한 적도 있다든가 하는 적당한 소리를 하고 말았습니다.

'남들만큼'이 어떤 것인지.

'남들만큼'이 얼마나 괴로운 것인지.

알지도 못했으면서.

잘려 나가고 도려내어진 뒤의, 장난처럼 재탕된 파괴충동을 감정이라고 생각하며 저는 자신을 평범하다고 굳게 믿고 있었습니다.

자신이 자신을 과보호하고.

자신이 자신을 학대하고 있던 것이나 다를 바 없습니다.

그렇습니다.

저는 누구보다도 저 자신을 학대하고.

저를 죽여 왔습니다.

이 자기분석이 거의 정답이라고 생각합니다만, 골든위크와 마찬가지로 그렇다고 사람을 불태워 버릴 우려가 없는 것만은 아닙니다.

하네카와 가도 학원 건물도 그때 우연히 사람이 없었던 것에 지나지 않을 뿐, 안에 사람이 있으면 불타 버렸을 것입니다.

만약 가호가 발동했을 때에 아라라기 군이나 칸바루 양이 빌딩 안에 있었다면.

그렇게 상상하니 소름이 끼칩니다.

그리고 그 상상은 이제부터 센조가하라의 연립주택이나 아라라기 군의 집에서 현실이 될지도 모릅니다.

센조가하라와 그녀의 아버지와의 관계를.

아라라기 자매와 아라라기 군과의 관계를.

시샘하지 않았다고는 도저히 말할 수 없습니다.

질투를 모른다니, 분명 사실은 거짓말입니다. 남을 부러워한 숫자만큼 저는 사람을 미워하고 있습니다.

저런 아버지가 있으면 좋을 텐데.

저런 여동생들이 매일 아침 깨워 주면 좋을 텐데.

그 마음이… 불꽃이 되었습니다.

…이제까지 친구의 집에 놀러 가서 '숙박'을 해 본 적이 없는 것은 정말 잘한 일이라고 할 수 있겠지요. 아뇨, 그것도 역시 무의식

중에 피해 왔다고 말해야 할까요.

아니.

가호가 더욱 '잘' 할 수 있게 되면, 반복해서 화재를 일으키는 것에 숙련되면 묵고 다닐 것도 없이 온 세상 모든 가정에서 불길이 솟아오를지도 모릅니다.

학교도.

도서관도.

공원도.

전부 불타게 될지도 모릅니다.

그 정도로 저는.

따뜻한 가정이 밉습니다.

그 따스함을 뜨겁게 불태워 버리고 싶을 정도로.

…솔직히 말하면 저는 당신이, 즉 블랙 하네카와로서의 괴이인 당신이 어떤 가치관을 가지고 있는지 알지 못합니다.

기억이나 지식을 공유하며 한편으로 제가 눈을 돌리고 있는 것에도 눈을 향할 수 있는 당신이라고 해도, 인격이나 성격이나 개성은 저와 전혀 다른 것 같으니까요(그렇지 않으면 이중인격의 의미가 없으니까요).

그러니까 그 가호 현상에 대해서, 이 추리에 대해서 당신이 어떠한 감상을 가지고 있는지도 저는 알 수 없습니다.

그것은 그것대로 괜찮지 않느냐고 생각하고 있을지도 모르겠네요. 적어도 괴이 측에서 보면 그쪽이 맞는 소리라고 생각합니다.

방화는 무거운 죄지만 이것은 법률로 재판할 수 있는 타입의 사건이 아니니까 가슴 아파할 것은 없다고, 그렇게 말해 줄지도 모릅니다.

하나의 견식見識이기는 하겠죠.

그 말을 받아들이고 싶은 마음도 확실히 있습니다.

다만 저는 이런 일은 이제 끝내려고 생각하고 있습니다.

무슨 일이 있을 때마다 자기 마음을 깎아 내며 영원히 계속 괴이를 낳고, 책임 소재를 다른 어딘가에 전부 떠넘겨서 다른 이를 몹쓸 꼴로 만들면서, 게다가 그것을 전혀 의식하지 않고 편하고 태평스럽게 있을 수 있다니. 그런 악몽이 또 있을까요.

대체 골든위크에서 이때까지 저는 얼마나 많은 사람에게 마구 상처 입히며 피해를 흩뿌리고, 게다가 그것을 모르고 있었던 것일까요.

뺨을 꼬집어도 아프지 않을 것 같은.

마치 그런 인생이 아닙니까.

저는 착한 인간으로 있고 싶은 것도 선한 사람이고 싶은 것도 아닙니다. 도덕적인 것도 윤리적인 것도, 뭔가를 짓밟고 올라선 것이라면 무의미합니다.

당신이나.

가호를 짓밟으면서 살고 싶지는 않습니다.

이번에 가호에 관한 문제를 해결했다고 해도, 다음번에는 다시 사자 같은 것을 낳고 그 다음에는 표범 같은 것도 낳아 버리는, 그런 짓을 반복하게 되는 걸까요?

그런 것은 상관없다, 우리는 그것을 위해서 태어났다고 당신들이 설령 말씀해 주신다고 해도 저는 이미 마음을 정했습니다.

계속 깎아 내서 이제는 심지조차 남아 있지 않은 제 마음을, 정했습니다.

이제 모든 것을 끝내자고.

아뇨, 지금이 되어서야 간신히 시작하자고 생각합니다.

가호에 관한 것뿐만 아니라 당신에 대해서도.

돌리고 있던 눈을 정면으로 향합니다.

감고 있던 눈을 뜹니다.

18년간 계속 자고 있던 잠자는 공주는 이제 눈을 떠야만 합니다.

그러니까 부탁입니다, 블랙 하네카와 씨.

제 안으로.

제 마음으로 돌아와 주세요.

가호와 함께 돌아와 주세요.

부디, 부디 부탁드립니다.

제 마음은 당신의 집입니다.

당신을 외톨이로 만들지 않을 테니, 저를 외톨이로 만들지 마세요.

오시노 씨의 말이 맞다면 스무 살이 되었을 때, 어쩌면 그것을 기다리지 않더라도 당신은… 가호도 머지않아 없어져 버릴지도 모릅니다.

소녀다운 사춘기의 공상은 어른이 되면 없어지고, 사라져 버리는 것일지도 모릅니다.

지금의 당신도 잔향 같은 것이겠지요.

머지않아.

사라져 버리겠지요.

그것이 마땅한 모습이겠지요.

하지만 그 부분을 부디 부탁드립니다.

사라지지 마세요. 없어지지 마세요.

돌아와 주세요.

따로따로 떨어져 사는 것은 이제 그만두기로 해요.

제 마음은 좁지만, 그 안에서 서로 부대끼고 지내며 가족처럼 살아가도록 해요.

졸리면 자면 된다는 말은 이제 하지 않겠습니다.

스트레스도 질투도, 불안도 고통도, 나쁜 가능성도 깊은 어둠도 전부를 사랑하겠다고 여기서 맹세하겠습니다.

뻔뻔스러운 부탁입니다만.

뻔뻔스러워지자고 결심했습니다.

…아마도 아라라기 군은 실망하겠지요.

그가 저에게서 찾아낸 가치라면 센조가하라가 말한 순백의 시로무쿠 같은 모습, 결여되어 있는 야성뿐이었을 테니까요.

그 점만은 솔직히 견딜 수가 없습니다.

아라라기 군을 낙담시키고 싶지 않습니다.

저는 끝내 한 번도, 아라라기 군에게 좋아한다고 말하지 않았습니다.

멋대로 사랑하고, 멋대로 실연했습니다.

봄방학 때까지 말 한 번 붙여 보지 않았던 그에게 어째서 그렇게

나 매료되고 지금도 이렇게 미련스럽게 애태울 수 있는지 솔직히 말해서 이상했습니다만, 지금이 되어서야 간신히 알았습니다.

저는 아라라기 군 정도로 자신의 약함과 마주할 수 있는 사람을 또 모르니까, 저에게는 그가 눈부시게 보이는 거겠죠.

똑바로 쳐다보면 눈이 멀어 버릴 정도로.

그날 밤, 센조가하라와 아라라기 군의 험담으로 열을 올리던 시간을 그리워하며 떠올립니다. 센조가하라도 이 점에 대해서는 같은 마음일 거라고 생각하는데, 아라라기 군에 대한 험담은 전부 칭찬의 말이 되어 버립니다.

예를 들면 사람이 너무 좋다든가.

나오는 것은 그런 말들뿐으로.

그에 대한 분노는 뒤집히지 않는 호의 그 자체였습니다.

그에 대한 마음만은, 저는 잘라 낼 수 없었습니다.

당신이 되어 있을 때도 저는 아라라기 군을 계속, 계속 좋아했습니다.

…그는 죽는 것은 싫다고 울면서도 빈사상태의 시노부를 구했다고 합니다.

저라면 분명히 웃는 얼굴로 구해 버리겠지요.

그렇습니다. 제가 그를 좋아하게 된 순간이 있다고 한다면, 그것은 그가 울면서 시노부와 서로 죽이고 있던 그때겠지요.

왜냐하면 저는 한 번도 운 적이 없으니까요.

분명히 태어날 때도 울지 않았을 겁니다.

그래서 울보인 아라라기 군을 좋아하게 되었습니다.

에피소드 군은 저에게 평범해졌다고 말했습니다. 그러나 그 이상으로, 제가 제가 아니게 된다면.

제가 제가 아니게 되어 버리면 아라라기 군은 다시 우는 걸까요?

그것은 정말로 싫네요.

하지만 저는 이제 싫은 일에서 눈을 돌리지 않습니다.

아라라기 군이 실망할 거라는 현실에서 눈을 돌리지 않고서, 저는 당신들과 하나가 되고 싶습니다.

아라라기 군을 계속 좋아할 수 있기 위해서도.

그렇게 하고 싶습니다.

블랙 하네카와 씨.

그런 호칭도 생각해 보면 서먹서먹하네요.

내 안의 나.

또 하나의 나, 라고 불러야 할까요?

어쩐지 그것도 아닌 것 같네요.

저에게 당신은 분명히 여동생 같은 존재라고 생각합니다. 카렌이나 츠키히를 보고 있다 보니 그런 생각이 들었습니다.

못난 언니라 죄송합니다.

이제까지 걱정만 끼쳐서 죄송합니다.

정말로, 이게 마지막 부탁입니다.

힘든 역할을 떠넘기는 것은 이번이 마지막입니다.

우리의 또 다른 여동생을, 구해 주세요.

가출 중에다 불장난에 푹 빠져 있는, 정말 사람 애먹이는 여동생입니다만 저는 그 아이의 귀가를 언제까지라도 기다리겠습니다.

저는 당신들을 사랑하고, 저를 사랑합니다.

이만 총총》

…그렇게.

냐는 주인님이 자기 직전에 쓴 수기를 다 읽었다냐.

뭐라고 해야 할까냐….

냐는 주인님이 냐 같은 바보와는 달리 똑똑한 생물이라고 생각하고 있었는데, 아무래도 냐와 마찬가지거냐, 어쩌면 냐 이상으로 바보일지도 모르겠다냐.

수기에 적힌 이론으로 따지면 주인님이 똑똑하기 위해서 내가 바보인 것일 텐데. 하지만 그런 부분도 수상하다냐.

이런 걸 냠겨서 냐 같은 것에게 부탁하지 않아도, 어차피 냐는 캐릭터 설정상 주인님의 의도를 지키기 위해서 주인님의 뜻대로 움직일 수밖에 없는데냐. 그냥 잠들어 주기만 하면, 냐는 그 호랑이를 냘려 버리기 위해서 오늘 밤에는 움직일 텐데냐.

주인님 자신이 호랑이, 가호의 정체를 깨달은 이상, 기억을 공유하는 냐에게는 그것이 빠짐없이 전해지고 있는데냐.

아니, 주인님은 그런 것을 이미 다 알고 있겠지웅, 그렇게 적혀 있으니까냐.

즉 알게 되었고, 그래도 냐에게 의지하지 않을 수 없었다는 이야기일까냐.

예의 바르다고 할까, 그런 부분이 범상치 않다는 이야기를 듣는 이유란 것을 결국 주인님은 깨닫지 못한 것일까냐.

그게 무엇보다 비극이다냥.

"냥."

냐는 그 노트를 책상 위에 내려놓았다냥.

실제로 냐에게는 수기를 쓰고 있을 때의 기억도 있어서, 그런 의미에서 냐는 이것을 읽을 것도 없었다냥. 그것을 일부러 수고를 들여서 차분히 읽었으니, 냐도 주인님 보고 뭐라 할 수 없을지도 모르겠다냥.

어느 쪽이든, 이것으로 거의 현재 상황은 정리되었다냥.

가호.

그리고 주인님이 안고 있는 병.

모든 것이 확실히 밝혀졌다냥.

그렇다고는 해도 천하의 주인님도 몇 가지 착각을 하고 있는 듯하다냥. 판단재료가 부족한 상태의 추리인 이상, 그것은 피할 수 없는 실수로 생각된다냥.

문체도 문맥도 주인님치고는 흐트러져 있으니, 결코 냉정한 컨디션으로 쓴 수기는 아니다냥.

만점 같은 건 바랄 수 없는 이 상황에서, 평가 A인 80점을 받을 수 있는 것만으로도 대단하다냥.

"하지만 알 수 없는 법일까냥. 알 수 있을 듯한 것이기도 한데냥. 집이냐 가족에 대해서는 불타오를 정도의 질투를 한 주인님이, 센조가하라 히타기와 아라라기 코요미가 사귀고 있는 것에 대해서는 어째서 질투의 마음이 싹트지 않는가 하는 의문과 맞닥뜨려도 괜찮을 것 같은데냥."

주인님 안에서 가장 강한 마음은 연심이다냐.

학교 축제 전의 변화를 떠올리면, 그것에 대해서는 설명할 필요는 없을 것이다냐.

즉 '불' 에서 곧바로 '사랑' 을 떠올린 인간 놈의 둘째 여동생은 올바르다냐.

그러니까 가장 먼저 불살라야 하는 것은, 그런 의미에서는 하네카와 가도 학원 옛 터도 아니라 센조가하라 히타기 **본인**이어야 했다는 사실에….

주인님은 생각이 미치지 못한 것일까냐.

아니.

그게 눈을 돌리고 있다는 것일까냐.

그렇다면 주인님이 진실에서 눈을 돌리지 않고 응시할 수 있게 되었다면, 어떻게 되든 그 이유와 맞닥뜨리게 되는 걸까냐.

하지만 견뎌 낼 수 있을까냐.

그 잔혹한 진실에, 마음을 분리하지 않은 주인님이.

"냐와 가호를 사랑한다… 자신을 사랑한다. 그것이 얼마나 어려운 것인지도, 알고 있다고는 생각되지 않는다냐. 주인님은 극단적인 형태였지만, 인간 같은 건 누구라도 많든 적든 스트레스냐 질투에서는 눈을 돌리고 있을 텐데냐."

똑바로 세상 속을 볼 수 있는 녀석은 그리 없는데냐. 어째서 주인님만이 그렇게 무거운 족쇄를 짊어져야만 하는 걸까냐.

냐냐 가호를 짊어져야만 하는 걸까냐.

잘라 내 버렸다는 것일 뿐.

아픔이 아프지 않았을 리가 없다냥.

오히려 마음을 잘라 내는 행위가 얼마냐 아팠을까냥.

"최대의 오류는 이런 나를 가족이라고 불러준 것이다냥, 냐하하. 나는 단순히 집고양이라고."

아니, 들고양이인가냥.

애초에 길가에서 치어 죽은 나는 수컷이니까, 여동생이라는 얘긴 이상하다냥. 다만 베이스는 사와리네코라도 잘려 냐간 주인님의 마음을 소재로 내가 만들어진 이상, 성별은 모호하므로 여동생인지 남동생인지 어느 쪽도 확실치 않은 느낌은 부정할 수 없다냥.

괴이의 성별을 물어봐도 낭감하다냥.

그보다 그 거대한 호랑이를 여동생이라고 불러 버리는 점도 대단하다냥. 알고 있겠지만 맹수는 암컷 쪽이 흉포하다냥.

그걸 처치하라거냐 퇴치하라면 몰라도, 가족으로서 주인님의 마음으로 돌아와 달라고 말하는 것은 정말 말도 안 되는 부탁이다냥. 데드 오어 얼라이브가 아니라 산 채로 잡아 오라는 말이잖냐옹?

말도 안 되는 소리다냥.

말하지 않아도 박살 낼 생각이었는데, 그 이상을 요구받고 말았다냥.

그런 소릴 하면 그 알로하 전문가는 '폭력적인 사고방식이네. 괴이와 인간은 잘 공존해야만 한다고' 라고 말할 것 같다냥. 인간놈이 신물 냐게 그런 이야기를 들었던가냥?

같은 신종 괴이, 같은 주인님에게서 태어냔 괴이라고 해도 냐와 달리 그 녀석에게는 베이스가 되는 괴이가 없다냥. 매체가 없다냥.

그것이 무엇을 의미하는가를, 역시 괴이가 아닌 주인님은 모르는 것 같다냐.

서적으로 남아 있지 않고 기억에 남아 있지 않고 인간의 입에 오르지 않는다는 것이, 괴이에게 얼마냐 되는 자유도를 의미하는지.

정직하게 말하자면 상상하고 싶지도 않다냐.

한 가지 말할 수 있는 것은… 그 호랑이에게는 사각死角이 없고, 약점이 없다냐.

데리고 돌아오는 건 고사하고, 맞서는 것조차도 어렵다냐.

정면으로 마주 보며.

장점을 없앨 수밖에 없다냐.

"하아…"

냐는 한숨을 쉬었다냐.

정말로, 어깨의 짐이 무겁다냐.

아주 묵직하다냐.

"사실은 아무 상관없는 일인데용. 냐는 주인님을 위해서만 움직이는 괴이이지, 주인님의 부모님의 집이 불타든 추억의 건물이 불타든 친구네 집이 불타든, 게다가 이 집이 불타든 냐는 정말 아무 상관없는데냐. 오히려 활활 타오르는 불길을 보고 기분을 후련하게 만들고 싶을 정도다냐."

질투의 권화인 가호와 스트레스의 권화인 냐라면 근본적으로 그렇게까지 큰 차이는 없을 거다냐.

그 녀석 자신도 냐를 동종의 괴이라고 말했었으니까냐. 그러니까 말하자면 냐는 가호의 기분을 알 수 있다냐.

그 녀석과 냐와의 차이는 주인님으로부터 독립하고 있는가, 주인님으로부터 분리되어 있는가 정도이기 때문이다냐.

실제로 의미가 있다고도 생각하지 않는다냐.

주인님도 아는 대로, 냐 같은 건 어떻게 되든 간에 얼마 안 가 사라져 버릴 괴이니까냥. 머지않아 사라져 버리는 잔향이다냥.

가호도 그럴지도 모른다냐.

내버려 두면 머지않아 감정의 불꽃을 전부 토해 내고 깨끗하게 사라져 버릴지도 모른다냥. 그러니까 꼭 주인님이 자기 안에 짊어질 필요 같은 건 없을지도 모른다냥.

하지 않아도 될 일은커녕.

오히려 역효과를 부를지도 모른다냥.

내가 나오는 것에 따른 부담도 분명히 있기 마련이니… 받아들이는 것이 아니라 없애야 한다냥.

소멸시켜야 한다냥.

그것은 전혀 어려운 일이 아니다냥. 오히려 아주 간단한 일로, 주인님이 그렇게 원하면 그것으로 사라질 것이다냥.

그런데도 주인님은 그것을 선택하지 않는다냥.

잘려 냐간 우리들을, 되돌리려 하고 있다냥.

이상한 이야기다냥.

냐도. 가호도.

주인님에게는 방해가 될 뿐인데냥.

그러니까 고집스럽게 받아들이거냐 하지 말고, 정말로 주인님이 똑똑했다면 그럴 수 있었을 텐데….

"그러니까… 무의미하다냐."

센조가하라 히타기는 변했을 것이다냐.

인간 놈도 변했다고 생각한다냐.

주인님도, 변했다냐.

하지만 변한 것 정도로는 아무것도 변하지 않는다는 것도 세상일이다냐.

변했다고 센조가하라 히타기의 과거가 없어진 것은 아니다냐. 변했다고 인간 놈의 과거가 없어지는 것은 아니다냐.

변할 수 없다냐. 바뀔 수 없다냐. 화할 수 없다냐.

인간은 평생 자기 자신이다냐.

봄방학 때에 흡혈귀와 만냐고 싶어서 동네를 배회했던 주인님이 만들어 버린 우리들 따위로는 아무것도 바꿀 수 없다냐. 그렇다면 역시, 이대로 사라지는 것이 올바르다냐.

인간 놈도 그 알로하도, 그렇게 말할 것이다냥.

냐는 방해물이고.

가호도 방해물이다냥.

"하지만 뭐, 부탁받아 버렸으니까냐…"

뭘까냐, 이 기분은.

부탁 받건 받지 않건 내가 하는 일은 마찬가지인데, 어째서 이렇게냐 냐는 의욕에 가득 차 있는 걸까냐.

무거울 뿐일 어깨의 짐이.

어째서 이렇게냐 편안한 걸까냐?

정처 없는 냐에게 돌아갈 장소가 생겼다는 것뿐인데, 돌아갈 집이 있다는 것뿐인데 어째서 이렇게냐 무엇이라도 할 수 있을 것 같은 기분이 드는 걸까냐.

참으로 기쁘다냐.

눈물이 날 것 같다냐.

"그렇다고 해서 눈물을 흘리지는 않는다냐. 냐는 고양이다냥. 우는 게 아니라 고양이 울음소리를 낼뿐이다냥."

냐옹, 하고.

나는 고록고록 소리를 내며 창문을 연다냐.

어젯밤에는 이 문을 잠그는 것을 잊었기 때문에 내가 냐온 것을 주인님에게 들키고 말았는데(그 밖에도 증거는 잔뜩 있었으니 그렇지 않더라도 들켰겠지만), 하지만 내가 냐인 채로 이 방에 돌아오는 것은 아니니까 이제 그 부분에 신경을 쓸 필요는 없다냐.

주인님은 움직이기 쉬운 복장으로 지금의 옷차림을 골라 준 것 같은데, 냐에게 움직이기 쉬운 차림이란 알몸이다냥. 하지만 역시나 그래서는 주인님에게 미안하므로(골든위크 때의 속옷차림도 지금은 미안하게 생각한다냥) 여기서는 호의로 받아들이기로 하겠다냐.

단 맨발바닥만은 고수하겠다냐.

그렇게 내가 창틀에 발바닥을 올렸을 때, 한 가지를 떠올렸다냥.

이 일이 결과적으로 어떻게 흘러가더라도 주인님이 주인님이 아니게 되어 버리듯이, 냐 또한 내가 아니게 되어 버린다냥.

블랙 하네카와로서의 개체차이라는 것이 아니라, 이번에야말로 두 번 다시 냐는 겉으로 냐오지 않게 된다냐.

3월과 6월에는 뒤로 미룬 냐라는 괴이가, 이번에야말로 해결이 되는 것이다냥.

그렇다면 냐도 한 줄 남겨 두자옹.

내 경우에는 유서라는 느낌이 되는 걸까냐?

아니, 그렇지 않은가냐.

냐는 죽는 것도 사라지는 것도 아니라, 그냥 집으로 돌아가는 것뿐이니까냐.

상당히 늦은 귀가가 되어 버린 것 같다냥.

"그러면, 주인님에게 마지막 봉사다냥."

냐는 긴 문장 같은 건 못 쓰니까냐.

냐는 주인님의 수기 뒤에 연필로 쓱쓱 한 줄 덧쓰고, 그리고 이번에야말로 활짝 열어젖힌 창문을 통해 달밤을 향해 뛰어올랐다냐.

"다녀오겠습니다."

062

나는 호랑이다. 이름은 가호.

어디서 태어났는지 짐작은 하고 있다. 어둡고 축축한 곳에서 훌쩍훌쩍 울고 있던 것만을 기억하고 있다. 질투뿐만 아니라 모든 어두운 감정으로 나는 이루어져 있다.

나는 어둠의 산물이다.

눈을 돌리고 싶어질 만한 어둠의.

허나 내가 무엇이든 이름이 무엇이든, 어디서 태어났으며 무엇으로 이루어졌더라도… 그런 것은 어떻게 되든 상관없다.

오히려 가호라는 이름에 대해서는 민폐라 느낄 정도다. 호랑이는 죽어서 가죽을 남기고 사람은 죽어서 이름을 남긴다고 하는데, 어둠과 흑암만으로 구성되어 있는, 처음부터 죽어 있는 듯한 나는 가죽도 이름도 남길 생각은 없다.

숯 조각 하나 남길 생각은 없다.

기둥 하나 남기지 않는 전소.

모든 것을 깡그리 태운다.

나에게 중요한 것은 육체 내부에서 불타오르는, 이 열량을 가진 의무감뿐이다.

가호는 과거 따윈 신경 쓰지 않는다.

불살라야만 한다. 불살라야만 한다.

무엇을?

모든 것을.

태어난 다음 순간, 나는 나를 낳은 모체를 보았다.

어머니가 아니라 쌍둥이 언니라 말해야 할까.

아무래도 내 가슴에 깃든 불꽃은 그 언니에게 기인하는 듯하다. 강하고 굳세고 두렵고 연약한, 저 순백의 언니에게.

희디흰 순백이자, 새하얀 결백이려 하는.

나와는 닮지도 비슷하지도 않은 아름다운 언니.

정말로 아름다웠다.

저 아름다움을.

순백을 지탱하는 것이 나라고 생각하면… 자랑스럽다.

그러나 그것도 아무 상관없다.

불씨가 무엇이든 관계없다.

불길이 어떻게 피어오르든 관계없다.

나에게 있는 것은 어디까지나 의무감뿐.

그녀를 위해서 뭔가를 하고 있다는 의식도 없거니와, 나와 마찬가지로 그녀에게서 태어난 고양이가 말한 것처럼 그녀에게 해를 끼칠 생각도 없다.

나에게는 설정이 없는 것이다.

말하자면 그냥 불꽃이다.

하얀 불꽃, 그것이 나.

의식도 의사도 부여받지 않았다. 이렇게 생각을 이야기하는 듯 보여도, 그것은 그저 그런 척을 하며 그렇게 보이게 하고 있을 뿐.

나는 자연현상이다.

불살라야 할 것을 불사를 뿐이다.

아니.

이 세상에 타지 않는 것은 없다.

모든 것을 불살라야만 한다.

나의 내부에서는 모든 것이 밉다.

아버지도 어머니도 친구도 후배도 밉다.

없어져 버렸으면 좋겠다.

사라져 버렸으면 좋겠다.

괴로워했으면 좋겠다, 슬퍼했으면 좋겠다, 침울해졌으면 좋겠다.

한탄했으면 좋겠다, 우울해졌으면 좋겠다, 꺾여 버렸으면 좋겠다.

울었으면 좋겠다.

나처럼 울었으면 좋겠다.

어쩌면 그 눈물로 가혹한 정치가 아닌 맹렬한 불길을 약하게 만들 수 있을지도 모른다.

자, 그러면 오늘 밤에는 무엇을 불사를까.

나의 불꽃에 무엇을 지필까.

언젠가 모든 것을 불태운다고 해도 순서가 있다.

순서란 것이 있다.

우선, 다음은 이 건물인가.

그렇게 생각했을 때에는… 아니, 그렇게 생각하기 전에 나는 이미 그곳에 있었다.

의사 따윈 없다. 의도 따윈 없다.

이것이 나다.

내가 이것이다.

앞지르고 뒤처지고도 없다.

어디에나 등장한다.

어디라도 연소한다.

나는 그 대상물을 가만히 올려다보고 검토한다.

흠.

그렇군.

단독주택이나 빌딩을 태우는 것보다는 손쉬울 것 같다.

뭐, 손쉽든 어렵든 마찬가지.

목표가 정해지면 주저할 의미는 없다.

모든 것이 마찬가지.

모든 것은 모르지만.

뭐든지 불태운다.

나는 이를 드러낸 입을 크게 벌린다.

그리고 불꽃을.

불꽃을….

"냐앙!"

그렇게.

그 찰나, 나와 대상물 사이에… 고양이가.

은색 새끼고양이 한 마리가 날개라도 달린 것처럼 하늘에서 내려오더니, 가로막듯이 끼어들었다.

063

예상대로 가호는 센조가하라 히타기가 아버지와 둘이 사는 연립주택, 타미쿠라장 앞에 있었다냥. 뭐, 그 예상이 빗나갔더라도 곧바로 예전처럼 지붕에라도 올라가서 마을 안을 둘러볼 생각이었다냥. 그래도 확신이 없었던 것은 아니다냥.

냐는 알 수 있다냥.

그도 그럴 것이 냐와 가호는 원래 하냐였으니까냥.

같은 곳에서 태어난 같은 존재이니까냥.

그러니까.

"여어, 호랑이."

냐는 말했다냥.

뭐, 인사다냥.

"…데리러 왔다냥. 같이 돌아가자옹."

『……』

하지만 이것도 예상대로, 가호는 그런 냐에게 아무런 대답도 하지 않았다냥.

다만 말없이 노려볼 뿐이었다냥.

아~.

이렇게 상대해 보니 말인데 어쨌든 크긴 진짜 크다냥, 호랑이란 이 생물. 아니, 괴물인가냥? 현실의 호랑이는 이렇게까지 거대할 리 없으니까냥.

뭐랄까, 거리감을 잡을 수 없다냥.

일촌법사* 같은 동화는 아니지만, 입을 통해 몸속으로 들어가서 내장에서부터 힘차게 꿰뚫고 냐오는 것이 퇴치하는 데 올바른 수법이라는 기분이 든다냥.

뭐, 퇴치한다면 그걸로 충분하겠지만….

※일촌법사(一寸法師) : 일본의 전래동화 중 하나. 자식이 없던 어느 노부부가 기도 끝에 사내아이를 낳게 되는데, 키가 1촌(寸) 정도라 일촌법사란 이름을 얻게 된다.

내가 하는 것은 퇴치가 아니니까냥.

『비켜라.』

계속 입을 다물고 있던 가호가 간신히 한 말은 그런 대사였다냥.

『나는 그곳의 그것을 불사르겠다. 너는 방해된다.』

"…하."

냐는 뭐랄까, 웃어 버렸다냥.

쓴웃음이라고 할까냥. 응, 실소다냥.

어째서일까냥. 외관이 거대한 데다 엄청 위압적인 호랑이니까 대사의 인상이 아주 위엄 있게 생각되었지만, 전에 만났을 때도 그런 식으로 냐는 내심 어딘지 모르게 겁먹고 이 녀석과 대화했었지만.

하지만 아니었다냥.

이 녀석은 위엄 따윈 없다냥.

그냥, 정서가 없는 것이다냥.

갓 태어난 아기 같은 존재라서 대화냐 커뮤니케이션의 기술을 익히지 않은 것뿐이다냥. 그러니까 대화가 성립되지 않는다냥.

하긴 갓 태어나고 뭐고, 이 녀석이 태어난 것은 고작 며칠 전이니 당연하다면 당연하다냥. 과연 오리지널 괴이인가냥.

역사가 없는, 오리지널.

주인님이 자기 마음에서 잘라 낸.

신종 괴이.

그렇다고 해도 사실 오리지널 괴이, 개인적인 창작에 의한 괴이란 드문 것은 아니다냥. 토리야마 세키엔*이라는 옛날 화가는 요괴 그림을 그리는 것을 생업으로 삼고 있었다고 하는데, 이른바 전통적인 요괴 속에 자기가 생각해 낸 요괴를 은근슬쩍 끼워 넣었다고 한다냥.

전통에 필적하는 뭔가를 개인적으로 만들어 내는 것은, 어느 시대에서냐 크리에이터의 동경인 듯 하니까냥.

물론 그것을 위해 전통적인 요괴에 필적할 만한 뭔가를 만들어 내는 데는 엄청나게 막대한 재능… 아니, 에너지가 필요할 것이다냥.

주인님의 경우에는 그 에너지가.

스트레스냐 어두운 감정일 것이다냥. 그 감정에서 태어난 가호가 지금은 갓 태어나서 정서가 결여되어 있다는 것은 조금 얄궂은 이야기일지도 모르지만.

아니, 아닌가냥?

갓 태어났기 때문에 정서가 결여되어 있는 게 아니라, 의외로 주인님은 무의식중에 의도적으로 가호를 그런 괴이로 만들어 냈을지도 모른다냥.

감정에서 낳았기 때문에.

감정을 지운 호랑이를.

야성을.

『불사른다. 불사르겠다. 비켜라. 모든 것은 늦었다. 모든 것을 불사른다. 우선 그 집을 불태운다.』

※토리야마 세키엔(鳥山石燕) : 에도 시대의 우키요에 화가. 요괴 그림을 많이 그렸다.

"…그런 걸, 주인님은 바라고 있지 않다냥."

『흥.』

가호는 내 말을 일소에 부쳤다냥.

아니다냥.

내 말의 의미를 이해하고 있다고도 생각되지 않는다냥.

냥 정도로 바보라고는 생각하지 않지만, 이 녀석, 냥 이상으로 융통성이 없다냥.

『그 여자가 바라든 말든 내가 알 바 아니다. 그 여자를 주인님이라고 부르는 것은 네 마음이지만, 나에게 그 여자는 **아무것도 아니다. 단순한**….』

발화충동의 수원水源일 뿐이다.

가호는 그렇게 말했다냥.

"발화충동의 수원이라니…. 어째 말이 이상하다냥."

별로 의미가 없다고 생각하지만 딴죽을 걸어 보았다냥.

아니냐 다를까, 통한 기미도 없다냥.

재미있는 소리를 하려고 했던 건 역시 아닌 것 같다냥.

하지만….

"아무것도 아닌 건 아니잖냐옹, 호랑이. 우리들을 낳은 부모다냥."

『낳아 준 부모? 그거야말로 하찮다.』

호랑이는 무정하게 중얼거렸다냥.

대화의 형식이 되고 있지 않다냥.

『낳아 준 부모의 하찮음을 누구보다 잘 아는 것이 그 여자가 아닌가.』

"아~, 그럴지도 모르겠다냥."

아픈 곳을 찌르고 든다냥.

뭐, 갓 태어난 괴이라고는 해도 그 부분의 예리함은 과연 주인님을 '수원'으로 삼고 있는 괴물인가냥?

"그렇기에 주인님은 우리들을 딸이 아니라 여동생이라고 불렀는지도 모르겠다냥."

『여동생….』

"잘 모르겠지만, 여동생이란 모에가 느껴지는 존재인 모양이더라냥. 인간 놈에게 배운 것에 따르면."

냐하하, 하고 냐는 웃는다.

"불탄다는 뜻의 모에루燃える를 따서 말 그대로 모에燃え 캐릭터라 불러야 할 너에게는 어울리는 칭호일지도 모르겠다냥."

『…흠. 칭호 따윈 의미 없다. 나는 불사르고 싶은 것을 불사르는 것뿐인 자연현상. 자동기계 같은 것이다.』

가호는.

그래도 어디까지냐 완고했다냥.

『나는 모에하거나 하지 않다.』

"그런가."

으음.

이야기가 통하지 않는다냥.

이래봬도 노력해 본 것인데냥. 아니, 노력했다는 얘길 하자면 냐는 학교 축제 전 때도 상당히 노력했다고 생각한다니까냥?

믿어 주지 않을지도 모르지만, 골든위크 때의 일은 역시 너무 지나쳤다고 생각하고 있었다냥.

그러니까 조용히 끝낼 수 있다면 조용히 끝내고 싶었다냥. 하지만 학교 축제 전에는 인간 놈, 즉 인간이 상대였기 때문에 그나마 냐았는데, 이번에는 둘 다 괴이, 그것도 같은 주인님에게 창작된 괴이임에도 전혀 커뮤니케이션이 되지 않으니, 이건 정말 실망이다냥.

이 책임을 가호에게 돌릴 수만은 없을 것 같다냥.

뭐, 할 수 없다냥.

그렇다고 해서 주인님이라면 가호를 설득했을 거라고 생각되지도 않으니, 이건 이것대로 적재적소라고 생각한다냥.

가출한 여자애를 데리고 돌아오는 것은.

분명히 내 임무일 거라옹.

가호는 냐와 달리 주인님과 기억을 공유하지 않는다냥, 감정도 공유하지 않는다냥.

동종의 괴이라고 해도 냐와는 다른 종이다냥.

그렇기에 나는.

말을 사용해서 이 녀석과 소통해야만 하는 것인데냥….

"야, 호랑이."

『왜 그러냐, 고양이.』

"처음에 확실히 해 두겠는데, 개인적으로 나는 너의 이제까지의 짓을 뭐라고 할 생각은 없다냥. 집을 불사른 것도 빌딩을 불사른 것도 죄를 지었다고 냐무랄 생각은 없다냥. 방화죄란 건 인간의 이론이니까냐."

그런 걸 단속하고 있으면 괴이의 대부분이 단속당하고 만다냐. 골든위크의 냐도 포함해서다냐.

애초에 호랑이의 괴이란 것도 상당히 많지만, 불의 괴이란 건 그 이상으로 많이 있다냐. 무수하다고 말해도 된다냐. 아니, 진짜로 '이런 쪽의 괴이란 전부 마찬가지 아니야?' 라고 말할 정도로 불의 괴이는 세상에 넘쳐나고 있다냐.

설마 그걸 전부 단속할 수는 없을 거다냐.

주차 위반을 전부 단속할 수 없는 것과 마찬가지다냐.

『그렇겠지, 그렇다면….』

"하지만."

가호가 뭐라고 말하려던 것을, 냐는 가로막았다냐.

가로막고, 노려보았다냐.

"말했을 것이다냐. 주인님에게 해를 끼치는 경우가 있다면 내가 너를 용서하지 않겠다고."

『이상한 소리를 하는군.』

가호는 말이 통하지 않는다기보다, 정말로 모르겠다는 것처럼 의아하다는 얼굴을 했다냐.

『나는 그런 여자는 어떻게 되든 상관없지만, 그렇기에 해를 끼칠 생각 따윈 티끌만큼도 없지만, 그러나 애초에 그 연립주택을 불 태우고 싶다는 감정은 다름 아닌 너의 주인님에게서 흘러들어온 마음이다.』

"……."

그럴 것이다냥.

이 호랑이에게는 그것이 진실이다냥.

아니, 그건 누구에게도 진실이다냥.

주인님이 센조가하라의 집을 질투했다냥.

불살라 버리고 싶을 정도로 질투했다냥.

그것은 진실이다냥.

내가 골든위크에 병원에 보내 버린 그 부모라는 생물에게 질투했던 것도, 인간 놈이 원숭이 여자에게만 부탁했던 것을 질투했던 것도, 그야 진실일 거다냥.

하지만 말이다냥.

"그 질투를 참으려는 기분도 진실이다냥. 호랑이, 너는 그쪽을 무시하고 있다냥."

『끈덕지군. 참은 결과, 그 여자는 나라는 괴이를 낳지 않았나. 그렇다면 자업자득이다. 나의 불꽃은 그런 사정을 헤아리지 않는다.』

불태울 뿐이다. 불사를 뿐이다.

모든 것을 씻어 버리듯이, 물에 흘려보내듯이.

전소시킬 뿐이다. 없었던 것으로.

없었던 것으로 만들 뿐이다, 라고 말하며.

가호는 냐에게 한 걸음, 다가왔다냥.

냥.

의외로 저쪽이 먼저 초조해진 것 같다냥. 하긴 근원이 불꽃이니까냥.

애태우다 보면 속이 타들어 갈 만도 하다냥.

"뭐, 괴이로서는 네 쪽이 올바르다냥."

냐는 말했다냥.

그 부분은 인정할 수밖에 없다냥.

내 쪽이 괴이답지 않은 짓을 하고 있고, 애초에 사와리네코로서의 냐는 보은은 고사하고 은혜를 원수로 갚는 것이 신조이니까냥.

주인님에게 해를 끼칠 생각을 갖고 있던 쪽은, 처음에는 냐였을 거라는 이야기다냥.

그것이 점점 마음이 변해서.

지금은 이렇게 주인님을 위해 몸을 던지려 하고 있으니 세상일은 알 수 없는 법이다냥.

이래서는 마치.

내가… 인간 같잖냐옹.

"네가 지금 불태우려고 하는 연립주택에 사는 것은 주인님의 친구다냥. 이런 시간이니까 지금까지의 두 번처럼 사람이 없는 게 아닐 거다냥."

아마도 평소처럼 자고 있을 것이다냥.

자기 집이냐 아라라기 군의 집이 불탈 가능성을 걱정하는 이야기를 하고 있었지만, 그래도 그 여자는 태연히 자 버릴 여자다냥.

주인님의 기억을 더듬어 보면, 그렇다는 걸 알 수 있다냥.

그 정도로 주인님을 신뢰하고 있다는 걸 알 수 있다냥.

그러니까 냐는 싸워야만 한다냥.

블랙 하네카와로서.

하네카와 츠바사로서.

"저 여자가 죽으면 주인님은 분명히 울 거다냥. 그것은 무슨 수를 써서라도 막아야만 한다냥."

『홍. 보증하지, 그럴 일은 없다』

내 말을 개의치도 않고 호랑이는 말했다냥.

『그 여자는 울지 않는다. 울고 싶을 때는 울고 싶은 마음을 잘라 낸다. 싫을 때는 싫은 마음을 잘라 낸다. 그렇게 하며 18년간 살아왔다. 나나 너를 낳으면서. 아니, 앞으로도 계속해서….』

그렇게 살아갈 거다.

괴물을 대량으로 낳으며.

자기만은 새하얗고, 아름다운 채로.

아무도 미워하지 않고, 아무도 원망하지 않고.

모두에게 자상하고, 모두를 사랑하고.

아름답게 살아간다.

'진짜'로서 계속 존재한다.

그렇게 말했다.

"아니야."

그리고 그것을 나는.

아니.

이것은 내가 아니다냥. 내가 아니다냥.

나다.

나는.

하네카와 츠바사는 부정한다.

"나는 이제 이런 짓은 끝내자고 결심했어. 누군가를 증오하게 될 거라고 생각해. 누군가에게 원한을 품게 될 거라고 생각해. 이제까지처럼 모두에게 자상해질 수 없고, 모두를 사랑할 수도 없어질 거야. 미움 받게 될 거고, 괴롭힘도 당하겠지. 걸핏하면 화를 내고, 사람을 용서하지 못하게 될 거야. 조바심 내거나 짜증을 내기도 할 거라고 생각해. 머리가 나빠질지도 몰라. 웃지 못하게 될지도 몰라. 훌쩍거리며 울지도 몰라."

그렇겠지.

아라라기 군은 정말로 실망하겠지.

이제까지처럼 그의 못된 장난을 못 본 척 넘겨 줄 수 없는 것은 틀림없고…. 하지만 아라라기 군이라면 그것도 기뻐해 줄까?

그는 그런 사람이니까.

그는 자상한 사람이니까.

정말이지 참… 밉다.

"하지만 그래도 괜찮아. 그래도 좋아."

현실에서 눈을 돌리고.

너희들에게 더러운 역할을 떠맡기는 건 지긋지긋해.

그건 내가 당해 온 일을.

너희들에게 하고 있는 것과 마찬가지잖아.

"나는 '진짜'가 아니라 사람이고 싶어."

나는 말했다.

"아름답지 않아도 괜찮아. 하얗지 않아도 괜찮아. 나는 너희들과 마찬가지로 더러워지고 싶어."

언제까지라도 더러움을 모르는 소녀로 있을 수 없다. 나는 더러움을 알고 싶다.

검어지고 싶은 것은 아니다.

그렇지만 검은 것도 하얀 것도 아우를 수 있는.

회색의 어른이 되고 싶다.

실연해도 울지 않는.

그런 인생은 이제 지긋지긋하다.

"돌아오렴. 이젠… 집에 돌아올 시간이야."

같이 밥을 먹자.

나는 그렇게 말하며 가호에게 손을 뻗었다.

과거에게 손을 뻗었다.

『…….』

끈덕지군, 이라며.

호랑이는 송곳니를 드러내고 나에게 달려들었다.

064

물론 그 순간 빙글 하고 뒤집히듯 내가 복귀했는데, 그런데 여기서 작은 문제가 발생했다냥.

즉, 냐라는 괴이의 근본이 되는 사와리네코는 배틀에 관해서는 전혀 의지가 되지 않는 아주 빈약한 저급 괴이라는 사실이다냥.

전투타입이 아니다냥.

베이스에 아무것도 깔려 있지 않은, 자유도가 높은 가호를 상대로 하기에는 조금 힘이 딸린다냥(힘이 딸린다는 말이 맞춤법에 맞지 않는다는 것은 알고 있지만… 아니, 딸리는 걸 딸린다고 하는데 뭐가 어떠냐옹?! 맞춤법이 틀린 건 알고 있고, 의미도 통하고 있잖냐옹! 일일이 '힘이 달린다'라고 바꿔 말하는 건 귀찮다냥! 지금 이쪽은 잡아먹느냐 잡아먹히느냐의 갈림길이다냥!).

애초에 괴이로 태어난 것은 내 쪽이 먼저라도, 그렇다고 내가 언니고 가호가 여동생인가 하면 그것도 괴이쩍은 이야기다냥. 괴이인 만큼 괴이쩍다냥.

주인님은 아라라기 자매와 인간 놈을 냐이 차가 냐는 세쌍둥이로 표현했는데, 냐와 주인님과 가호도 대충 그런 느낌이라고 해도 가호가 꼭 막내는 아닐지도 모른다고 생각한다냥.

왜냐하면 스트레스라는 것은 감정의 알력에서 생겨나는 것이니까냐. 가호의 수원이 주인님이라고 한다면, 냐의 수원은 가호가 될지도 모른다냥.

먼저 태어난 것이 냐인 것뿐이지, 먼저 있었던 것은 가호일지도 모른다냐.

그러니까 단순한 비유라도, 블랙 하네카와보다 가호 쪽이 괴이로서 격이 높은 경우도 충분히 생각할 수 있으며, 거기에 문제를 더 복잡하게 만드는 것은 가호가 블랙 하네카와의 후속 사양이라는 점이다냥.

컴퓨터라든가 기계는 냐중에 만들어진 쪽이 우수하잖냐옹?

그것과 같은 이론으로, 평범하게 맞붙는다면 냐는 가호를 쓰러뜨릴 수 없다냥.

냐를 낳을 때에 비하면 주인님도 '괴이 만들기'에 상당히 숙련되어 있으니까냥. 그러니까 호랑이였다고 수기 안에서도 말하고 있었다냥.

고양이와 호랑이라면 승패는 눈에 보인다냥.

눈에 보여서.

눈을 돌리고 싶어진다냥.

…하지만 주인님은 그곳에서 눈을 돌리지 않고 맞서겠다고 했으니, 내가 꼬리를 말고 도망칠 수는 없다냥.

애초에 사와리네코는.

꼬리가 없는 고양이니까냥.

"…훗."

냐는 머리카락 하냐 차이로 가호의 송곳니를 피하고 그대로, 호랑이굴에 들어가야 호랑이를 잡는다는 듯이 녀석의 거대한 몸 아래로 들어갔다냥.

상대의 거대한 몸을 이용하는 전법이다냥.

궁지에 몰린 쥐는 고양이를 문다는 속담이 있을 정도다냥, 고양이가 호랑이를 문다고 해도 이상하지 않을 것이다냥, 게다가!

"웃… 냐아아아!"

냐에게는 있다냥.

사와리네코의 비장의 무기, 즉 에너지 드레인이!

정력흡수.

그것은 괴이가 상대여도 관계없이 통용된다냥. 내가 가호를 '흡

수' 하고, 그 뒤에 주인님 밑으로 돌아가면 그것으로도 노리던 바는 달성할 수 있다냥.

주인님에게 받은 부탁을.

들어줄 수 있다냥.

뭐, 가출한 여자아이를 데리고 돌아오는 것 치고는 조금 난폭한 방법이지만, 그것은 집에 돌아간 뒤에 천천히 이야기를 나누겠다냥.

가족문제에 특효약 같은 것은 없다냥.

물 흐르듯 술술 풀리는 홈드라마처럼 갑자기 화해할 수 있을 리 없다냥. 18년간, 주인님은 계속 잘려 나가고 잘라 내 왔다냥.

금방 원래 상태대로 돌아오지는 못한다냥.

아니, 돌아올 원래 상태 따위, 처음부터 없는 것이다냥.

처음부터 다시 만들지 않으면 안 되는 것이다냥.

오늘은 그것을 위한 첫걸음일 뿐이다냥… 나는.

나는 가호의 배 아래쪽에서, 가호를 끌어안았다냥.

전신으로.

전력으로.

에너지 드레인의 퍼포먼스를 최대한으로 발휘하기 위해서, 최대한 자신의 몸을 가호의 몸통에 접촉시켰다냥.

『으윽….』

"냐아…아아아아아아아아아아아아아앗!"

가호가 신음하는 것에 반해, 나는 커다란 비명을 질렀다냥.

절대 떼어 놓지 않겠다는 의지를 불어넣기 위한 기합소리… 같은 것이 아니다냥.

아니었다냥.

내 괴이로서의 특성이 에너지 드레인이라는 것은 내가 가호를 쓰러뜨릴 수 있는 유일한 돌파구이지만, 그러냥 그런 생각을 한다면 괴이로서의 가호가 지닌 특성도 고려했어야만 했을 것이다냥.

불의 속성을 지닌 괴이.

가호.

이 경우, 패턴으로서는 세 가지를 생각할 수 있다냥.

현대에서 가장 알기 쉬운 패턴은 이른바 파이로키네시스[*]다냥. '불타라'라고 생각하는 것만으로 대상물이 불타 버리는 이 특성은, 하지만 굳이 말하자면 괴이 현상이라기보다는 초능력에 가깝다냥. 그래서 괴이가 아니라 인간의 스킬이란 기분이 든다냥(초능력을 믿는지 어떤지 하는 문제는 다른 문제다냥). 만약 가호가 파이로키네시스를 사용해서 불을 일으킨다면, 분명히 말해서 이것은 손쓸 방법이 없다냥. 이 녀석의 시야에 들어오는 시점에서 냐든 누구든 불살라지기 때문이다냥.

하지만 앞서 말한 이유에서 이 패턴은 처음부터 아닐 거라고 생각하고 있었고, 실제로 오랫동안 대화하는 동안에도 내 몸은커녕 옷도 불타지 않았으며 첫 공격도 동물적인 '물어뜯기'였던 것으로 볼 때, 이미 고려할 필요가 없다고 단언할 수 있다냥.

그러면 제2의 패턴.

※파이로키네시스 : Pyrokinesis. 발화능력.

이것도 알기 쉽다고 할까, 비교적 상상하기 쉽다고 생각하는데, 가호가 그 입에서 불을 토한다거나 혹은 발톱 끝에서 불꽃을 발한다는 패턴이다냥. 이렇다면 '물어뜯기'냐 '할퀴기'와 연동하니까 맹수라는 조형과 모순되는 일도 없다냥.

어린아이를 대상으로 한 애니메이션이냐 괴수영화 같은 곳에서는 불을 토하는 괴물 같은 건 허구한 날 냐온다냥. 그런 관점에서 가호의 발화능력은 이 패턴 2일 가능성이 가장 높다냥.

그보다 냐로서는 이 패턴이기를 간절히 바랐다냥.

그런데 아니었다냥.

최악의 패턴 1은 아니었지만.

가호의 속성은 패턴 3이었다냥.

"냐아…. 뜨겁다냥!"

냐는 무심코 가호의 몸통에 달라붙은 두 팔을 풀었다가, 곧바로 다시 안았다냥.

불꽃으로 화했다냥.

가호의 몸통에.

"역시 **본체가 불꽃**이라는 패턴인가냐, 하긴 그렇겠지웅!"

불을 토하는 괴이도 없는 것은 아니지만, 괴이로서는 그쪽이 스탠더드이니까냥!

룰에 엄격한 주인님이 괴이를 창작하는 데 그런 전례를 착실히 근거로 삼지 않을 리 없지 않냐웅!

특이하지 않고 오소독스하게.

괴화怪火로서의 괴이를 만들었다냥!

『무리하지 마라, 고양이.』

가호가 말했다냥.

『불을 겁내는 것은 짐승의 숙명. 하물며 그 불을 끌어안으려 하다니, 너의 행동은 괴이로서는 물론이고 야생으로서도 일탈해 있다.』

여유 만만했다…냥.

그야 그렇겠지웅.

이것은 그 흡혈귀, 오시노 시노부가 닿은 대상을 무조건 에너지 드레인해 버리는 냐에게 안겨도 쌩쌩했던 것과 같은 이유다냥.

즉 언뜻 무적이라고 생각되는 에너지 드레인의 능력에도 약점이 있다냥.

약점이라기보다 구조적인 결함이다냥.

필연적인 구조적 결함.

내가 아무리 대상의 에너지를 빨아낸다 한들, 그 대상이 무진장에 가까운 수량을 가지고 있다면 댐을 마르게 할 수는 없다는 뜻이다냥. 역시나 주인님이 지닌 어두운 감정의 구현체인 가호가 흡혈귀에 필적할 정도의 에너지를 가졌을 거라고는 생각되지 않지만, 그렇지만.

그렇지만 이 녀석의 에너지는 말하자면 열에너지.

불꽃 그 자체다냥.

모든 것을 빨아내기 전에 내가 통구이가 되어 버리는 것은 자명한 이치다냥.

"…시끄럽다냥! 그런 건 알고 있다냥!"

그렇기에.

자명한 이치이기에 냐는 호통을 친다냐.

고양이로서 크게 운다냐.

"내가 아무리 바보라도냥! 고양이가 호랑이에게 이길 수 없다는 정도는 알고 있다냐!"

궁지에 몰린 쥐가 고양이를 물더라도, 그것은 어차피 무는 것뿐.

이길 수 있는 것도, 격퇴할 수 있는 것도 아니다냐.

그 뒤에, 머리끝까지 화가 난 고양이에게 잡아먹힐 뿐이다냐.

냐도 마찬가지.

실제로 이런 에너지 드레인이 통할 거라고는, 이것이 돌파구가 될 거라고는 조금도 생각하지 않았다냐. 도박도 안 된다는 것을, 사실은 알고 있었다냐.

모르는 척을 하고 있었을 뿐이다냐.

『그렇다면.』

호랑이는 물었다냐.

꼴사납게 자기 배에 매달린 냐라는 고양이를 보고 물었다냐.

『그렇다면 어째서 무리한 짓을 하는가. 무모한 짓을 하는가. 무의미한 짓을 하는가.』

"왜냐하면."

냐는 말했다.

"주인님에게 부탁 받았다냐."

『…….』

"주인님에게 부탁 받았다냐."

아마도 모르겠지웅.

갓 태어난 너는, 분명히 모르겠지웅.

뭐든지 혼자서 하고 싶어 하는 주인님이 의지하는 존재가 된다는 것이 얼마나 기쁜 일인지, 뭐든지 혼자서 어떻게든 하려고 하는 주인님이 수치도 소문도 개의치 않고 체면도 형식도 없이 의지해 온 것이 얼마나 기쁜 일인지웅. 냐는 자동차에 치어 죽은 그냥 고양이일뿐이지만냐.

뻔뻔스럽게도 부탁해 주었다냐.

여동생이라고 불러 주었다냐.

가족이라고 불러 주었단 말이다냐.

"잘 부탁한다는 소릴 들었다고, 너를!"

게다가, 라고 말하며 냐는 타미쿠라장으로 눈길을 주었다냐.

센조가하라 히타기에게도 같은 부탁을 들었다냐.

그런 주인님을 잘 부탁한다고.

"…냐아아앗!"

냐는.

어느 정도의 온도가 되었는지도 모르는 가호의 몸통에 한층 강하게 달라붙었다냐. 뺨을 비비듯이 얼굴을 붙였다냐.

옷은 이미 타 버렸다냐.

뜨겁다냐. 뜨겁다냐. 뜨겁다냐. 뜨겁다냐.

뜨겁다냐. 뜨겁다냐. 뜨겁다냐. 뜨겁다냐.

태양을 안고 있는 기분이었다냐.

실제로, 그런 것이냐 마찬가지일지도 모른다냐.

쌓이고 쌓인 주인님의 질투의 불꽃은, 그 정도의 덩어리가 되어 있어도 이상하지 않다냥. 그렇기에.

냐는 그 모든 것을 삼켜야만 하는 것이다냥.

뜨거우면 뜨거울수록, 크면 클수록.

그것은 포기해서는 안 된다냥.

끌어안지 않으면 안 되는….

마음이다냥.

"으……냐아아아앗!"

『성가시다.』

부웅, 하고.

젖은 몸이라도 털듯이 가호는 몸을 흔들었다냥. 그것만으로 냐는 휘날려 갔다냥.

옆에 있던 블록 벽에 몸이 내동댕이쳐졌다냥.

"냐앙!"

자신의 비명을 들으며, 급격한 온도차에 냐는 한순간 의식을 잃을 뻔했다냥.

안 된다냥. 지금 의식을 잃으면 안 된다냥.

지금의 냐는 불덩이냐 마찬가지.

이 상태에서 내가 의식을 잃어서 주인님의 의식과 교대되어 버리면, 필시 전신화상으로 즉사다냥. 괴이인 냐니까 어떻게든 견딜 수 있는 온도니까냥.

"큭…."

그렇지만… 어떻게 이런 힘이 있을 수가 있냐옹.

비교도 안 된다냥.

그러고 보니 스모에 강한 괴이로 바케노히*란 게 있는데(그게 뭐야, 라고 생각하냐옹?), 그것과 비교해도 손색이 없는 괴력이다냥.

뭐, 저런 짐승이 다 있지! 라고 고양이인 내가 말하는 것도 이상하지만.

아슬아슬하게 의식을 잃지는 않았지만, 단 일격으로 이미 몸을 움직일 수 없게 되었다냥.

손가락 하나 움직일 수 없다냥.

이게 뭐냐옹.

노력해서, 있는 힘껏 달려들어 놓고 이 꼴이냐옹. …꼴사납다냥.

냐하하.

하지만 그 인간 놈은 언제나 이런 식으로 몸을 던져서, 다양한 놈들과 싸워 왔을 거다냥.

울면서.

우는 소리를 해대면서.

울었을 거다냥.

그렇다냥.

주인님도 울면 되었는데냥.

슬펐으니까냥.

※바케노히(化けの火) : 사가 현에 전해지는 불의 요괴. 안개가 끼거나 비가 약하게 오는 날 밤에 호숫가 주변에 나타난다고 한다. 바케노히의 정체를 밝히려고 한 남자가 스모로 도전했다가 맥없이 지고 말았다는 전승이 있다.

외로웠으니까냐.

분했으니까냐.

그러면 냐 같은 것이냐 가호 같은 것을 낳지 않아도, 의외로 잘 지냈을지도 모른다냐.

아니, 반대였을지도 모른다냐.

우리들이 있었기에 주인님은 울지 않았던 걸까냐.

그것도 뭐, 그렇겠다냐.

우리들 같은 여동생이 있다면.

언니는 울 수 없겠지옹.

『약한 생물이로군. 벌써 끝이냐.』

가호는 말했다냐.

무표정으로.

무감정하게.

이쪽으로 천천히, 열기처럼 다가오면서.

『그런 것인가. 너의 은의라는 것은.』

"……"

『흥. 뭐, 괜찮겠지. 같은 여자의 배에서 태어난 사이다. 내가 직접 너를 지옥까지 끌고 가 주마.』

그런 무서운 말을 태연히 말하는 불덩이.

지옥인가냐….

악몽보다는 어느 정도 나을까냐.

하지만 그렇게 몇 번이냐 몇 번이냐… 죽고 싶지 않다냐….

자동차에 치여 죽고.

주인님에게 홀려서 죽고.

그리고 호랑이에게 끌려가서 죽는 건가냐.

대체 나는 몇 번 죽는 걸까냐.

바보는 죽어야만 낫는다는 말이 있는데, 그것은 거짓말이다냐.

나는 계속, 바보인 채로….

"아아…. 정말로 기뻤는데냐."

그래도 그것이 야생이라는 것일까, 내 에너지 드레인을 경계하면서 천천히 다가오는 가호를 시야에 넣고서.

나는 중얼거렸다냐.

유언?

아니.

이것은 그냥 진 것이 분해서 중얼거리는 말이다냐.

"목숨을 걸고 싸웠는데 눈앞의 방화를 10초 늦춘 것이 고작이었다니, 약한 나 자신이 싫어진다냐…."

『그러니까… 말하지 않았나.』

가호는 말했다냐.

역시, 정서도 없다냐.

아무런 정서도 없는 감정의 물결.

『무리한 짓이다. 무모한 짓이다. 무의미한 짓이다.』

"무리한 짓이였다냐. 무모한 짓이었다냐. 무의미한 짓이었다냐."

아아….

그러고 보니 결국 말하지 못했네.

그렇게나 좋아했으면서.

괴물이 되어 버릴 정도로 좋아했으면서.

나, 한 번도 아라라기 군에게 좋아한다고 말하지 못했네.

"무리한 짓이었어. 무모한 짓이었어. 무의미한 짓이었어…."

"그렇지 않아, 하네카와."

그렇게.

그 찰나, 밤하늘에서 한 자루의 긴 칼이 내려온다.

가호의 목을 푹 관통하며 지면에 꿰었다.

그 일본도를… 냐는.

나는 알고 있다.

그 이름은 요도 '코코로와타리'.

세상에서 보기 드문, 괴이살해자의….

"……아!"

"무리였는지도 몰라. 무모했는지도 몰라. 하지만 무의미하지는 않았어. 네가 목숨을 걸고 노력해서 이 호랑이의 방화를 10초 정도 지연시키지 못했다면, 나는 늦고 말았을 거야."

봄방학 때부터 계속 기르고 있는 흑발.

아담하면서도 날렵한 체구.

피부나 옷은 이미 너덜너덜하고, 신발도 한쪽이 벗겨져 있다.

그런 차림새만으로도 얼마나 큰 고생을 하고 얼마나 무시무시한 과정을 거쳐서 지금 그가 이곳에 있는지… 이미 이야기되고 있다.

"그랬다면 나는, 분명히 울었을 거라고."

칼자루를 쥔 채 그렇게 말하며.

아라라기 군은 웃었다.

065

"…아, 아아."

아라라기 군.

아라라기 군, 아라라기 군.

아라라기 군, 아라라기 군, 아라라기 군….

피부 이쪽저쪽이 뜨겁고 쓰리다.

내 의식이 강하게 표면화된 탓에 온몸의 화상이 쓰린 것이다. 하지만 그런 것은 조금도 신경 쓰이지 않는다.

가슴 속이 불타는 것처럼 뜨거워서.

뭐야.

츠키히가 말한 것이 결국 옳았나.

질투보다도… 연심 쪽이 훨씬 불꽃같다.

아라라기 군의 모습을 본 것만으로 이렇게나 불타오른다. 고작 며칠 만에 만난 것뿐인데.

마치 100년 만에 만난 기분이야.

"아라라기 군…. 어떻게 여기에 온 거야?"

"야, 바보 같은 거 묻지 마, 하네카와."

상처 받는다고, 라고 아라라기 군은 말했다.

"네가 위기에 빠졌잖아. 내가 달려오지 않을 리 없잖아."

"…아하하. 잘도 그런 소릴 하네."

나는 무심코 웃고 말았다.

정말로 잘도 그런 소릴 한다.

바로 조금 전까지 마요이며 칸바루 양과 함께 장대한 모험을 펼치고 있었으면서.

또, 그렇게 만신창이가 되어서….

이쪽저쪽 다치고, 상처투성이로.

무리한 일, 많이 했겠지.

무모한 일, 많이 했겠지.

하지만….

무의미한 일 같은 건, 없었구나.

"사실은 전송된 너의 사복차림 사진을 보고 모든 것을 내팽개치고 달려왔지만 말이야!"

"아니아니아니아니아니."

그건 농담이었으면 좋겠다.

애초에 내 사복이라고 해도 아라라기 군의 것이니까.

이미 거의 불타 버렸고.

『크… 크아아.』

그런 아라라기 군 밑에서 호랑이가 신음한다.

가호가 신음한다.

『아아아아아아아아아아…. 아파. 아파. 아파. 뜨거워. 뜨거워. 뜨거워. 뜨거워. 뜨거워. 뜨거워….』

"어이쿠."

이것을 보고 아라라기 군은 가호의 목덜미에서 칼을 단숨에 뽑았다.

익숙한 손놀림이었다.

정말로 대체 이 며칠 사이에 얼마나 많은 수라장을 거쳤던 걸까, 은근히 전사도度가 오른 것 같은 기분이 든다.

"저기, 블랙 하네카와…인가, 지금은? 아니, 애초부터 하네카와인가…. 하지만 귀 같은 게 난 상태고 머리도 하얗고…."

"전부 나야."

"그렇구나."

고개를 끄덕이고 아라라기 군은 빈사 상태인 가호의… 그래도 아직 끈질기게 응어리진 내 감정의 덩어리의 목덜미를 잡고, 내 앞으로 끌고 왔다.

500킬로그램은 가볍게 넘어갈 것 같은 이 무겁디무거운 맹수를.

내 앞으로.

"…그건 그렇고, 퇴치하려는 건 아니지?"

미안하지만 그 편지를 멋대로 읽어 버렸어, 라고 말하는 아라라기 군.

아무래도 여기에 달려오기 전에 한 번 자기 방에 돌아갔던 모양이다. 아니, 그렇기에 '이곳'을 알았던 걸까.

"'코코로와타리'에게 급소를 찔렸으니 오래는 못 버틸 거야. 흡수할 거라면 얼른 해."

"……."

그걸 읽었다는 건… 전부 알고 있다는 거구나.

그렇다면 내가 없어지게 된다는 것.

적어도 이제까지의 내가 아니게 되는 것.

알고 있으면서도 그렇게 말해 주는구나.

"…아라라기 군은, 괜찮아?"

그래도 나는.

모든 것을 이해해 주고 있을 아라라기 군에게 말로 확인하고 만다.

그의 자상함에 기대고 만다.

구해 줘, 라고는.

끝내 말하지 않았던 고집쟁이인 나인데.

"내가 내가 아니게 되어도 괜찮아?"

"그러니까 바보 같은 거 묻지 말라고, 하네카와."

그러자 금방 그는 대답했다.

"조금 전의 너도 말했잖아. 어떻게 되든 전부 너야. 바뀌어도 너야. 안심해. 그렇게 되어도 괜히 어리광을 받아 주지는 않을 거야. 재수 없는 녀석이 되면 싫어해 줄게. 나쁜 짓을 하면 화내 줄게. 미움 받으면 감싸 줄게. 머리가 나빠지면… 뭐, 내가 공부를 도와줄 거고."

운다면 위로해 줄게.

그렇게 말하며, 아라라기 군은.

내 머리를 쓰다듬어 주었다.

"……!"

그 행위에.

내 마음은 전부 타 버렸다.

이젠 뜨겁다는 정도가 아니다.

그렇다.

나는 계속⋯ 누군가가 이렇게 해 주기를 원했다.

이런 식으로 자상하게 쓰다듬어 주기를 원했다.

다정하게 매만져 주기를 원했다.

"저기, 아라라기 군."

"응?"

"나는 아라라기 군을 정말 좋아해."

나는 말했다.

"결혼을 전제로, 나하고 사귀어 줄 수 있어?"

간신히 말할 수 있었다.

고작 이 이야기를 하는 데, 반년 가까이 걸렸다.

그리고 나의 갑작스러운 고백을 받은 아라라기 군은 조금 놀란 얼굴을 하고, 그리고 난처하다는 미소를 지으며,

"그렇구나."

라고 말했다.

"엄청나게 기뻐. 하지만 미안해. 나, 지금 좋아하는 애가 있어."

"그렇겠지. 알고 있어."

나는 고개를 들고 정면을 본다.

타미쿠라장의 201호실.

그녀는 거기서 아버지와 함께 잠자리에 들었을 것이다.

"그 애를 나보다 좋아해?"

"응."

심술궂은 질문에도 솔직하게 대답해 주었다.

그것이 너무나도 기뻤다.

하지만 물론 그 이상으로 상처 입었다.

"…아~아. 차여 버렸네."

그렇다.

이걸로 됐다.

이것이 올바르다.

고백하고, 차인다.

아주 슬프다.

이 슬픔을 경험하지 않고, 뭐가 세상을 여행하는 자아 찾기란 말인가.

자아 찾기도 자기 만들기도 아니다.

실연도 하지 않고, 실연여행을 할 수 있겠는가.

구해 달라고는 말할 수 없었던 나이지만.

좋아한다고는 말할 수 있었다.

말할 수 있었던 것이다.

물론 아라라기 군은 내 마음을 아주 옛날부터 알고 있다. 학교 축제 전에 그것은 전해지고 말았다.

아니, 방의 노트를 읽었다면, 그래도 다시 한 번 전해졌겠지.

하지만 전하지 않으면 안 된다.

전할 수 없으면 안 된다.

대답을 듣지 않으면 안 되는 것이다.

아라라기 군이 나를 어떻게 생각하고 있는가.

듣지 않으면 안 된다.

간신히 대답을 듣고… 나는.

차이고, 상처 입을 수 있었다.

나는 손을 뻗어서 가호의 이마를 건드린다.

세 사람째의 내 머리를 쓰다듬는다.

내가 받아서 기뻤던 일을, 아직도 계속 불타는 감정의 불에게 해 준다.

응어리진 마음을 나는 쓰다듬는다.

에너지 드레인.

이것이 마지막 에너지 드레인이다.

온몸의 화상이 나아 간다. 그 대신 내 안으로 노도와 같은 감정이 흘러든다.

18년간 쌓이고 쌓였던 어두운 감정이다.

그리고 스트레스다.

블랙 하네카와에게, 가호에게 떠넘기고 있었던 그것들이 지금, 이자를 붙여서… 내 안으로 돌아온다.

"으……. 우, 우우우우우……."

어째서일까.

정신이 들고 보니.

"우……, 우우우우…우, 우와아아앙!"

정신이 들고 보니 나는 울고 있었다.

흘러넘칠 듯한 감정을 견뎌 낼 수 없었던 걸까, 그것에 동반된 스트레스의 고통에 견뎌 낼 수 없었던 걸까, 아니면 역시 실연의 슬픔 때문일까. 아라라기 군의 눈앞에서.

남의 눈도 의식하지 않고.

어린아이처럼.

갓난아이처럼 큰 소리로 울고 있었다.

"우와아아아아앙. 아, 아, 으, 우아아아아아아아아앙. 흑, 흑…. 와아아아아아아아아아아아아앙!"

그러니까 이날, 간신히 나는.

태어날 수 있었다고 생각한다.

아라라기 군은 약속대로, 내가 울음을 그칠 때까지 계속 나를 위로해 주었다.

아무 말도 하지 않고.

그날 밤 내내 내 머리를 다정하게 계속 쓰다듬어 주었다.

066

후일담.

그렇다기보다, 지금까지가 전일담이었다고 생각하자.

오늘부터 시작되는 나의 이야기.

우선 아라라기 군이 요 며칠간 학교를 쉬면서 무엇을 했는가 하는 문제인데, 그는 완고하게 입을 다물고 알려 주지 않았다. 뭐, 칸바루 양은 다음 날부터 평소처럼 학교에 나왔고(왼팔의 붕대를 제외하면 아라라기 군처럼 이쪽저쪽에 상처가 나 있지도 않았다), 마요이에 대해서도 걱정할 필요 없다고 말했고, 일시적으로 페어링이 절단되어 있었다는 시노부와의 인연도 복귀되었다고 하니 만사가 잘 풀렸다…고 봐야 할 거라 생각한다.

가엔 씨나 에피소드 군과 어떻게 관련되고 그들과 어떤 대화가 있었는지는 여전히 불명인 상태지만… 뭐, 아라라기 군이니 안 봐도 빤하다.

분명히 아주 괴로운 일이 있었고.

그것을 극복했던 거라고 생각한다.

나도 그렇게 되었으면 좋겠다.

그건 그렇고, 그 페어링을 회복한 시노부와 이야기할 기회가 있었는데, 그녀는 아라라기 군이 부재중일 때 경험한 나의 이야기를 듣고,

"그건 화차*로군."

이라고 말했다.

"베이스는 없더라도, 모델은 그쯤 될 것이야. 바케노히보다는 그 부분을 의식해서 창작된 괴이라는 분위기로고."

※화차(火車) : 많은 악행을 저지르고 죽은 자의 시체를 빼앗아 간다는 일본의 요괴. 늙은 고양이가 이 요괴로 변한다고 한다. 원래는 불교용어로, 생전에 죄를 지은 인간의 영혼을 지옥으로 끌고 가는 불타는 수레를 뜻한다.

"화차?"

그러고 보니 블랙 하네카와 때에 몇 번인가 이야기를 나눈 적이 있긴 하지만, 시노부와 이렇게 이야기를 하는 것은 처음이라고 생각하면서 나는 물었다.

"화차라니…."

"뭔가, 반장. 화차를 모르는 겐가?"

"아니, 화차는 알고 있는데요…."

500년을 살아온 괴이를 상대로 하고 있어서 나는 일단 경어를 사용하고 있는데, 그렇지만 눈앞에 있는 것이 여덟 살 정도의 어린 여자아이라서 상당히 복잡한 기분이다.

"하지만 그거, 호랑이였어요."

"나도 사와리네코에게 그렇게 들었으니까 그쪽에는 좀처럼 이어지지 않았지만, 허나 속성이 불이라면 그건 화차일 게야."

"허어…."

화차란 시체를 질질 끌며 지옥으로 데려 간다는 괴이로―그러고 보니 가호는 그런 소리를 했었다―대개의 경우, **고양이의 괴이**로 여겨진다고 한다.

고양이.

―나를 보았다.

―그것이 중요하다.

그런 소리도 했었다.

즉 가호를 봤다는 건, 앞뒤 가리지 않고 지옥행이란 뜻이고….

"…하지만 고양이가 아니라 호랑이였는데요."

"비슷한 것 아니냐."

"차가 아니라 호랑이에요."

"블랙타이거를 모르는 겐가? 그건 '쿠루마에비*'라 불리는 새우의 별명일 터인데. 이름에 '차車' 자가 들어가지 않나."

"……."

블랙타이거라니.

아, 하지만… 그래서 화차火車와 화호火虎인가.

그건 말하자면 우연 같지만…. 하지만 가엔 씨의 명명이니까.

아니, 어디까지나 내 명명일까.

그렇다면.

"자동차에 치인 괴이인 사와리네코의 뒤를 잇는 괴이로 죽은 사람을 지옥으로 끌고 가는 화차…. 재미있게 이어지고 있지 않나. 하하하. 알로하 애송이가 말하는, 괴이를 만나면 괴이에게 이끌린다는 그 말대로군."

"그렇다기보다는 마치 연상게임 같지만요…. 흐음. 그러면 사와리네코처럼 바탕이 되는 괴이가 있는 것이 아니라고 해도, 가호도 완전한 오리지널 괴이는 아니었다는 얘기로군요."

"완전한 오리지널 같은 건 존재하지 않는다. 그건 동서고금의 크리에이터가 어쩔 수 없이 부딪치게 되는 벽인 게야. 세키엔도 그랬고 말이지. 네놈이 생각한 불꽃의 호랑이도, 바케노히나 화차 이외에도, 네놈이 쌓아 온 지식이나 네놈이 쌓아 온 인간관계의 산물

※쿠루마에비(車海老) : 등에 검은 가로줄무늬가 있어서 몸을 말았을 때에 자동차 바퀴가 연상되어 이런 이름이 붙었다고 한다.

임에는 틀림없어. 자유도는 상당히 높겠지만 자유로운 것은 아니야."

"예술은 모방에서 시작한다는 이야기로군요."

"그 생각도 상당히 비굴하고 자학적이로고."

시노부는 어깨를 축 늘어뜨리며 웃었다.

처참하게 웃었다.

"위대한 선인의 뒤를 잇는다고 생각해야 할 게야. 모두가 누군가의 다음이며, 모두가 누군가의 뒤를 잇는 것이지. 전 세대에서 물려받은 패스를 다음 세대가 이어받는다. 이윽고 누군가가 슛을 날리겠고 골이 들어간 뒤에도 시합은 계속되지. 그것이 혈통이라는 것이며 그것이 전통이라는 것이다. 네놈이 생각한 블랙 하네카와나 가호도 누군가가 뒤를 이을지도 모르는 것이라고."

"으음."

그건 좀 싫다.

그렇지만 내 어리석음이 후세에 누군가의 교훈이 된다면, 그것에도 의미가 있을지 모른다.

변변치 못한 나의 이야기도.

도움이 되는 일이 있을지도 모른다.

그렇게 생각했다.

그건 그렇고, 아라라기 군이 돌아왔기 때문에 당연히 나는 아라라기 가에서 나와야만 하게 되었다. 아라라기 군은,

"아니, 신경 쓰지 마. 나는 바닥에서 잘 테니까 침대는 그대로 써도 돼. 뭐하다면 침대 아래에서 잘게. 차라리 내가 침대가 되어

줄 수도 있어. 옷을 갈아입을 땐 물론 눈을 감고 있을게."

라고 친절하게 붙잡아 주었지만, 정조의 위험밖에 느껴지지 않아서 정중히 거절했다.

이전과 다름없이 대해 주는 그가 기쁘기도 하고, 하지만 그것은 그의 흔들림 없는 마음을 드러내는 것 같아서 역시 안타깝기도 했다.

의외로 그대로 아라라기 가에 눌러앉아 있었다면 위험했던 것은 아라라기 군의 정조 쪽이었을지도 모른다.

카렌은 "오빠가 나가고 츠바사 씨가 우리 집 아이가 되면 좋을 텐데."라고 말해 주었지만(너무하다), 물론 그럴 수는 없다.

그들의 가족은.

어디까지나 그들뿐이니까.

비집고 들어갈 수 없다.

돌아보면 단 이틀 밤이었다고 해도, 신세를 진 아라라기 가의 모두에게 정중히 인사를 하고서 나는 아라라기 가를 나왔다.

그 뒤에 나는 센조가하라의 집으로 돌아가게 되었다. 하마터면 불살라질 뻔했던 타미쿠라장의 201호실이다.

듣기로는 센조가하라의 아버지가 보름 정도 해외 출장을 가게 되었다고 한다. 그래서 그 동안 부디 딸과 같이 지내 주었으면 좋겠다고 아버지 본인에게 부탁을 받았다.

물론 방편이겠지.

그렇게 갑자기 출장 일정이 잡힐 리 없다. 본인이 바라지 않는 한.

아무래도 센조가하라가 아버지에게 사정을 이야기하고 그런 조치를 받은 것 같다. 아라라기 군이 언제 돌아올지 여부는 제쳐 두더라도, 역시나 그대로 오래 머물러 있을 수는 없을 거라는 점은 그녀도 알고 있었던 것 같다.

즉, 거기까지 포함한 비책이었던 것이다.

"히타기. 나는 친구가 곤란할 때에 도와줄 수 있는 사람이 되라고 오래전부터 이야기해 왔다."

센조가하라의 아버지는 출발 직전에 출장용으로 준비한 조금 큼직한 가방을 손에 들고 그렇게 말했다.

"너는 그 말대로의 사람이 되었구나. 이렇게 기쁜 일은 또 없을 거다."

딸의 머리를 쓰다듬으면서.

그때 센조가하라가 보인 표정은, 잊을 수 없다.

아버지의 표정도.

그리고 한동안 센조가하라와의 동거 생활이 이어졌지만, 물론 모든 것이 잘된 것은 아니다.

사와리네코와 가호를 자신으로서 흡수한 나는, 확실히 말해서 극도의 정서불안정이었다. 같이 생활해서 기분 좋은 상대는 전혀 아니었을 거라 생각한다.

하지만 센조가하라는 그런 나를 착실히 서포트해 주었다.

"나도 마찬가지니까."

그렇게 말해 주었다.

자기는 어떻게 그런 감정의 파도를 극복해 왔는가를 하나하나 알려 주었다.

충돌도 했고 싸움도 했다.

하지만 그 뒤에 화해했다.

그런 나날을 보내는 동안. 나는 내가 좋아하는 아라라기 군과 사귀어서 아주 미워야 할 그녀만큼은 어째서 질투한 적이 없는가 하는 이유를 이해했다.

그렇다.

나는 아마도 처음부터 알고 있었던 것이다.

아라라기 군.

센조가하라.

그 두 사람이 사귀게 되리라는 것을.

그 두 사람이 사귀게 되리라는 것을.

깨닫고 있고… 알고 있었다.

뭐든지는, 역시 알지 못하지만.

그것은 알고 있었다.

어머니의 날 이후로 두 사람의 관계를 응원하고 있던 나의 마음만은… 그러니까 거짓이 아니었다.

"나 있지, 하네카와."

센조가하라는 말했다.

"반대로 생각하고 있었어. 4월부터 아라라기 군하고 하네카와를 보면서, 두 사람은 분명 사귀고 있을 거라고 생각하고 있었어. 그게 아니라도 서로 좋아한다고 생각하고 있었어. 아라라기 군에게 그렇게 물었다가 부정당했을 때는, 그래서 깜짝 놀랐어."

지금이니까.

지금이니까 솔직하게 말하겠지만, 이라고 운을 떼고서 그녀는 말을 이었다.

"아라라기 군에게 고백했을 때, 나는 차일 거라고 생각하고 있었어. 물론 당시의 나는 어떤 수를 써서라도 아라라기 군이 수긍하게 만들 생각이었지만, 마음속 어딘가에서는 밑져야 본전이라는 마음이 있었던 것을 부정할 수 없어. 왜냐하면 아라라기 군은 어떻게 보더라도 너를 좋아했으니까. 나는 분명히 하네카와를 좋아하는 아라라기 군을 좋아하는구나 하고, 그때 생각했어."

"그래. 그러면 정말로 나하고 반대네."

그런 센조가하라에게 나는 말했다.

웃는 얼굴로 말했다고 생각한다.

"아라라기 군이 센조가하라와 사귀지 않았다면, 나는 아라라기 군을 이렇게 좋아하지 않았을 거야."

그렇다…. 아주 흔한 경우지만.

우리들은 그의 자상함에 반했으니까.

아무것도 잘라 내지 않는, 아무것도 버리지 않는.

그 변덕스러움에 반했던 것이다.

다행이다. 아라라기 군 때문에 센조가하라를 미워한 적은 한 번도 없다는 나의 그 감각만은 잘려 나가지 않은 내 진짜 마음이었던 것이다.

그래도 역시 "좋겠다~."라는 부러운 기분은 부정할 수 없어서 밤에 놀려 주기도 했는데, 그럴 때 보이는 센조가하라의 반응이 진짜 볼만했다.

그렇구나.

나는 아라라기 군을 좋아하지만.

센조가하라도 좋아하는구나.

그걸 인정할 수 있어서 비로소 나는 실연할 수 있었다는 기분이 든다.

아픔과 함께 실연할 수 있었다.

그런 생활이 열흘 정도 이어지고.

드디어 그날이 찾아왔다.

전소된 하네카와 가 대신 살 집을 찾았다고 한다. 그렇다면 나는 그곳으로 가야만 한다. 센조가하라는 "그렇게 서두르지 말고 마음의 준비가 될 때까지 느긋하게 있다 가지?"라고 걱정스럽게 말했지만, 이젠 괜찮다.

아무런 걱정도 필요 없다.

나는 센조가하라에게,

"고마워."

라고 말하고,

"또 금방 놀러 올게."

라고 말하고 상쾌하게 타미쿠라장을 뒤로했다. …아니, 이것은 거짓말이다.

사실은 엉엉 울었다.

센조가하라와 헤어지는 것이 괴로웠고, 앞으로의 생활을 생각하면 불안했다.

그렇구나, 가호가 한 말은 옳았다.

확실히, 나는 여리다.

정에 여리다.

하지만 센조가하라도 울어 주었으니 피장파장인지도 모른다.

그러고 보니, 타미쿠라장에서 새롭게 살 집으로 가는 길에 센고
쿠와 지나쳤다.

센고쿠 나데코. 아라라기 군과 인연이 있는 중학생이다.

다만 나와는 그리 접점이 없었고, 그때 그녀는 부모님과 함께 있
어서 말을 걸지는 않았다. 저쪽도 나를 알아차리지 못한 것 같았
고.

사이 좋아 보이는 가족이네.

그렇게, 그런 식으로 생각한다. 샘이 나서.

안 되지, 안 돼, 하고 그런 마음을 털어 버린다.

아니, 털어 버려서는 안 된다.

나는 저런 광경을 부럽다고 생각하는 인간이다.

우선 그것을 받아들이는 것부터 시작하자.

마음속에 불이 타오르고 있는 것을 제대로 확인하면서 살아가
자. 뭐, 그게 어떤 불꽃이라고 해도, 불꽃은 중요한 문명이다.

나도 분명 진화할 수 있겠지.

칸바루 양 정도는 아니겠지만, 우선 걸으면서 저렇게나 행복해
보이는 일가를 볼 수 있을 정도로 내 시야도 넓어져 있다는 것일
테니, 이미 나는 시작되어 있다고 생각한다.

참고로 하네카와 가의 전소 및 학원 옛터의 전소는 한없이 사고

에 가까운 자연발화라는 것으로 정리되었다. 유리가 렌즈 같은 역할을 했다든가, 여름치고는 드물게 건조한 공기가 어떻다든가 하는 그런 느낌으로.

그렇구나.

세상은 그런 식으로 앞뒤를 맞추는 모양이다.

모순은 해결된 것 같다.

그래도 나는 내가 한 짓을 잊어서는 안 된다고 생각한다.

누군가에게 죄를 추궁 당하지는 않지만, 무죄는 아니다.

그것은 태어나고 살아가는 자가 모두 마음속으로 유념해야 하는 것이므로….

결백 따윈 있을 수 없는 것이다.

그렇게 생각한다.

도착한 집은 그들이 새 집을 재건할 때까지의 임시 거처이기도 한지, 그렇게 큰 집은 아니었다. 오히려 이 주변에서는 작은 편에 들어갈 것 같다.

방의 숫자도 많다고는 할 수 없다.

하지만 나는 나의 아버지라고 불려야 할 사람과 나의 어머니라고 불려야 할 사람에게 이미 확실히 말해 두었다.

살 집이 정해졌다는 이야기를 들은 단계에 말해 두었다.

"아버지, 어머니. 저에게 방을 주세요."

그리하여.

그리하여 나는 태어나서 처음으로 자기 방을 얻었던 것이다.

마음속의 여동생들에게 비좁음을 느끼게 하고 싶지 않았다.

그렇다.

그녀는 없어진 것이 아니다.

가호 또한 없어진 것이 아니다.

내 마음 속에 있고.

그리고 나도 없어지지 않은 것이다.

옛날의 나도, 지금의 내 안에 있다.

문득 생각한다.

우등생이고 반장 중의 반장이며 누구보다도 자상하고 공평하고 머리가 좋고 성인 같다고, 아라라기 군이 그렇게 말해 줬던 나야말로 내가 만들어 낸 최초의 괴이였던 것은 아닐까 하고.

아라라기 군이 '진짜'라고 부르고.

센조가하라가 괴물이라고 부른 그녀.

그것이야말로 제일 처음에 했던 나의 '자신 만들기'였다.

되고 싶었던 이상적인 나, 그것을 위해서 나는 많은 자신을 죽여 왔다.

그것은 분명히 해서는 안 되는 짓이었다.

내 마음에서 처음에 잘려 나갔던 것은 다름 아닌 나 자신이고, 어느 것이 진짜고 어느 것이 본체고 할 것 없이, 주된 인격도 주도권도 없이.

모든 것이 나이고.

그러니까 지금의 나도, 옛날의 나도.

앞으로의 나도 본질적으로는 아무것도 변하지 않았는지도 모른다.

어떻게 변하더라도 아라라기 군이 계속 아라라기 군인 것처럼, 내가 어떤 나이더라도 전혀 변하지 않는다.

그런 것이다.

아무것도 변하지 않았습니다.

그것이… 후일담이 아닌 이번의 결말이다.

나는 나.

하네카와 츠바사다.

고양이 귀는 이미 들어갔고 가호를 보는 일도 없지만, 절반 정도 백발이 남아서 호랑이 같은 줄무늬가 된 것이 아마도 그 증거겠지.

이대로 학교에 가는 것은 역시나 너무 아방가르드하므로 매일 아침 검게 물들이고 있지만, 그것을 귀찮다고도 수고라고도 생각하지 않는다.

그녀들과의.

마음과의 커뮤니케이션처럼.

즐겁다는 것이 거짓 아닌 본심이다.

응.

분명히 그렇게 해서… 계속되어 가는 것이다.

변하지 않더라도, 변해 가는 것이다.

내 인생은.

받아 두었던 열쇠를 사용해서 현관을 연다. 아무래도 두 사람 다 아직 직장에서 돌아오지 않았는지, 집 안에는 아무도 없었다.

완전히 낯선 집이지만 왠지 모르게 남의 집에 숨어든다는 기분은 들지 않는다. 오히려 익숙한 집처럼 느껴지기까지 한다. 현관

자물쇠를 자기 손으로 연 것만으로 이런 기분이 드는 법일까?

신기하게 생각하면서 우선은 계단을 오르는 나.

한 계단, 한 계단.

음미하듯이.

마지막 한 계단을 오르고 2층에 도착했을 때, 나는 어쩐지 갑자기 마요이를 떠올렸다.

처음으로 만났을 때, 계속 미아였던 그녀.

헤매는 소… 마요이우시迷い牛. 그렇구나.

그러면 의외로 화차나 바케노히가 아니라, 내가 가호를 창작하는 데 가장 참고문헌이 된 것은 마요이우시였는지도 모른다.

물론 마요이는 이미 마요이우시에게서 분리되었지만, 그 잔향이라고 하면 가능성이 있겠지.

가호와 만났던 것이 마요이와 만난 직후였다는 것은, 아라라기 군의 부재를 안 것만이 이유는 아니었을지도 모른다.

소와 호랑이가 혼동되던 시대도 있다고 하니까, 그렇다면 생각할 수 없는 것도 아니다.

가족도 집도 잃어버렸던 내가 만나기에 어울리는 괴이겠지.

그날부터.

아니, 5월에 그 공원에서 마요이를 만났던 그날부터… 나는 계속 미아였고.

어슬렁어슬렁, 빙글빙글, 이쪽저쪽을 돌며.

방황하고 있던 거겠지.

나중에 마요이와 만나면 그 이야기를 하자.

그렇게 마음먹었다.

정말, 실제로 엄청 헤맸다.

헤매고 또 헤맸다.

하지만 그 덕에 나는 많은 사람과 만날 수 있었다.

많이, 많이.

다양한 가족을 보았다.

다양한 나를 보았다.

그래서 나는 내가 될 수 있었다.

과거의 나도 나라면, 미래의 나도 나다.

내가 내가 아닌 순간 따윈 없는 것이다.

그렇다면 내일은 어떤 나일까.

그런 것을 즐겁게 생각하면서 나는 문손잡이에 손을 댄다.

그곳이 나에게 주어진 나의 방이었다.

세 평 정도의 방.

졸업까지 고작 반년뿐이지만… 확실히, 확실한, 나의 장소.

우리들의 장소.

문득 그때, 그날 내가 노트에 남긴 편지에 어느 샌가 덧붙여 쓰여 있던 문장을 떠올렸다.

아니, 문장이라고 할 정도로 길지는 않다. 단 한 줄, 삐뚤빼뚤한 여섯 글자.

그것은 나와 같이 있어 주었던, 언제나 나를 지켜 주었던 한 마리의 하얀 고양이가 건넨 단 한마디의 인사였다.

흔하디흔한.

모두가 매일, 당연하게 입 밖에 내는 인사.

하지만 그것은 내가 태어나서 처음 하는 말이었다.

"다녀왔습니다."

나는 내 방에 들어간다.

이제야 간신히 돌아왔어.

흔히 만화에서 여름방학의 숙제 마감에 쫓긴 주인공이 "몸이 두 개면 좋을 텐데."라든가 "또 하나의 내가 있었으면 좋겠어." 같은 터무니없는 요구를 하는 패턴의 이야기가 있습니다만, 애초에 이런 이야기는 몸이 두 개가 되든 다른 하나의 내가 있든, 그쪽도 이쪽도 똑같이 땡땡이치므로 결국 효율은 올라가지 않는다는 결말에 도달하는 경우가 많다고 합니다. 뭐, 그럴 수도 있겠다는 기분은 듭니다만, 잘 생각해 보면 어떨까요? 이건 두 개 있는 몸의 양쪽에 자유의사가 존재하는 것이 문제이므로, 복수의 몸을 하나의 의사로 컨트롤하는 것이라면 효율이 비약적으로 상승하지 않을까요? 즉 신체 A와 신체 B를 오른손과 왼손을 사용하듯이 하나의 지휘 계통으로 조종한다는. 말도 안 되는 이야기를 하고 있다고 생각하실지도 모르겠습니다만 이게 의외로 말도 안 되지 않습니다. 왜냐하면 요즘 세상은 무선 기술이 엄청나게 발달했으므로, 어떻게든 아주 기계적인 해결을 볼 수 있을 것 같다는 예감이 들지 않는 것도 아니라고 해야 할까요. 알기 쉽게 말하자면 머니퓰레이터라든가. 하지만 그렇게 제한 없이 자기를 확장해 가면, 어디까지가 자신인지 알 수 없게 되어 버릴 것 같은 기분도 듭니다. 외출할 때에 신는 신발은 자기 자신이라고 봐야 할까요? 손톱깎이로 자르기 전의 손톱은 자신이고, 잘라 낸 뒤의 손톱은 자신이 아닌가요? 책장에 꽂혀 있는 책은 이미 자신이라고 말하는 것이 어떨까요? 알고 있는 것은 자신인가, 아니면 단순한 지식인가, 어느 쪽? '자신이란 무엇인가?' 혹은 '어디까지가 나인가?' 라는 문제는 옛날부터 많은 사람을 괴롭혀 왔습니다만, 생각해 보면 현대사회만큼이나 그것을 고민스럽게 만드는 시대는 없을지도 모릅니다.

이 책 『고양이 이야기(백)』은 타이틀과는 반대로, 특히 『고양이 이야기(흑)』과 한 쌍이 아닙니다. '흑'과 '백'이 각각 독립된 이야기라고 할지, 애초에 화자부터 다르지 않습니까? 뭐라고 해야 할까요, 『괴물 이야기(상·하)』, 『상처 이야기』, 『가짜 이야기(상·하)』, 『고양이 이야기(흑)』까지가 첫 시즌이라고 하면 이 『고양이 이야기(백)』에서부터가 세컨드 시즌이라는 느낌입니다. 일부러 과장스럽게 말해 보았습니다만, 즉 이것은 시리즈를 시작하는 데 있어(쓸 생각이었는지 어떤지는 접어 두고) 미리 '있었던' 이야기가 전작까지이고, 이 책부터 다음 이야기는 작가도 모르는 미래라는 느낌입니다. 캐릭터가 멋대로 움직인다는 것은 이런 걸 두고 하는 소리일까 하는 생각이 듭니다만, 어쨌든 앞으로 다섯 권 정도 나올 예정이 되었습니다. 무슨 이야기일까요…. 그런 느낌으로, 이 책은 고양이퍼센트 취미로 쓴 소설입니다, 『고양이 이야기(흑)』이었습니다. 아니지, 『고양이 이야기(백)』.

세컨드 시즌도 계속해서 표지와 일러스트를 VOFAN 씨에게 부탁드리고 있습니다. 그런데 하네카와 씨의 표지가 너무 많군요. 시리즈 중 세 작품이라니. 다음 권도 하네카와 씨라면 굉장하겠네요. 있을 수 있는 얘깁니다. 뭐, 표지가 누구인지도 포함해서 다음 작품을 기대해 주세요. 아니, 하치쿠지가 아니라면 깜짝 놀라겠습니다만.

그러면 여러분, 앞으로도 잘 부탁드립니다.

니시오 이신

　시리즈 중 처음으로 아라라기 코요미가 아닌 다른 인물의 시점에서 서술되는 이야기입니다. 다들 아시는 대로 하네카와 츠바사 시점에서 진행되지요. 저는 이번 권에서는 비교적 상식인(?)인 하네카와가 주인공인 만큼 작업하기 쉽지 않을까 하고 방심했다가 상당한 애를 먹었습니다. 이 일은 쉬우면 쉬운 대로 어렵고, 어려우면 어려운 대로 어렵다는 진리를 새삼 깨닫고 앞으로는 그냥 마음을 비우기로 했습니다. 하긴 세상일 중 쉬운 일이 어디 있겠습니까만.

　『고양이 이야기(흑)』이나 『가짜 이야기』 때도 느낀 것인데, 완벽한 반장 캐릭터였던 하네카와가 시리즈 초반의 느낌을 점차 잃어가는 과정을 보면 참으로 묘한 기분이 듭니다. 이제는 첫 등장 시의 하네카와와는 많이 다르다는 느낌이 들 정도니까요. 물론 다른 캐릭터들도 변했고 그 모습을 앞으로 계속 보게 되겠습니다만, 하네카와를 둘러싼 이야기는 참으로 극적이라 인상이 강하게 남는 것 같습니다. 제가 딱히 좋아하는 캐릭터도 아닌데 말이죠. 독자들

께서는 어떻게 생각하시는지 모르겠는데, 저는 왠지 모르게 이 이야기가 참 눈물겹다는 느낌이 들었습니다. 처음에 읽었을 때는 별 생각이 없다가 작업 중에 반복해서 읽다보니 뭔가 안타깝고 안쓰러운 기분이 든다고 해야 할까요. 어쨌든 고생 끝에 성장을 이루었으니 다 잘 풀린 거라고 보면 되겠지만, 본문 마지막 문장에서 느껴지는 아련함은 제 마음 속에 꽤 오래 남아 있을 것 같습니다.

이것으로 벌써 〈이야기 시리즈〉도 일곱 권째입니다. 작가 공인 '2기'의 시작이기도 하죠. 하지만 아직 남아 있는 작품들이 잔뜩 있어서 어깨가 무겁습니다. 앞으로도 계속 열심히 작업해서 너무 늦지 않게 다음 작품을 전해드릴 수 있도록 노력하겠습니다.

현정수

FAUST BOX

고양이 이야기 白

2012년 11월 7일 초판 발행
2018년 8월 10일 9쇄 발행

저자	니시오 이신
일러스트	VOFAN
옮긴이	현정수

발행인	정동훈
편집 전무	여영아
편집 팀장	김태헌
편집	노혜림

발행처	(주)학산문화사
등록	1995년 7월 1일
등록번호	제3-632호
주소	서울특별시 동작구 상도로 282 학산빌딩
편집부	02-828-8838
마케팅	02-828-8962~5

ISBN 978-89-258-7365-7 04830
ISBN 978-89-258-7364-0 (세트)

값 12,000원